Et ils dansaient le dimanche

Du même auteur

Romans

N'entre pas dans mon âme avec tes chaussures, Liana Levi, 2013
(et « Piccolo » n° 108)

Venus d'ailleurs, Liana Levi, 2015
(et « Piccolo » n° 132)

Des orties et des hommes, Liana Levi, 2019
(et « Piccolo » n° 158)

Poésie et nouvelles

Le Ciel à rebours,
Presses de la Cité, coll. « Jalons », 1999

Concertina, Le Rocher, 2006

Indovina, Éditions La Passe du vent, 2014

(Se) correspondre : Tandem Rhône-Alpes / Suisse romande
avec Bettina Stepczynski, coll. « Lettres frontière »,
Éditions Jean-Pierre Huguet, 2015

Le Cœur des mortels, Éditions La Passe du vent, 2019

La Renouée aux oiseaux,
Éditions La Boucherie littéraire, 2019

La Chaise de Van Gogh,
Éditions La Boucherie littéraire, 2021

(*suite p. 233*)

Paola Pigani

Et ils dansaient le dimanche

Liana Levi

ISBN : 979-10-349-0430-3

www.lianalevi.fr

À ceux que l'usine a nourris,
à ceux que l'usine a meurtris.

Prologue

«Je t'attends, je serai patiente», m'a-t-elle dit dans un rêve, son visage voilé par un rideau. À peine ai-je eu le temps de distinguer une silhouette, des boucles brunes, des jambes maigres au ras d'une combinaison, une poignée d'épingles à cheveux sur une sorte de guéridon. De toutes mes forces, j'ai essayé de retrouver ses traits, de parfaire le rêve, donner chair à une image furtive, l'habiller de temps, de mémoire. *Je serai patiente.*

Ces mots m'ont poursuivie alors que je tentais de distinguer la provenance d'un bruit étrange dans la chambre. Il m'a semblé entendre une feuille tomber, puis deux. J'ai arpenté mon petit périmètre de silence. Le bruit a repris, comme la chute d'une présence infime. J'ai laissé mon regard flotter de part et d'autre de la pièce, oubliant tout ce qui pouvait parvenir de l'extérieur, oubliant la ville et ses rumeurs d'asphalte, le soleil trop fort qui cognait au carreau. Aux aguets entre les murs, je me sentais devenir la proie de moi-même. C'est alors que j'ai aperçu contre la plinthe une sorte de phasme, un brin de vie mi-paille mi-herbe qui tentait de retrouver le plein air, le plein jour, la pleine clarté. Une créature minuscule, une fibre froissée dans un coin de ma chambre et de ma vie.

«Je t'attends, je serai patiente, je reviendrai.» C'était elle, la femme de mon rêve. J'ai compris alors que je partirais de rien, d'un soupçon d'existence, d'un fil de rayonne aussi ténu que celui d'une araignée.

J'allais devoir écarter le rideau doucement, l'approcher, la nommer, la déloger aussi d'une des alcôves de la mémoire ouvrière. Cerner son histoire traversée de toutes les fatigues, de tous les élans. Suivre la ligne de l'Est jusqu'au passage des migrants, m'attacher à ceux qui avaient fondé une ville de banlieue autour d'une des plus grandes usines de textile artificiel en France, marcher dans les gravats, imaginer derrière chaque pan de l'effondrement ce qui s'était construit de la solidarité. Une épopée ouvrière, cosmopolite et fragile, au siècle dernier.

Parce que rien n'éblouit cette mémoire, sinon les traces de l'effort humain.

P. P.

« Chacun porte son poids d'espérance, longtemps. »

Henry Bauchau, « L'événement futur »,
La Pierre sans chagrin.

« Mais la plus belle victoire sur le temps
et la pesanteur
c'est peut-être de passer
sans laisser de trace
de passer sans laisser d'ombre. »

Marina Tsvetaïeva, « Se faufiler »,
Insomnie et autres poèmes, Après la Russie.

1

Épaule contre épaule, leurs deux visages dans l'anse de leurs cheveux mêlés. Impossible pour l'une de remuer une main sans réveiller l'autre. Szonja s'est endormie contre Márieka. Ni elles ni ceux du convoi ne traverseront l'océan, n'atteindront les Amériques. Tous suivront la voie tracée dit-on par MM. Gillet et Chatin. De bons patrons les attendent en France, convoitant depuis 1923 une main-d'œuvre servile et bon marché, qui ont cru en l'avènement de la viscose, cette soie artificielle dont se vêtent déjà à bas prix toutes les femmes d'Europe, dont on va pouvoir fabriquer les meilleurs parachutes pour la prochaine guerre.

Lorsqu'elle se réveille, Szonja fixe à l'angle du wagon les reposoirs en bois où valises et cabas à provisions ont été hissés. Une louche en cuivre dépasse de l'un d'eux et prend la lumière des réverbères à chaque gare. Un petit soleil témoin pour elle seule. Le voyage est si long depuis Budapest qu'un fragile mouchoir de poussière s'est accroché à la hauteur des rideaux en gros drap. Son regard oscille entre ces deux points d'accroche.

Des poivrons, des oignons crus passent de main en main, puis des œufs durs, des petits pains au pavot. Szonja voudrait tout avaler à la fois sans rien connaître des villes traversées – Vienne, Linz, Munich, Berne, Genève – ni des villages perdus dans le magma de la nuit. Être déjà arrivée, trois ou quatre jours plus tard à Lyon avec une vraie faim, un espace dans son corps et dans sa tête où pourraient s'incruster l'attente, le désir, une autre Szonja.

Pour l'heure, elle a du mal à se déplier dans ce compartiment où les voyageurs sont tellement serrés les uns contre les autres. Entre les pépiements des femmes, les montées de tabac des hommes et le tempo régulier du train sur les rails, elle n'a droit qu'à un sommeil coupé menu. Elle sait à peine ce qui l'attend, là-bas, un contrat pour quelques mois, chambre et repas dans un pensionnat dont les frais seront prélevés sur sa paie. Travailler dans une usine en France, loin des paysans de Sárvár, des champs de houblon, de betteraves, avoir une place parmi les hommes, gagner son propre argent. Szonja ne pense pas à être libre. Le pays qui s'annonce au-delà des brumes n'a pas de contours. Liberté et rêve ne ressemblent à rien.

Dans les couloirs du wagon, le petit monsieur à chapeau gris repasse pour la troisième fois avec une jeune femme qui traduit en hongrois ses consignes à tous. Ensemble, ils vérifient les noms sur un registre que l'homme tient avec autant de dévotion qu'une bible, s'assurent que personne ne manque, qui aurait renoncé la veille du départ, ravalé par une fiancée ou une mère en larmes, ou par le sentiment de trahir les siens. Peut-être se sent-il prophète à cette heure, l'homme si grave au registre, ayant le devoir de guider leur petit peuple indigent ? Parmi les six cents voyageurs, près de la moitié ira à Vaulx-en-Velin, en périphérie de Lyon, les autres à Izieux et à Échirolles. Un contingent a déjà été détaché pour une usine de Colmar.

L'aventure en grise certains. Pour eux, la chance penche vers des collines, des rivières, des villes aux vitrines illuminées. Pour les autres, la peur se niche entre les mains croisées sur des genoux secs et sages. Ne pas remuer l'air, ne pas réagir à la promiscuité, ne pas entraver l'allant dans le convoi des vaillants.

Avant la prochaine gare, un couple s'agite, s'habille à la hâte. L'homme enjambe plusieurs paires de genoux couverts d'enfants et de victuailles, saisit leur unique valise. Sa femme secoue la tête sans un mot face aux visages étonnés du wagon entier. Tous les deux se dirigent vers le bout du couloir avant de sauter comme des fugitifs sur le quai désert. Des centaines d'yeux les regardent disparaître dans le noir. On ne veut pas savoir s'ils ont raison ou tort, s'il faut croire à la suite aveugle du voyage pour émigrer dans l'espoir.

Szonja imagine qu'après ce train il y en aura d'autres, et au bout des voies ferrées un tramway ou un autocar jusqu'à l'usine. Ses chaussures sentent déjà l'immobilité moite. Elle les ôte, traverse le wagon en socquettes, puis le suivant, une forêt avec ses odeurs fauves, ses hommes à la lisière des compartiments qui fument et l'avalent du regard. Elle s'écarte d'eux, se plaque contre les parois du couloir pour éviter de les frôler. Un grand brun lui glisse tout bas qu'elle ressemble à Erzébet Simon, lui demande si elle est juive, comme cette Miss Europa 1929 qui vient d'être élue plus belle femme d'Europe, beauté consolante pour le peuple hongrois depuis la dislocation de l'Empire. Szonja s'éloigne des garçons, ne rougit même pas à leurs allusions. Ils sont quelques-uns, comme eux, à vouloir mettre à profit les longues heures du voyage pour faire la cour aux filles, gagner du temps, ne pas risquer de les voir un jour entre les bras d'un Français. Ils rêvent de fiançailles sauvages en chemin de fer. Ils aimeraient franchir à deux, enlacés, les grilles du paradis de l'Homme nouveau.

Le crépuscule brouille les visages dans les coursives mal éclairées. Szonja revient s'affaler sur la banquette du wagon. La pluie bat les vitres tandis que ses voisins mangent un fruit en silence, gardent le plus longtemps possible leur couteau dans une main, un morceau de pain dans l'autre, pour que dure le goût d'hier. Leurs doigts attentifs autour du fruit ou de la miche déjà un peu rassie.

La jeune fille essaie de les oublier et de rendormir les dernières images qui s'enroulent autour d'elle comme la vieille laine de son chandail où glissent ses mains froides.

C'était quelques semaines avant le départ. Elle était restée assise sur un talus en bordure de champ, avait frotté la terre qui maculait ses bas de laine, s'était relevée un peu trop brusquement comme pour secouer le ciel de bruine et l'impression d'appartenir à un monde las. Une oie s'était approchée de la mare, à dix pas de Szonja, lourde et laide dans son gloussement poussif. Cette vision de grasse volaille sans désir de voler l'avait soudain traversée. Non, elle n'allait pas devenir ainsi. Faire sa vie avec un paysan de Sárvár ou de la plaine de Pécs. N'avoir pour horizon que des lignes tremblantes de blé, les houblonnières, les touffes bleues des choux, le vieux verger du père. Ne porter qu'une robe par saison, les mêmes chaussures toute la vie pour les mêmes routes villageoises.

Sa cousine Márieka l'avait rejointe et elles étaient allées à l'épicerie acheter du sucre et du fil à coudre, s'étaient attardées dans leurs rires, l'oubli des besognes, avaient gaspillé quelques minutes encore à lire des avis à la population sur le mur de l'école. Un vol de cigognes était passé au-dessus de l'église. Leurs deux visages tournés vers le ciel avaient suivi les ailes, les nuages dans la même blancheur de céruse, un flou presque sale. Szonja avait tiré sa cousine par la manche et l'avait contrainte de revenir sur leurs pas. Peut-être n'avaient-elles pas tout saisi de l'affiche de recrutement.

« Recherchons ouvriers hommes, femmes de seize à quarante ans, familles, couples, célibataires bien-portants pour un travail dans une nouvelle usine de textile en France. Contrat de trois mois renouvelable en fonction de la valeur à la tâche. Transport et logement assurés et déduits de la paie par quinzaine. Se présenter ici même le 4 novembre à partir de neuf heures. Priorité sera donnée aux anciens ouvriers de l'usine de Sárvár. »

Elles s'étaient demandé un instant ce que signifiait « bien-portants », s'étaient tâté les bras et pincé les hanches. Oui, elles pouvaient prétendre à un travail d'ouvrières là-bas, loin des terres magyares et de leurs hommes à longue moustache. Le balancement du panier qu'elles tenaient à deux avait repris entre leurs jupes. Márieka avait fait halte soudain. Grave, elle avait cherché dans les yeux de Szonja ce bleu d'enfance qui dansait encore. Lui avait secoué les mains. « Toi et moi, on va y aller ! »

Deux bouches en moins à nourrir dans leurs familles. Moins de draps à laver. Deux bouches à remplir de mots nouveaux, France, ouvrière, usine. Deux bouches qui redoubleraient d'audace, d'une faim vorace. Elles allaient se faire leur propre dot d'avenir.

Puis tout était allé très vite. Être pauvre, c'est savoir se jeter sans état d'âme dans un ailleurs. Plier sa vie dans une valise en carton bouilli, entre quelques vêtements et des rêves de second choix.

Leur grand-mère leur avait donné un coupon de tissu qu'elles avaient partagé pour se coudre deux robes identiques toutes droites, et avec les chutes elles s'étaient fait des rubans un peu grossiers pour se nouer les cheveux. Elles n'en aimaient pas le motif, des rayures gris et grenat. Elles n'aimaient ni leurs souliers plats, ni les premières, ni les dernières lamentations de la grand-mère, ni l'idée de monter dans un train interminable avec des villageois trop familiers.

Un matin, déjà éprises de leur nouvelle vie, elles avaient coupé leurs lourdes nattes pour dégager leur nuque, à la mode de Budapest, et elles s'étaient promis de ne jamais porter de fichu sur la tête. Une envie d'avoir une longueur d'avance sur la beauté des femmes alors que leurs pommettes rosies et leur allure gauche trahissaient encore leurs dix-sept ans. Les parents, eux, ne disaient rien, leurs filles ne partiraient pas pour longtemps, six-huit mois tout au plus. On les avait recommandées aux agents du recrutement et au prêtre, garant de la moralité des travailleurs : des jeunes filles droites et courageuses, ayant déjà embauché à la sucrerie près de Sárvár. Au moins, elles reviendraient avec un peu d'argent, après cette crise qui jetait tant de désœuvrés sur les routes.

La veille du grand départ, Szonja avait encore aidé le père à remplir un tombereau de betteraves, poussé les oies dans leur enclos, curé ses ongles terreux, lavé ses cheveux avec une excessive lenteur, enduit ses mains de saindoux pour en atténuer les gerçures. Puis elle était allée vider la bassine dehors pour regarder le soleil rougir les chaumes derrière le puits. Elle avait voulu provoquer contre l'anse du seau en zinc le petit cri de rouille de la chaîne qui l'amusait enfant, se donner le courage de balancer aussi les doutes et les craintes de la grand-mère. Après ça, ne rien entendre, ne plus rien voir, laisser l'eau noire, au fond, tout au fond. Tourner en rond dans le jour finissant, essayer de repousser la lumière alentour, penser à des choses simples et idiotes.

Szonja avait juré, craché sur le cuir de ses chaussures qu'elle les jetterait par la fenêtre du train même si elle n'en avait pas d'autres. Avec une vieille chaussette, elle les avait pourtant fait briller autant que possible pour leur donner un aspect neuf malgré les traces de betterave mauves. Elle avait usé encore de crachats pour ne pas gaspiller le cirage, changé les lacets effilochés. Bientôt elle marcherait sur le quai d'une gare, dans les rues d'une ville inconnue, se tiendrait autrement au bras de Márieka, le cou dégagé. Elles seraient deux marcheuses de l'avant, éprises d'une légèreté qui claquerait au soleil.

Ensemble, les deux cousines avaient préparé des œufs durs, du pain, glissé à l'intérieur des miches des messages de chance griffonnés sur des bouts de papier roulés, choisi des pommes pas trop mûres, cassé des noix, saupoudré des petits fromages de paprika et de poivre. Les éternuements de Szonja s'étaient mêlés aux larmes de sa cousine pour lui revenir en rires soulevant son corps de spasmes nerveux. Un instant, elles s'étaient laissées aller, sans aucun mot à la bouche, à des grimaces mêlant peur contenue et excitation idiote.

Au moment de partir, Szonja avait regardé trembler ce qu'il y avait de plus réel dans sa petite vie, les branches nues du tilleul dans la cour dont l'ombre sèche passait et repassait sur leur grand-mère assise au milieu des volailles, les mains serrées autour de l'écuelle de maïs. La vieille dame avait levé les yeux vers elles. De ses lèvres s'écoulait une prière. Seule Szonja l'avait deviné.

Entre les arrêts du train pour recharger la locomotive en eau et charbon, une fatigue inexorable s'accumule, dans l'attente d'une escale plus longue. À Vienne, heureusement, les passagers ont pu arpenter les grands halls, acheter du pain frais, du lait, quelques crêpes, du tabac. Ils ont dû compter chaque pièce avec anxiété, prendre garde à réserver un peu d'argent pour les prochaines étapes. La plupart d'entre eux n'ont pas changé leur peu de monnaie hongroise. Pour les dernières escales en Suisse, en France, ils se contenteront d'aller aux toilettes, de respirer l'odeur métallique des gares.

Après deux jours de voyage, le train siffle longuement avant de s'arrêter au milieu de nulle part. Il faut habituer ses yeux aux fumées et vapeurs qui se mêlent au brouillard épais pour distinguer un semblant de gare et les toits d'une ville presque irréelle. Où sont-ils ? dans quel pays ? Les mécaniciens de la locomotive sautent sur le quai, affolés. Seuls le petit homme en gris et la traductrice sont autorisés à descendre pour s'informer : ils préviennent qu'on ne repartira pas avant plusieurs heures. Ils longent le train entier sous les fenêtres, répétant l'information et interdisant toute sortie. On détache la locomotive. L'opération secoue les premiers wagons et transmet l'onde d'inquiétude aux suivants jusqu'à l'extrémité perdue dans la brume.

Une nuée de corneilles afflue : de vieilles femmes tout en noir qui se précipitent et sortent de leurs cabas maintes choses à vendre. Leur haleine fume dans l'air glacé. Leurs mains qui semblent avoir été passées au brou de noix tendent à la portière et aux fenêtres des petits fromages, des chaussettes en tricot, des flacons d'eau-de-vie, des pommes. Après un bref marchandage, Szonja et Márieka en achètent quatre pour le prix de deux. Un géant passe ses gros bras à travers la vitre pour tirer à lui un sac entier. Il agite deux billets, demande encore trois fioles d'eau-de-vie. Des envieux regardent ses achats passer par les fenêtres, laissant entrer le froid. Szonja et Márieka ont l'impression de ne manger que des pommes depuis trois jours, *ça lave les dents, ça fait briller nos bouches, mais une heure après, on a encore faim.* Tant pis, elles s'en contenteront.

Toutes les vieilles s'agglutinent pour écouler le reste de leurs marchandises. Le monsieur gris essaie de les chasser en déclarant que, dans ce train à destination de la France, on n'a besoin de rien. Il crie presque À DESTINATION DE LA FRANCE. Mais dans ce convoi pour la France, on n'a prévu que l'eau et le pain, durci en moins d'une nuit.

Les pauvres femmes finissent par disparaître dans la brume, un fatras d'ailes sombres laissant derrière elles l'impression d'une halte dans une contrée hors du temps.

On ne sait plus si on attend le soleil ou la lune. Les va-et-vient reprennent dans les couloirs. Des soupirs de résignation gagnent tous les compartiments, que couvrent peu à peu les bruits d'allumettes qu'on craque pour une pipe, une cigarette, une lampe torche. Entre le froissement des pages tournées, missels ou journaux, le fil des bavardages las, des berceuses murmurées.

Le train repart enfin à la nuit tombée.

Les garçons qui ont remarqué Szonja repassent dans le couloir, insomniaques et nerveux. Szonja détourne la tête, baisse les yeux dans l'espoir qu'ils ne la reconnaissent pas, essaie de dormir un peu dans les bruits de papiers froissés, de mâchoires appliquées. Ils dévisagent toutes les jeunes filles, cherchent un peu de joie, en vain.

Márieka s'agite dans son sommeil, enfouit son visage dans son châle. Puis un à un s'éteignent les mouvements humains, le compartiment sombre dans le silence. Seule la plainte lancinante du train rythme la nuit. Szonja rêve qu'il s'arrête en plein champ. En quelle saison ? À quelle heure du jour ? Les wagons se vident en un instant. Une foule de femmes, d'hommes et d'enfants se répand dans l'herbe, sans bagage, sans chapeau ni manteau. Restée seule derrière la vitre du train, elle s'écrie « Revenez ! », mais personne ne l'entend.

Elle se réveille en sursaut. Tout le monde dort. Sauf une mère qui lange discrètement un bébé sur ses genoux. L'odeur des selles accroît le malaise de Szonja. La femme roule le linge souillé dans un vieux journal et, le temps de le porter dans le seau à déchets au bout du wagon, lui confie le petit. Elle caresse son crâne couvert d'un bonnet de coton, sa respiration lente lui fait du bien. Tous deux se laissent bercer jusqu'au retour de la mère. Les jeunes femmes échangent encore quelques signes. Une odeur de tabac s'échappe du couloir. L'aube est lente à venir.

2

Autour d'elle, d'un wagon l'autre, les voyageurs sont encore ses semblables, un peu perdus, dans leurs bagages la lettre d'embauche écrite en hongrois et en français, leur espoir à deux branches pour percer l'inconnu, avec au moins l'assurance d'être logés sur place.

Szonja observe tous ces corps secoués par les heurts sonores des rails. Dans ce berceau de métal, les visages endormis, douloureux ou angéliques se raniment peu à peu. Quelques hommes sortent leur montre à gousset, leur seule fortune. Leur femme n'a pas besoin d'heure, conditionnée par le rythme des enfants.

La locomotive siffle, éraille leur fatigue et crache son voile de vapeur qui les empêche de voir Lyon à son approche. Les derniers soubresauts du train sont interminables et les rendent tous fébriles. Szonja est éveillée depuis longtemps. Elle a repoussé le sommeil et la vieille cape dans laquelle elle s'était blottie avec Márieka, incommodée par son odeur de feu et de soupe, irritée de sentir encore la douceur rance de la maison maternelle. Est-elle une fugitive, une renégate ? C'est à peine si elle se sent appartenir à sa famille. Pour quelques heures encore, elle est de nulle part. Elle n'a pas conscience d'avoir traversé plusieurs frontières, c'est le petit homme en gris qui a présenté les papiers aux douaniers, bien heureux de ne pas avoir à inspecter ce convoi de traîne-misère.

Du plat de la main elle lisse ses cheveux, réajuste son gilet sur la vilaine robe, s'étonne de ses chaussures encore brillantes malgré la poussière ambiante. Non, elle ne les jettera pas. Les autres sont mieux fagotés qu'elle, vêtus depuis le départ de pauvres costumes du dimanche à présent complètement fripés. Ils se sont parés pour l'aventure. Des fragments de nuit leur pendent encore au visage. Chacun se rassemble, le regard bordé d'inquiétude, histoire de retrouver un corps entier après plus de trois jours de voyage.

Sans délai, ils vont avoir à se présenter au bureau des entrées de la grande usine modèle. Ce n'est pas tout à fait le moment d'y croire, à cette nouvelle vie. La France tremble sous le plancher du train, la France siffle, la France a des bouffées de locomotive. Dans quelques minutes, elle leur ouvrira ses grands bras de brume pour les attirer, les engloutir, eux, les immigrants indifférenciés, nécessaires à l'industrie textile.

Márieka se recoiffe, fatiguée, énervée. « On est sale du voyage… j'ai faim, j'ai soif, pas toi ? » Elle trouve une dernière pomme dans son sac, en dévore la moitié avant de tendre l'autre à sa cousine. Une petite fille les regarde avec envie, sa mère lui renoue son fichu très serré sur le front et les oreilles. Les yeux perdus de l'enfant se tournent vers les passagers qui se massent sur le quai.

Les premiers à descendre du train sont les hommes à qui on tend dans des mouvements lents et anxieux valises, enfants, paniers. Les baluchons confectionnés dans de vieux draps ou des toiles à matelas ont pris toute la saleté des wagons et ressemblent à d'énormes nuages gris tombés au sol.

Les arrivants doivent trouver le sens de la marche, avancer sur le quai sans compter leurs premiers pas en pays étranger, se tenir prêts avec les yeux, les jambes, les bras et l'énergie que leur a laissée le voyage épuisant, être aux aguets, écouter et répéter les consignes ricochant au-dessus des têtes encore ballottées de sommeil qui se retournent, une à une, pour transmettre les quelques mots d'indication. *Restez serrés… avancez jusqu'à la sortie… divisez-vous en plusieurs groupes au pied des autocars.*

Longue vague ombrageuse d'où émergent les visages clairs d'enfants abasourdis. Une jeune mère s'évanouit aux pieds de sa fillette qui hurle. Deux jeunes gars la relèvent, l'assoient sur une malle. Quelqu'un crie : « De l'eau vite, qui a de quoi boire ? » La demande remonte en tête de file.

En attendant, Szonja tapote les joues de la femme, dégrafe ses vêtements. Une gourde arrive enfin entre les mains du géant, *un peu de barack pálinka, juste tremper les lèvres, ça suffira.* La femme s'ébroue, tousse, cherche sa fille restée entre Szonja et Márieka. Le mari accourt, lâche tous leurs bagages pour prendre la petite sur ses épaules. Quelqu'un tend à la mère une poignée de raisins secs.

Vite, avancer, ne pas laisser démailler la longue traîne. Après avoir flotté en un temps indéfini, entre nuit et jour, silences, soliloques et bavardages engourdis, ils surmontent la dernière lame de peur. Ce premier matin de France les désoriente.

À présent, il faut traverser la gare de Perrache en portant les valises, les baluchons, sous la grande verrière, puis sous les voûtes. Szonja se retourne à plusieurs reprises, captivée par le faisceau des voies ferrées où le petit matin luit à peine. Elle manque de buter dans les bagages d'une femme qui tire par la main un garçonnet effaré. Ailleurs, un autre jour, sa maladresse aurait amusé Márieka, mais là, elle la fustige, lui lance des mots nerveux. Szonja se détache d'elle, la devance. Lassitude et manque de sommeil les séparent. Le flot avance vers les autocars qui se remplissent lentement.

Les deux cousines se tiennent debout, agrippées aux poignées en bois, n'ont d'yeux que pour la ville, ses grands immeubles et ses ponts. L'autocar passe au-dessus d'un fleuve. Elles n'en savent pas le nom. Puis un autre, tout aussi impétueux. Se peut-il vraiment qu'il y en ait deux ? On traverse quartiers et faubourgs sans fin. Ce que le jour donne à voir à travers les vitres embuées est loin de les éblouir. Des silhouettes informes qui se hâtent, des parapluies, des chapeaux sombres, quelques autos, des mendiants sur les trottoirs, des bicyclettes dans un flux grisâtre. « Mais jusqu'où va-t-il rouler, cet engin ? » Márieka soupire, Szonja tourne son visage vers le fond du véhicule, le garçon du train s'approche d'elle. « Miss Europa a fait un bon voyage ? » Elle baisse les yeux, saisit son mouchoir pour y cacher un rire nerveux.

Puis la ville laisse apparaître des trouées, des terrains vagues, des jardins, des cheminées d'usine. En lisière des prairies et des labours se dressent de grands hangars et une bâtisse énorme au fronton clair. Le car s'arrête à une centaine de mètres de son large portail. Tout le monde descend dans un calme hébété et suit les indications pour se faire enregistrer au bureau des entrées. On donne aux familles les clés d'un appartement ainsi qu'à chacun de ses membres un sac rempli de déchets de soie artificielle qui leur servira de paillasse. Toutes les familles ont droit à un espace propre équipé d'une cuisinière et d'un placard pour les ustensiles et les provisions. Aucun autre meuble. Les mères de famille découvrent qu'effectivement tout a été prévu : elles se réjouiront de manger par terre. Les célibataires sont logés en chambre au dernier étage des bâtiments parce que la solitude ne prend pas de place et qu'ils sont si nombreux, ces hommes apparemment sans attaches.

On pousse Szonja et Márieka en compagnie d'autres inconnues vers l'hôtel Jeanne-d'Arc, foyer dirigé par les sœurs du Très-Saint-Sauveur. En traversant le vaste vestibule de l'institution, elles ne regardent que le bout de leurs godillots comme si elles craignaient d'écraser les carreaux de faïence qui ressemblent à des biscuits. Malgré la lenteur qu'elles s'imposent, leurs pas résonnent d'appréhension et du poids de leur fatigue. Tout a une couleur d'hostie et une odeur de plâtre frais. Cette immense maison leur semble bien trop belle. Elle a été créée peu de temps après l'usine, en 1926, à l'initiative de Mme Gillet, l'épouse du grand patron, pour offrir à trois cents jeunes filles mineures protection et éducation sous l'aile du Saint-Esprit.

Une des religieuses les invite à passer au réfectoire pour boire du café au lait. On a pris soin d'écrire en français, avec la traduction en hongrois, sur de petits bristols placardés un peu partout *pain, sucre, toilettes, messe à 7 heures, à 11 heures, direction salle de couture, bibliothèque, chapelle...* Elles lisent, répètent les mots français ou s'y essaient. Leurs chuchotis enflent à mesure qu'elles gravissent les escaliers. Parvenues au couloir qui dessert les chambres, leurs voix ont déjà pris du volume. Elles ne sont pas là pour se faire oublier.

Szonja pénètre dans la chambre qu'on lui attribue, prononce un merci bien articulé à la jeune sœur qui lui tend une paire de draps sans dire un mot. Elle comprend qu'elle est muette. Des gestes et un silence transparents qui lui font du bien. Le Christ sur la poitrine de la muette est à peine plus petit que celui qui est suspendu au-dessus de son lit. Un lavabo, une fenêtre, une armoire, une table de chevet. L'ordre nu, presque émouvant, se dilate doucement sous ses yeux. La sœur reste un instant dans l'embrasure de la porte, semble guetter le moindre frémissement, la moindre défaillance sur le visage impassible de Szonja qui déplie le premier drap et l'abat sèchement sur le matelas, sans un regard pour la religieuse. Des fines particules flottent dans la lumière pâle. Szonja se demande un instant si cette poussière lui appartient déjà.

Enfin seule, elle s'allonge tout habillée sur les gros plis de la couverture, les yeux au plafond. Contre la tête du lit, un fil électrique pend avec à l'extrémité sa poire en porcelaine, la première qu'elle voit. Dans son pays, on les fabrique en buis. Elle joue avec l'interrupteur. Nuit, ses yeux se ferment, jour, elle s'éblouit à l'éclat de l'ampoule.

Quelqu'un frappe à la porte. Vite rallumer. Une Hongroise, arrivée il y a six mois, désignée pour expliquer aux nouvelles le règlement, passe dans le corridor. À peine ont-elles laissé leur corps se poser en silence dans leur nouvel espace qu'il leur faut déjà être sur le pont, suivre les consignes, les horaires des repas, des douches, de l'infirmerie, des messes et se préparer à la visite de la buanderie. On leur précise le prix de la pension en fonction de leur âge, de 5 à 7,50 francs par jour, soustraits à leur salaire mensuel fixé à 452 francs. Personne ne parvient à faire la conversion mentale de la somme restante en monnaie hongroise. Personne ne pose de question. La fatigue interdit toute curiosité.

Au repas du soir, Szonja et Márieka avalent en silence leur première soupe française, y ajoutent un peu de pain pour se remplir l'estomac au plus vite. C'est presque chaud, presque bon. Tout à fait fade, à voir leurs visages. Contre les assiettes blanches, les cuillères tintent comme un rappel des repas graves en famille où seuls les parents parlaient.

Demain, elles apprendront de nouveaux gestes, se fondront dans un autre temps, une autre lumière. En attendant, il faut coucher leur corps et ses pensées, l'emballer dans ces draps rêches pour leur première nuit à mille kilomètres de leur enfance.

3

Le matin est déjà là avec un goût de nuit trop courte, de lait teinté de chicorée, des tranches de pain de la veille, un peu de beurre très blanc comme ce petit jour de novembre. On leur recommande d'emporter une tartine dans leur poche pour tenir le coup jusqu'à leur retour à la pause de midi.

Szonja a bien compris que le prix des repas sera prélevé sur sa paie, ainsi que l'hébergement. Elle saisit un quignon abandonné par une autre. « Si tu pars là-bas pour connaître la faim ou la honte, faudra revenir », lui a dit sa grand-mère la veille du départ.

En sortant de l'hôtel Jeanne-d'Arc, le ciel leur tombe sur le visage, strié de fumées blanchâtres. Un château d'eau apparaît derrière l'usine. Des dizaines et des dizaines d'hommes, de femmes, de très jeunes filles et de garçons convergent vers le portail d'entrée. Des éclats de mots étrangers, des chuchotements mêlés aux bouffées de cigarette, à la gêne d'être si proches sans se connaître et rien à partager, sauf l'envie de sortir aussi vite que possible de ces entrailles inconnues. Szonja et Márieka se rapprochent très vite des Hongrois, donnent leur nom, celui de leur village, un peu rassurées d'entendre une langue familière, de voir des femmes coiffées comme leur mère qui taisent l'insomnie et les craintes.

À l'entrée, on leur désigne une caisse remplie de blouses qu'elles saisissent sans même vérifier la taille. Szonja enfile la sienne qui lui bat les mollets et cache son corps. Les cartes de pointage sont distribuées – nom, prénom associés à un numéro écrit à l'encre noire –, qu'il faut glisser dans un boîtier. Szonja s'approche de l'appareil, regarde tour à tour la jolie calligraphie, les chiffres 8 9 9 et son reflet sur la petite vitre étincelante qui protège l'horloge. Son image est déjà recouverte par celle des filles qui se pressent derrière elle. Le balancier de plomb a raison des visages dont les traits se dédoublent dans le tremblé du petit matin. Très vite, il faut actionner le levier qui poinçonne la carte et la placer dans le grand tableau. Ainsi est-elle ce rectangle de carton de quelques centimètres carrés, preuve rigide de sa présence à l'atelier durant les dix prochaines heures.

« Vite, ma fille, pas le temps de rêvasser. » Elle avance dans le flux humain vers la grande halle, puis un passage à l'air libre et un boyau entre des réservoirs immenses. Szonja ne sait rien encore de ce qu'ils contiennent, ni de ce qu'il y a dans le cœur des hommes, ici.

Mónika, la Hongroise qui joue la marraine depuis leur arrivée, leur explique à mots comptés qu'il y a trois filatures comprenant plusieurs ateliers de deux cents ouvriers ou ouvrières chacun. « Dévidage, moulinage, étirage, flottage », prononce-t-elle avec soin et assurance, massive dans sa chair, dans sa parole, matrone aux membres d'acier et au regard implacable, comme si elle maîtrisait chaque étape de la fabrication, comme si elle avait exploré toute l'usine, comme si dans ce monde-là elle avait acquis une place pour l'éternité. Elle récite, mi-fière, mi-lasse, que la Soie artificielle du Sud-Est, dite Sase, a été la première usine française à utiliser le procédé de la viscose. « La toute première était dans notre pays, en Hongrie, à Sárvár. Ici, pas d'aération, faudra faire sans… enfin, vous essayerez d'oublier les vapeurs. Les hommes sont à la préparation, on ne les voit pas beaucoup, ils font tremper la cellulose dans le bain de soude avant de la presser. Après, elle est déchiquetée et enfermée pour “mûrir”. »

Szonja se répète ces mots, « enfermée pour mûrir », avec l'accent que la femme n'a pu effacer après deux ans d'usine. « Cinquante heures à l'abri de l'air, ajoute Mónika, avant que la viscose passe dans la baratte où on la mélange au sulfure de carbone. Les gars tournent et tournent pour éviter les grumeaux jusqu'à ce qu'elle devienne une belle pâte d'ambre. Après, c'est la dissolution à la soude caustique. Ça fait tousser, il faut boire du lait souvent. On en donne à l'atelier, heureusement ; paraît que c'est de l'antidote, mais on ne parle pas des ouvriers qui ne reviennent jamais à cause des poumons brûlés. Même vous, les filles, si vous toussez, faut boire du lait. »

Elle passe directement au finissage, « là où on est attendues, nous les femmes, dévidage, moulinage, flottage », répète-t-elle, « vous pouvez faire le signe de croix, ils sont bien trois, avec le Saint-Esprit ou sans lui ! On envoie la pâte dans les filières, elle ressort en fils plongés aussitôt dans un bain d'acide sulfurique et de sulfate de soude. La magie n'dure pas… jamais bien beau le fil de viscose quand vous le recueillez sur les bobines. »

Elles traversent l'atelier où on lave, désulfure et blanchit le fil avant de le sécher et de le mettre en forme sur les flottes.

Szonja sent les regards furtifs qui traversent sa blouse trop large, observe les femmes qui prennent leur poste derrière d'immenses parois contre lesquelles sont fixés les reposoirs à bobines.

Une odeur de poudre et d'acide est suspendue dans l'air. Szonja entrouvre son tablier pour saisir un mouchoir dans la ceinture de sa jupe. « Tu vas t'habituer », lui lance une femme un peu grasse qui dégage des vapeurs d'eau de Cologne pour écarter, semble-t-il, ces effluves chimiques.

Un homme s'approche, lui demande de surveiller les *fenottes.* La grosse hausse les épaules, « pas si fenottes que ça, y en a des mariées... Ces gamines feront comme moi au début... Y'a qu'à regarder comment qu'on fait ! Elles peuvent pas se tromper... n'ont qu'à suivre le rythme..., pas comme ces idiotes d'Arméniennes. » Sans doute qu'elle fera elle aussi partie du lot des balourdes, se dit Szonja. « Les derniers arrivés sont toujours les plus mauvais, prévient Mónika. On sera sur votre dos jusqu'à vous écœurer de la vie, et un jour vous regarderez d'un sale œil à votre tour les nouveaux. »

« Donc, vous avez compris, le pire pour les bronches, c'est la désulfuration, mais y a que les gars qui s'en occupent », lui explique la grosse qui sent l'eau de Cologne. « Moi, c'est Simone. »

Szonja n'a pas tout saisi. Elle observe ses mains vides, prêtes à serrer, saisir, surjouer la maîtrise et la vitesse d'exécution. La Française ne semble pas vouloir connaître le nom de la millième ouvrière arrivée de l'Est : « On nous en envoie même de Russie, de Pologne... Chais pas ce qui se passe dans vot' monde là-bas, mais des Hongroises, il en arrive, en veux-tu en voilà ! Va falloir vérifier qu'on n'vous paie pas moins cher que les Françaises... Tu vois ces guindres sur chaque travée ? C'est là qu'on forme les flottes de fil. » Szonja s'approche des écheveaux, n'ose rien toucher encore. Simone continue : « Une fois les gâteaux terminés, va falloir capier les flottes. » Szonja a du mal à garder les mots en tête, elle calque les gestes mentalement, étonnée des doigts agiles et graciles de Simone. « Tu comprends, faut que ça tienne bien pendant le lavage et puis le dévidage. »

Une demi-douzaine de filles étrangères assiste autant au ballet des mains prestes de Simone qu'à celui de ses seins énormes à l'étroit sous la blouse. Son énergie les intimide.

Szonja se demande comment on peut garder la force de soulever les bras au même niveau, toujours à la même cadence, avec deux obus pareils en guise de poitrine. La sienne est toute menue, fine comme deux pâtons de farine blanche.

Une Française qui semble née à la Sase la bouscule un peu : Gisèle. Elle lui explique pour les amendes. « Attention, si on te veut le dimanche à l'usine et que tu n'y vas pas, ça sera trois jours de mise à pied. Et lui là-bas, celui qui nous guette tout le temps, s'il nous surprend à discuter, il peut nous faire ôter la prime. » Elle lui répète que chaque minute de retard à la pointeuse en arrivant, c'est un quart d'heure de travail décompté, chaque minute d'avance le soir, pareil. « Tu vois, y a des pendules dans chaque atelier et aux vestiaires. Bon, tu vas vite comprendre qu'on vous paie moins que les Français et les femmes moins que les hommes, eux gagnent 3,50 francs de l'heure. »

Suivre le rythme, rester dans les clous. On ne leur demande que cela, mais les explications, c'est déjà exténuant. Entre « fil artificiel » et « clous imaginaires », les étrangères en ont à retordre, des expressions, quand, agacées, les Françaises les miment et grimacent pour se faire comprendre. Les principales instructions traduites en hongrois sont affichées, avec les horaires des pauses, deux dans la journée, le plan sommaire de l'usine et de la cité avec l'infirmerie... Le chef d'atelier est là pour régenter, surveiller, évaluer les tâches de chacune et leur vitesse d'exécution.

Szonja ne veut pas, ne peut pas voir au-delà de cet îlot de labeur. Mónika leur a fait la leçon hier soir, alors qu'elle passait en bout de tablée pour saluer les nouvelles. « Chaque erreur, chaque retard sera décompté de votre paie. Vous ne crèverez jamais de faim ici, mais faudra tenir les cadences et saluer les chefs, même à l'église. » Elle avait ajouté en regardant fixement Szonja : « Si vous ne tenez pas le rythme, si vous êtes malade, terminé ! Y a plein d'Italiennes pour vous remplacer. »

Mais soudain, pointant du menton la porte de l'atelier, Mónika s'exclame : « C'est déjà ton tour, rendez-vous avec les piqueuses. Va vite ! À tout à l'heure. »

En pleine séance d'apprentissage, il faut tout laisser pour se rendre à l'infirmerie. Les visites s'échelonnent depuis le matin.

Plusieurs filles en combinaison, grelottantes, attendent leur tour dans le couloir, un carton à la main distribué la veille au bureau des entrées. Une secrétaire y a noté leurs nom, prénom, date de naissance, pays d'origine, langue parlée, situation de famille, religion. Bientôt y seront ajoutés leurs poids, taille et autres détails.

Márieka, déjà dans la file, s'affole. Seule sa cousine peut voir dans ses yeux les signes de l'inquiétude. Ses battements de paupières, ses joues enflammées. « On va nous mettre nues. » « Mais non, ne t'inquiète pas, on veut juste savoir si on n'a pas de boiterie, pas de tuberculose, pas de myopie, Mónika nous a expliqué tout ça hier pendant que tu boudais ta soupe froide. »

Tout va très vite, quinze minutes à peine pour chaque fille. C'est déjà le tour de Szonja. Elle pénètre à pas timides dans la salle dallée d'un grand échiquier noir et blanc, lève la tête vers les hautes fenêtres qui éclairent la pièce austère mais impeccable, découvre le mobilier d'auscultation, surprend son visage dans le miroir fixé au-dessus du lavabo, s'empresse de quitter ses propres yeux glacés, essaie un sourire. On lui ordonne de se laver les mains avec le pain de savon embroché à une applique de métal, une serviette humide pend juste à côté. Lentement Szonja s'essuie, retardant le moment de s'approcher de l'une des deux infirmières qui la fait asseoir face à elle.

Il lui faut montrer ses mains bien écartées. On inspecte les ongles. La religieuse explique l'importance d'en prendre soin, de les couper régulièrement en arrondi, si possible les limer pour éviter d'accrocher les fils de viscose. « Vous faites un travail délicat, ne l'oubliez pas. Il est interdit de se ronger les ongles », précise-t-elle entre ses lèvres qui s'ouvrent et se rétractent sur un filet de voix un peu aigre. Szonja ne suit pas les mots mais ses intonations et mimiques.

Lui revient en mémoire le doux visage d'Erzébet Simon, Miss Europa, en photo dans tous les journaux hongrois cette année, la délicatesse de ses mains croisées contre son ventre, à demi enfouies sous la dentelle de ses manches, sa beauté sage corsetée de soie. La vraie soie, Szonja la connaîtra-t-elle un jour sur sa peau ? On dit que cette étoffe naturelle, si douce et fragile, revêt de grâce la plus simple des femmes. Ses mains à elle sont à présent vendues, pièces détachées de sa personne qui vont œuvrer à la production du fil de viscose.

La femme en blanc poursuit ses instructions, gestes à l'appui, montre ses doigts en modèle, blancs comme du marbre, ongles parfaits, mains de statue qui n'ont rien à voir avec la vie, se dit Szonja en fuyant son regard et son haleine de bénitier. Son attention dérive vers une vitrine où sont disposés des ustensiles et potions pour les premiers soins, flacons d'éther, teinture d'iode, bleu de méthylène, boîtes d'aspirine du Rhône. L'infirmière en chef, blouse croisée sur un ventre inexistant, lui fait signe de se déshabiller et de monter sur la plate-forme du pèse-personne. Elle déplace le poids très rapidement sur la barre graduée, ayant déjà jaugé le corps de Szonja. « Quarante-sept kilos… Menstrues régulières ? Maladies de l'enfance ? » Une Hongroise répète les questions et traduit froidement les réponses.

Szonja se rhabille à la hâte, s'avance vers le tableau des tests visuels où sont imprimés deux systèmes de lecture.

À gauche, lecture alphabétique pour le personnel sachant lire le français, à droite figures schématiques pour le personnel analphabète ou de langue étrangère, leur permettant de reproduire avec les doigts les dessins et chiffres indiqués.

Tout s'enchaîne à un rythme soutenu et sévère, les filles circulent d'un point à un autre tels des animaux tristes qu'on évalue en quelques minutes. Contrôle de la vue, contrôle de la vie. La future ouvrière doit avoir un corps avant tout, une enveloppe fiable, imperméable, une peau à toute épreuve. La Hongroise précise encore qu'elles ont le devoir de signaler à l'infirmerie tout problème de santé qui nuirait au travail, à sa qualité comme à son rendement, qu'elles devront subir d'autres contrôles obligatoires.

Voici Szonja fichée, épinglée, dépouillée des petites ailes qui ont battu toute la nuit du voyage entre Budapest et Lyon. Tendreté et maladresse de son jeune corps cachées sous la blouse. Autre pays, autre manière d'exister, de se mettre en avant, de se mettre en retrait en fonction de la ligne de partage entre les hommes et les femmes, une autre façon de sentir dans cet univers couleur d'éverite.

Sans grande surprise, toutes les filles sont déclarées aptes au travail et triées en fonction de leur corpulence, de leur âge, de la finesse de leurs doigts pour faciliter leur répartition par les contremaîtres entre les différents ateliers. Ainsi sont-elles prêtes à dilapider leur énergie sur ce vaste plateau d'usine.

Au repas du soir, les filles s'égayeront, raconteront leur visite médicale, compareront leurs poids, tailles et leurs scores au test visuel. Elles imiteront l'infirmière à la bouche pincée. La plupart sembleront soulagées d'avoir franchi cette dernière étape. Elles comptent désormais parmi les effectifs sains et acceptables de la Sase.

4

Ces premiers jours à l'usine, elles ont toutes col et cœur serrés, comme des hirondelles qui se seraient trompées de saison et ne savent où s'aligner.

Szonja est attendue au flottage, l'avant-dernière phase avant la finition du fil de viscose. Entre les autres, elle avance avec ses bras qui battent le vide, ne sait rien de ce qui l'attend, où elle devra poser ses yeux. La seule expérience de travail collectif qu'elle ait connue, c'était à la sucrerie de Sárvár, dans son village natal, où elle n'avait qu'à pousser les chariots, jeter les betteraves dans l'eau avant le séchage et le broyage. Elle se souvient des odeurs de terre, de miel et de pluie mêlées.

Szonja est étourdie par le bruit des machines, des pas différents, des chaussures des chefs, des chaussures des ouvriers, chaussures des hommes et chaussures des femmes, des courants d'air venant de l'intérieur, de l'extérieur, des mouvements incessants, enchaînés les uns aux autres, qui la façonnent déjà. Aucune place pour le doute.

Elle saisit les fibres humides, poisseuses de solvant. Ses gestes n'ont rien de sensé encore. L'odeur chimique presque éthérée la transporte dans une réalité mystérieuse ; elle regarde la lumière du jour glisser des verrières sur ses mains blanches. L'écho des machines au fond de la salle, des chariots qui roulent sur le ciment couvre les voix humaines. C'est grâce à ces composants chimiques qu'elle va filer des heures artificielles. Une matière fibreuse sans couleur véritable et dans ses veines un sang transparent.

Les ouvriers de base sont presque tous des étrangers, les chefs laborantins et mécaniciens, français; parmi eux, quelques Russes blancs. Les hommes s'occupent d'envoyer la pâte de viscose, cellulose transformée à partir de pâte de bois en provenance de Suède, dans les tuyaux afin qu'elle ressorte par les filières. Des trous innombrables et très fins, à peine visibles, d'un diamètre variable suivant la qualité du fil et son usage ultérieur. Il faut prendre garde à ne pas faire tomber les précieuses filières en platine, *couivre* disent les Italiens. Parfois, il faut en rechercher une dans la rigole qui évacue les excès liquides. Une perdue: une payée, retirée sur la paie.

Les fils sortent de la filière à quarante degrés et sont lancés sur les bobines; en principe, les ouvriers portent des gants, mais ceux qui ne les supportent pas ont des mains reconnaissables, car très abîmées et présentant des coupures infligées par les bobines en verre. Leurs yeux sont douloureux et obligent souvent à un passage à l'infirmerie pour qu'on leur mette des gouttes, avec obligation de rester dans le noir. Elles n'auront pas de mal à maîtriser le travail de finissage. Des gamines de treize ans y sont, à l'atelier de la Trinité: dévidage, moulinage, flottage. Aucune formation, aucune qualification n'est requise. On n'attend d'elles ni preuves d'intelligence, ni esprit d'initiative. Elles n'ont même pas besoin de parler, car aux murs tout est encadré. Une jeune Italienne précise: « Pour le travail des femmes, vous avez compris, on prend le relais au flottage, moulinage, et cætera. » *Etchetera*, répète Szonja mentalement avec le même accent. « Faudrait juste éviter de respirer pour bien faire. Et suivre les bonnes sœurs en promenade le dimanche. Moi, je préfère aller au canal et me baigner dans le vieux Rhône, là où les garçons font la cour aux filles. »

Le soir, à peine la carte glissée dans la machine à pointer, les filles ouvrent leur blouse en riant. Márieka accourt du vestiaire, essoufflée, remarque la pâleur de Szonja, sans mot dire lui prend le bras jusqu'à la sortie à l'air libre. Elles se retrouvent dans un bouillon de langues et d'accents avec l'impression d'être dans un pays neuf, fusant de mille histoires. L'une parle plus fort que les autres. Elle s'approche de Szonja, étonnée et lasse, qui reconnaît l'Italienne. La main sur la poitrine, celle-ci se désigne sans façon en mâchouillant une sorte de haricot noir : « Moi, c'est Elsa. » En une torsion des lèvres, elle en arrache un morceau avant de pointer le doigt vers Szonja et de lui en offrir un : « Et toi ? » La bouche déjà pleine de ce fruit sec au goût d'écorce, elle peine à prononcer son prénom. Elsa rit encore avec une petite blonde aux joues irritées qui déteste la caroube.

Dehors, le jour semble déjà dissous dans les fumées que crachent les hautes cheminées. Du ciel, dont elles n'ont rien vu depuis le matin, ce n'est pas la lumière qui leur trouble les yeux, mais les émanations qui ont flotté toute la journée et dégagent une formidable odeur d'œuf pourri.

Márieka, Szonja et Elsa traversent la cité à l'écart des femmes plus âgées. Autour du lavoir, les Italiennes, les Hongroises et les Polonaises, plus nombreuses que les Françaises, parlent une langue bigarrée, mêlée d'accents et de mots de toute l'Europe. Leurs mains s'expriment plus vite que leurs bouches. Elles font durer le temps du lavage pour discuter du prix du pain, des légumes que les maris arrivent à tirer de leurs jardinets, des conditions de travail… *Moi, mon homme me dit qu'on va tous se faire bouffer,* porca miseria… *Mais bien sûr, il faut garder le pain sec pour* la pasta… *Jo a été renvoyé, il a renversé un bac de soude… Attention aux communistes… Qui peut m'avancer une coudée de fil pour ravauder le bleu de mon jules… Gardez-vous des fascistes italiens…*

Elles sont déjà rendues rue de la Poudrette qu'il faut traverser pour rejoindre l'hôtel Jeanne-d'Arc. Là où les sœurs de l'ordre du Très-Saint-Sauveur et les patrons veulent des jeunes filles prêtes à se conformer à leur devoir d'ouvrière modèle et si possible d'épouse très bientôt. On veut leurs voix claires pour le chant des offices, leurs doigts fins pour embobiner le fil de viscose. Et surtout pas de rêves qui dépassent, pas d'envies de baisers derrière les buissons, ni d'échappées hors de la cité. Ici, elles apprennent les notions élémentaires pour tenir un foyer dans la moralité et les petites économies. Couture, cuisine, calcul, français, lecture et nourrissage religieux… elles doivent se repaître de cet idéal jusqu'à détester tout ce qui les en éloignerait, les vices de la ville, le rouge à lèvres, le bal et le vin des hommes. Durant leurs mois, leurs années au pensionnat, elles devront constituer un trousseau pour leur future vie de femme.

Après trois jours de travail s'annonce leur premier dimanche. Messe obligatoire à sept heures du matin. Márieka a manqué de s'étouffer quand la sœur le leur a rappelé la veille au soir. Elle s'est insurgée en hongrois, le visage empourpré, jusqu'à ce que les filles des tables voisines se tournent vers elle, les yeux affolés par ses éclats de voix. Les cantinières n'ont pas compris ses paroles, mais l'ont observée d'un œil mauvais. L'une d'elles lui a ordonné de se calmer et l'a renvoyée dans sa chambre.

Le dimanche est un abîme. Après le travail hebdomadaire, après l'épaisse masse humaine de l'usine, la messe plonge chacune dans un état second, flottement parmi la présence éthérée des autres filles à l'intérieur des murs bleus de la chapelle. Sans doute ce bleu nourrit-il la douceur irréelle du petit matin dans cet îlot tranquille. Lavées et habillées à la hâte, les filles en grappes se collent, ensommeillées, sur les bancs. Szonja n'attend pas sa cousine. Elle s'assoit à côté d'Italiennes qui déjà s'agenouillent, le visage entre les mains. Elle ne sait que faire soudain, ne comprend ni les chants liturgiques, ni le déroulé de l'office. Ses yeux vagabondent entre la couleur des murs, pâle comme une fondue de nuages, et le bleu profond des fleurs de lys sur l'étendard de Jeanne d'Arc. Elle ne saisit pas pourquoi une guerrière prend autant de place dans une si petite chapelle. Elle ne connaît pas cette femme. Est-elle une sainte, une héroïne, un modèle pour les ouvrières ? Que va-t-on leur apprendre à brandir ? Une arme, un missel, un glaive, un outil de travail ? Elles qui n'ont que leurs mains encore pataudes à faire valoir.

Márieka, le visage d'un rouge cramoisi qui n'échappe à personne, se faufile entre les bancs où sont assises les plus jeunes, des Polonaises blondes et joufflues comme des brioches. Szonja lui adresse un petit signe désolé. En retour, elle reçoit un regard glacial.

Après le repas de midi, toutes s'éparpillent dans le parc derrière l'hôtel. Les tilleuls ont encore des troncs maigres, mais les herbes sont hautes le long des murets de l'enceinte. S'asseoir à même la terre humide, sur ce semblant de prairie ensauvagée, c'est s'abandonner, n'être plus que des créatures rendues à la légèreté de leurs os, à la transparence des rêves, à la futilité des mots qui s'effeuillent entre pudeur et fatigue. Certaines semblent encore désorientées. Dans l'entre-temps des repas, des offices, des cours de couture ou de français, elles s'agglutinent autour de leur noyau d'origine, groupe des Polonaises, des Italiennes, des Hongroises, des Françaises. On voudrait les contenir toutes dans ces deux matrices, le pensionnat et l'usine, où l'on attend d'elles assiduité, vitesse d'exécution et soumission pour l'apprentissage d'une vie de femme modèle.

La muette se tient là avec un léger balancement des hanches, sur un pied, sur un autre, jamais bien loin des filles fraîchement débarquées qu'elle observe à la dérobée. Toute menue, le visage constellé de grains de son, des yeux d'oiseau qui épient… Ses lèvres semblent murmurer quelque chose sans que jamais personne ne puisse l'entendre.

Elsa lui demande du papier d'emballage, de quoi écrire, elle court à l'économat, revient aussitôt avec des cartons aplatis qu'on étale sur le perron à l'arrière de l'hôtel. Avec un morceau de craie, Szonja dessine l'usine, les ruelles entre les maisons de la petite cité, les lavoirs, les grands immeubles, les jardins, la chapelle, le dispensaire, la coopérative alimentaire, et la ligne de tramway devant le mur d'enceinte… Il faut encore tracer le pourtour de cette île ouvrière, une ferme isolée, des champs plats, la gravière de l'autre côté de la voie ferrée, l'hôtel, à l'écart, *au milieu de rien.*

À genoux sur le grand plan, Elsa s'arrête un instant, cherche un peu d'espace où dessiner une dernière chose. Le trou immense de la carrière d'où on a extrait terre et pierre pour construire la cité Gillet, et à côté un puits de trente mètres de profondeur qui recueille toutes les eaux de pluie et les reflets d'un ciel envahi de fumées étranges. *Vous pouvez toujours y jeter une pièce et faire un vœu, ce n'est pas un endroit pour rêver ici.*

Elsa raconte pourquoi et comment elle est venue en France, depuis l'Italie, avec son frère et sa belle-sœur: les milliers de chômeurs, la misère du Sud au Nord et Mussolini qui continue à appauvrir le pays en voulant recréer l'Empire romain et encore l'étendre à l'Afrique. Puis intarissable, comme si c'était le cœur de sa vie, elle revient au travail ici, dans ce qui lui semble être une enclave de paix sous la haute protection de messieurs les patrons et du curé.

5

Entre l'atelier, l'église et l'hôtel Jeanne-d'Arc, Szonja s'accroche à Elsa à présent. Elle admire cette jeune femme enjouée qui parle déjà si bien français, s'amuse de ses expressions italiennes qu'elle apprend vite. Après l'usine, le jour laisse encore quelques restes de lumière pour le plaisir de marcher lentement et oublier les heures immobiles.

Elsa l'entraîne à travers la petite cité, les jardinets, souffle discrètement le nom des contremaîtres qui vivent dans les plus jolies villas, « là-bas, au bout, on ira dimanche ». Elle lui raconte des faits divers, les maladies qu'on trouve ici, comme si on les cherchait, la tuberculose, les yeux qui brûlent, le mal de ventre, causées par les émanations d'acide sulfurique. « On dit qu'ici vous êtes bien trop, les Hongrois, et que vous êtes sauvages, c'est pas vrai. » Elle lui apprend qu'on se plaint aussi des autres Italiens, ceux des *case di legno,* des baraquements dans les faubourgs, qui viennent à la messe ici, rôdent autour des filles de Jeanne-d'Arc ou utilisent les douches en cachette.

Elles contournent l'église en bois. « C'est la chapelle de la Poudrette, mais celle de Jeanne-d'Arc est plus jolie, non ? » Szonja avoue qu'elle ne connaît pas le « bois de poudrette ». Son amie rit, un bras chaud sur ses épaules. L'odeur des planches, les bruits de scie et de marteau pénètrent son corps entier. Elle observe discrètement les hommes qui finissent de construire le ponton et les trouve plus beaux que les ouvriers de l'usine, l'ampleur de leurs mouvements, leurs sifflotements, leur liberté de faire. Elsa lui explique encore que la messe, c'est important. Tout le monde y va et c'est bon d'y être vue dans la robe du dimanche par les garçons, les contremaîtres. « On a le droit d'être belles », dit-elle d'un air mutin. Elle ne parle pas de l'omniprésence des chefs, du troupeau divisé de part et d'autre de la travée centrale, les hommes d'un côté, les femmes de l'autre, les contremaîtres aux premiers rangs, le petit peuple ouvrier derrière, le dos large. « Ici, ça sent la paix, il n'y a plus de saison, plus de fatigue. »

Szonja ignore la foi, ne comprend pas plus les prières que les génuflexions. Elle agite ses lèvres mais il n'en sort aucun son, ses yeux prient dans le vide, hagards, cherchant une accroche de lumière, un envol de plâtre autour du Christ trop brillant sur son socle, le visage un peu penché. Depuis toujours, il lui faut mimer prière, travail, danse. Ses mains implorent le vide, cousent et décousent à petits points craintifs ses mouvements intérieurs. Elles se posent là où elles sont attendues. Szonja ne s'appartient pas.

Elsa adore se lisser les cheveux, se faire haute et joyeuse. Elle aime être là où sa place s'impose comme une évidence, dans le petit monde de la cité industrielle. *Sono fortunata*, elle s'estime chanceuse. D'un jour à l'autre, elle distille sa confiance un peu naïve, répète que c'est une chance d'être ici où tout est neuf et moderne, où rien n'est à craindre quand on a un travail, un logement, à l'abri de la misère. Szonja ne demande qu'à la croire. Elles sont en faction au seuil de leur vie d'ouvrières dont elles ne peuvent imaginer la durée.

À l'atelier, Szonja apprend vite à se calquer sur les autres. S'accorder autant que possible au vide entre les machines et les corps des autres. Trouver sa façon d'exister dans l'odeur de l'acide sulfurique. Éviter de les regarder vraiment, les femmes, les hommes tout autour, se concentrer sur les matrices, sur sa tâche, plonger dans le rythme qui cadence ses propres pulsations cardiaques. Tourner avec les machines… Szonja le suit, ce mouvement, avec des gestes déracinés d'elle-même, loin du sang qui bat à la source. D'heure en heure, les gestes s'enchâssent, perdent cette rondeur inutile, leur petite suspension dans le regard si jeune, encore tendre d'ignorance. Le ventre, la poitrine s'aplatissent, les muscles durcissent dans le présent opérationnel, où l'on se fiche bien de son nom hongrois, de son âge, de son sexe. Ils sont si nombreux à venir du même pays, du même village, de la même langue.

Des ouvrières ont baptisé les machines de noms bizarres comme *il ragno.* « L'araignée », explique Elsa aux autres. « Parce qu'elle est toute noire et nous garde entre ses pattes toute la journée. » La fraternité, ça monte, ça descend, capricieuse comme la misère. Parfois, elle s'enroule autour des filles, leur tient chaud surtout quand elles ont du mal à tenir debout à cause de leurs règles ou du taux d'humidité qui avoisine les quatre-vingt-dix pour cent dans l'atelier. Elle aide les filles à avancer quand même, mains tendues, la râpe au cœur. Il faut ignorer les cheveux qui poissent, le regard du chef, ignorer la vraie lumière qui filtre à travers les carreaux embués.

Déjà plusieurs semaines qu'elles font leurs preuves au finissage, accaparées six jours durant par cette matière qui compte plus que tout. Devenir cette chose matérielle, la soie artificielle, par les gestes répétés qui les empêchent de se sentir vivantes, concentrées mais absentes à elles-mêmes.

Szonja fixe des yeux les flottes de viscose, ces écheveaux visqueux ; il lui faut rester attentive à la transformation de la matière souple jusqu'au débit du fil sans fin qu'elle tire avec les mêmes pensées. Elle se crée des rituels, imagine des choses pour oublier la fatigue, y fait un nœud mental à chaque heure écoulée de la matinée. Ensuite, elle oublie, prise dans la coulée des gestes répétitifs. Une mélancolie nouvelle s'étire alors tandis que la pluie s'abat sur la verrière. Elsa, à la sortie, la prend par le bras.

Bevi bevi la pioggia,
Bevi bevi la gioia,
Effimere sono,
E l'amore eterno.

6

Depuis un an déjà, Szonja ne sent plus le froid sur sa nuque. Le vent ne vient plus glacer son cou lorsqu'elle sort de l'usine à la nuit tombée. Elle a laissé pousser sa chevelure, pour ne plus ressembler aux filles coiffées à la garçonne. Ses boucles s'agitent à présent sur sa gorge, autour de son visage dont on remarque moins la pâleur. Même si de temps à autre un de ses cheveux se mêle au fil de soie artificielle, elle se dit, c'est normal, on donne toute sa personne et tant mieux si un peu de soi se perd dans la rivière sans nom.

Hier, dans sa chambre, après avoir fermé les volets, elle a placé ses mains sous la lumière chiche qui pend du plafond. Depuis ses débuts à l'usine, elle ne les avait jamais regardées ainsi, à l'intérieur, sauf pour en vérifier la propreté. Ne les avait jamais accolées, ne serait-ce que pour les placer sous le filet d'eau du robinet. Ces mains qui ne connaissaient que l'eau des vaisselles, des lessives, la terre des betteraves, les voici devenues agiles, capables de se placer au bon endroit, de se glisser entre le métal et la fibre artificielle, des mains utiles, des mains uniques. À l'intérieur de leurs paumes, elle ausculte le vide qui lui semble si plein à présent, les lignes devenues des rails et ces doigts, des baguettes dures : elles sont le réceptacle de corps étrangers, d'une matière tiède et changeante, ces mains, devenues passage de rudesse, de flux nerveux et de poison chimique. Ses mains d'ouvrière.

Osera-t-elle les poser un jour sur le torse d'un homme et avant cela, sans frémir, toucher les siennes le temps d'une danse ? Certains jours, Szonja est rassurée d'avoir une place où déposer le temps. Tant pis si elle n'a pas de contour, si elle flotte, si elle n'est rien ni personne. C'est ce qu'on attend d'elle, ne pas vraiment avoir d'idée sur l'après, l'au-delà de l'usine. Elle s'en tient juste à ses besoins élémentaires comme tous ceux qui n'ont qu'une vie brute avec juste assez de bonne volonté pour se maintenir sur le fil tendu entre la faim, la soif, la peur de n'être plus à l'abri, plus aimée de personne, de n'avoir plus d'origine.

Des gens de son village sont déjà repartis, exténués, souffrant de problèmes respiratoires et gastriques ou se languissant de leur famille. D'autres attendent de mettre quelque argent de côté pour acheter un lopin de terre là-bas, et s'y construire une masure. Andor qui a toujours l'air perdu dans ses vêtements de travail attend son heure pour endosser le costume de musicien et chanter leur exil. Szonja, parfois, a envie de traverser les champs vers la Grange perdue, sentir ses pas s'enfoncer dans la boue mais elle se contente de regarder du côté du château d'eau, ce « puits » immense et fermé derrière l'usine qui lui rappelle celui de sa ferme : elle aimait déjà le mystère de l'eau souterraine. Elle n'est pas nostalgique. Là-bas, la vie était triste, inquiète et pauvre ; la famille sans tendresse.

Szonja est-elle apatride, sans instruction, ni foi, ni charme ? Szonja se tait et se terre, dans son rôle de maillon, de simple maillon, la conscience serrée par ses gestes machinaux, dans des efforts ordonnés.

C'est ainsi qu'elle avance dans cette vie. On ne peut plus nue. Les mois passent. Ses traits, ses mots, ses pensées durcissent. Elle écoute les femmes, les hommes dans les traverses. C'est tout ce qui compte, dans ce flux incessant, incertain, la parole des traverses. Ce qui se dit en dehors de l'atelier, des offices, des passages obligés au lavoir, à l'économat et aux bains douches. Les femmes lasses de n'être aimées qu'à la nuit tombée, les orphelines pressées de se mettre en ménage, les hommes scindés par la fatigue et le rire de survie.

Elle se rend avec un petit groupe de Hongroises à l'église en bois pour la messe obligatoire. « Le curé est du côté des patrons, il faut se faire bien voir des chefs », souffle Mónika. Pour Márieka, ce qui est vital, c'est la perspective de croiser les gars autrement que dans leurs bleus de travail, propres et bien coiffés. La messe est un alibi parfait pour se montrer autrement, endimanché, le cheveu brillant, lavé de la fatigue de la semaine. C'est l'occasion de tenter des approches. Entre les bancs et les travées, tout un langage s'effeuille dans les senteurs d'encens et les cantiques. Des regards s'échangent, furtifs, des sourires retenus dans les moustaches, derrière les petits mouchoirs où feindre d'essuyer ses lèvres ou une larme. Márieka adore cet observatoire d'amoureux et repère ceux qui se glissent des mots doux de la main à la main, lors du défilé pour l'eucharistie, prélude aux bals païens. Tout est si lent pourtant, si lourd pour eux, les étrangers, qui ne comprennent rien aux paroles du prêtre. Ils voudraient faire bonne figure, contractent les muscles de leur visage, gardent les mains croisées sur le ventre, mais leurs souliers tapotent nerveusement contre le bois des bancs. Il y a trop de silence à contenir, les uns ne peuvent réprimer un bâillement, les autres s'agenouillent en position de prière pour dormir à leur aise. On ne sait pourquoi, on accepte ces simulacres, peut-être pour le plaisir d'être au repos tous ensemble, de noyer une part de sa vie abstraite dans les prières, de sentir qu'il règne un peu d'air communautaire loin des vapeurs de l'usine ; quelque chose qui sent le bois, la cire des cierges, le temps suspendu, les corps indolents.

Márieka ne s'en laisse pas conter pour autant. Passé le parvis, elle poursuit ses râleries, surtout si Andor, le séducteur du train, n'a pas daigné la saluer. Depuis leur voyage entre Budapest et Lyon, ce garçon l'attire. Très différent des autres Hongrois, il semble toujours regarder au loin, distrait ou mélancolique. Elle aime détailler à la dérobée ses longues mains et son profil, un rien ténébreux depuis quelques mois. Szonja a deviné dans le regard de Márieka cet appel perdu, ce besoin qu'un homme la remarque, la choisisse. Qu'on la détache de cette troupe populeuse, si uniforme. Qu'on donne une chance à ses vingt ans. Volontaire et frivole, elle ne supporte pas les contraintes de la collectivité, l'autorité des contremaîtres et des sœurs. Elle va souvent coudre dans la salle de l'hôtel Jeanne-d'Arc, n'a jamais de vêtements assez beaux, achète des chutes de tissu aux puces, fabrique des robes pour des bals imaginaires.

Márieka et Szonja s'évitent à présent, comme si le fait d'appartenir au même village leur était rappelé trop souvent. Ni l'une ni l'autre n'a envie de revenir à la gamelle commune où surnage toujours trop de nostalgie, épaisse comme du goulasch. Le soir après le dîner, Márieka traverse parfois le parc derrière l'hôtel Jeanne-d'Arc pour aller rejoindre des inconnus rencontrés le long du canal de Jonage le dimanche. Elle ne veut pas fréquenter des ouvriers. Attirée par les Russes blancs, élégants, elle n'a pourtant aucune chance dans ce tout autre monde, la plupart de ces hommes sont des techniciens, des laborantins et vivent dans la petite cité avec leurs épouses belles et tristes, nimbées du charme désuet du siècle dernier.

Les deux cousines ont vite oublié leur complicité, l'origine de leur voyage, l'espoir qui les a conduites jusqu'ici. Incapables de se reconnaître l'une dans l'autre à présent, dépareillées.

Aujourd'hui, Szonja regarde son petit dimanche s'égoutter à la fenêtre. À peine sortie du réfectoire, elle a regagné sa chambre, a laissé Elsa et son chapelet aux perles aussi minuscules et insignifiantes que les gouttes de pluie sur les carreaux. Peut-être l'égrène-t-elle déjà, *per stare ferma o tranquilla.* Elle enfile le vieux manteau donné par sa mère avant le grand voyage, qui lui bat les mollets. Pas eu le temps d'achever de l'user parce qu'elle n'a jamais eu envie d'endosser la peau d'hier, de ressembler aux femmes grises de Sárvár. Elle quitte seule la grande bâtisse. Au loin, des hommes marchent nonchalamment. Elle ne veut pas savoir quel visage ils ont, ne veut pas deviner leur existence en dehors de l'atelier. Des silhouettes couleur zinc sur lesquelles glisse la longue fatigue des jours ouvrables.

Pourtant, en elle surgit un élan pour rejoindre la pluie et le vent, la ville, la vraie, au-delà de la ligne de l'Est. Elle a envie d'oublier cette zone grise où ceux de la Sase sont assignés à résidence. Elle marche comme un soldat sans rêve vers l'arrêt du tramway et se met à suivre les rails en direction de la gare de Villeurbanne.

Pour la première fois depuis son arrivée à la cité industrielle, elle franchit toute cette distance seule. Au-delà des surfaces grises, du métal, du fibrociment, peut-être y a-t-il quelque chose de doux à regarder, à respirer, le long de la voie ferrée ? Elle pourrait longer la voie pour ne pas s'égarer vraiment. Un temps de chien depuis des jours. Elsa lui a expliqué le sens de cette expression, a même ricané en mimant et aboyant *povera bestia sotto la pioggia.* Depuis, Szonja répète souvent qu'elle aime bien le temps des bêtes. Une femme de l'atelier s'est exclamée un jour, *La Hongroise, elle n'croit pas si bien dire ! On va y rester longtemps, au temps des bêtes. Croyez-moi !*

Peur de rien, cette Gisèle et quand on essaie de la calmer ou de la mettre en garde, elle hausse les épaules : « Peuvent bien me lourder, à Décines et à Vénissieux y a du travail aussi. » Une grande gigue tout en os et en colère qui n'hésite pas à invectiver leur chef en lorgnant ses fiches de chronométrie. Mais la grande gueule n'a pas sa pareille pour former les nouvelles. Tandis qu'elle marche sur le ballast, Szonja se remémore son premier jour à l'usine, la façon dont Gisèle s'était placée derrière son dos, lui avait saisi les coudes avec calme pour imprimer ses gestes aux siens, pour qu'elles se concentrent sur la viscose fraîchement sortie des filières et tirent ensemble les fils encore tendres. Elle lui avait expliqué comment projeter son regard en avant, au bout de la ligne de fabrication, puis a contrario, jusqu'à son ventre, tout du long de ce large ruisseau de fibre incolore qu'il fallait étirer, délier, diviser afin d'obtenir des fils impeccables sans grumeaux. « C'est pas parce que t'es payée moins que moi que tu dois négliger ça. Tu vois au bout ? C'est comme un filet, tu départages les lignes jusqu'à l'enroulage. Si tes yeux fatiguent, tu les fermes trois secondes. » Gisèle avait tout mimé, tranquille et sérieuse, et d'emblée elle avait voulu faire de Szonja son égale dans l'effort. Elle avait tout de suite aimé suivre ses gestes, son rythme et ses paroles simples. Maintenant, elle sait travailler et tient ses soixante heures par semaine parfois plus, sans faillir. Les muscles dans son corps prennent toute la place, durs jusqu'à écraser l'estomac. Elle ne sent d'ailleurs plus la faim, ne se nourrit que par mimétisme avec les filles au réfectoire, tend son assiette, l'air de rien, à Elsa qui la vide une fois sur deux. Elle envie sa frénésie à manger, parler, prier, rigoler des chefs sous cape, serrer les filles dans ses bras. Peut-être aurait-elle dû frapper à sa porte et lui demander de sortir ensemble ? Mais Szonja ne voudrait pas perdre son dimanche à vivre encore au milieu des pensionnaires. Même dans la complicité, le bruit des autres la fatigue et elle n'a pas de répondant.

Elle veut savoir s'il y a un ciel véritable au-delà des cheminées de l'usine et du château d'eau. Est-ce un champ au bout de la rue de la Poudrette ? Est-ce la fin de la cité, le commencement du pays, de la vraie France ? Jusque-là, elle n'a vécu que sur cette immense plateforme de travail où se parlent plus de vingt langues. C'est comme une gare internationale pour voyageurs sans valise qui n'auraient pour horizon qu'un tour de piste quotidien. Ça lui coûte de s'éloigner.

Un livre à la main, la muette était assise dans le grand vestibule lorsqu'elle s'apprêtait à sortir. Elles ont, quand elles se croisent toutes les deux, des signes qui s'épuisent vite. À l'une il manque la langue, à l'autre la voix. *Sourires valent mots et silence est d'or.* C'est écrit à l'encre violette sur un petit carton punaisé au bas du grand escalier qui monte aux chambres. Au moment où Szonja a franchi le seuil de l'hôtel Jeanne-d'Arc, elle a senti dans son dos le regard de la muette et n'a pu s'empêcher d'imaginer son inquiétude : où va-t-elle ainsi cette Szonja, en cheveux, enveloppée d'un grand manteau ? Peut-être a-t-elle perçu son étrange légèreté, à sortir ainsi, d'un pas presque aérien, du grand hall de la pension ? Son corps retrouvé, avec l'élan à peine croyable d'un mouvement qui n'appartient qu'à elle, pour aimer malgré tout ce dimanche de fin d'hiver. Szonja ne s'est pas retournée. Elle a continué jusqu'à l'angle de la rue sans faire attention aux hommes qui fumaient plus loin sur le trottoir, ni à la carriole d'un chineur. Elle est allée jusqu'aux villas des patrons, puis elle a fait demi-tour. Elle s'est repliée, aveuglée de vent, au pied du château d'eau. C'est devenu son repère, son clocher, elle se fiche de celui de l'église, préfère son château silencieux au milieu d'un terrain vague.

Son regard s'accroche aux bâtiments de l'usine, aux toits en enfilade, à leurs redents dans le ciel glacé. Même sans le crachin acide de la semaine, les nuages sont menteurs. Il lui faut fouiller du regard l'horizon derrière la grande cité, des champs comme des plats d'aluminium, brillants des dernières pluies interminables qui les ont tous privés d'escapades hors du périmètre de la Soie.

Szonja voit tout cela parce qu'elle est seule, parce que rien, ni personne ne l'attend. On n'a pas besoin de ses mains, de son énergie aujourd'hui, ni de sa patience, ni de ses mots mal appris. Ni même de ses sourires navrés. Aucun effort à faire, se tenir là au pied du château d'eau, à écouter le bruit infime de l'eau captive à l'intérieur, de faibles battements cardiaques dans un grand corps immobile. Sentir la hauteur de l'eau, y noyer le souvenir des terres gelées autour de son village là-bas, Sárvár, la chaîne avalée par le puits, la cour de la ferme, les cris des bêtes, les monceaux de betteraves d'un gris terreux veiné de rouge comme les crépuscules tristes de son enfance.

Malgré ses frissons, elle se tient là, droite entre le silence du château et celui de l'usine. Elle pourrait vaciller. Les bras noués autour de sa poitrine, dans sa gorge une retenue d'eau aussi. Son regard glisse à nouveau de toit en toit, suit les traces de camions, le relief des croisements, les ornières boueuses jusqu'au cratère de la gravière.

Le temps déjà ne lui appartient plus, elle l'apprend dans son corps d'ouvrière, dans la faim qui se dérobe, dans sa tête emplie de gestes qui la dépassent. Faudra-t-il qu'elle revienne se cacher derrière le château d'eau pour penser et rêver à autre chose ? Difficile de s'égarer ici. Les mères hongroises de la cité le lui disent souvent lorsqu'un gâteau se partage autour d'un berceau ou à l'occasion d'une naturalisation. *Ici, on a tout pour être heureux. Peu de sous, peu de neige, mais du travail et des logements clairs, tout est neuf. On n'a pas besoin de la grande ville, pour quoi faire ?* La dernière fois, l'une d'elles l'avait prise dans ses bras, c'était si inattendu. *Viens ici, Szonja, je connais bien ta grand-mère, tu sais, elle s'inquiète, tu lui manques. Ta brute de père ne lui parle jamais de toi... Surtout, dis bien aux sœurs de Jeanne-d'Arc de garder ton argent. Tu ne dois pas en envoyer là-bas. Ta vie sera meilleure ici, surtout si on te fiance avec un de chez nous. Andor, ça fait longtemps qu'il te regarde avec ses petits yeux plissés, non ?* Ce n'est pas la première fois qu'on lui parle d'Andor, elle ne veut pas répondre à ces allusions. Même si de loin en loin il cherche à l'approcher, Szonja ne se soucie guère de lui. Depuis leur arrivée à Lyon, ils ne partagent rien. Lui s'est engagé à l'usine pour suivre ses frères et oncles dans l'espoir de vivre un jour de sa musique, tandis qu'elle n'a rêvé de rien, sauf échapper au destin de fille de ferme, celui d'une gaveuse d'oie.

Un jour qu'elle avait traîné derrière les autres, à la sortie de l'usine, pas envie de parler ni en hongrois ni en français, ni en mots d'atelier et que le vent du Nord courbait les silhouettes, Andor était arrivé à contresens, sa musette lâche sur l'épaule. Le visage déjà brouillé. Un sourire pâle, comme échappé de son âme, était parvenu jusqu'à Szonja. Elle était désolée pour lui, plus de neuf heures de travail l'attendaient, lui, alors qu'elle allait maintenant se reposer. Le garçon était revenu sur ses pas, lui avait demandé si elle aimait chanter. « Je suis sûr que tu as une jolie voix. Le répertoire hongrois, tu le connais autant que moi, non ? » Elle avait répondu que les rengaines mélancoliques et les valses, elle en avait assez.

«J'aime les chansons d'ici.» Elle s'était retournée, presque attendrie, pour le regarder disparaître au milieu des ouvriers du soir.

Une brise froide encercle ses chevilles, Szonja se hâte dans la rue Alfred de Musset tandis qu'un groupe de garçons à vélo se dirige vers l'entrée de l'usine. Ils vont tenir leur astreinte, des célibataires souvent désignés au dernier moment. On compte sur eux pour faire la traversée entre le samedi et le lundi, pour que la production ne s'interrompe pas, que rien ne froidisse. Si l'un d'eux vient à manquer, il se trouve toujours un chef pour aller frapper à la porte des appartements et dégoter un remplaçant. Refuser est impossible.

Szonja en voit pourtant, des déserteurs du dimanche qui quittent la cité besace en bandoulière pour éviter d'être appelés. Ils vont au paradis paraît-il, vers la Saône, très loin de Vaulx. Des gars qui ont déjà un passé ici et connaissent les bons coins où s'ensoleiller la cervelle. Ces noms de l'autre France sont parfois prononcés dans les rangs à l'heure de la débauche, l'île Barbe, le parc de la Tête d'or, la cathédrale de Fourvière où les ouvriers de la cité vont peu. Ça fait loin à pied, même à bicyclette. Parmi eux, déjà, beaucoup prient rouge hors des églises.

Lorsqu'elle franchit à nouveau le seuil de la pension, elle aperçoit la muette, un nourrisson dans les bras. C'est la première fois qu'un sourire prend autant de place sur son visage. Elle tient le petit comme une gerbe de roses. Szonja s'approche, intimidée par la beauté qui tremble entre ces deux-là. Elle s'adresse à la fois à la femme mutique et au bébé endormi. Elle se dit que c'est une chance de les trouver tous les deux aujourd'hui, un jour sans travail et sans bruit. La religieuse berce le petit très lentement comme pour lui faire goûter la douceur de l'air entre son corps et le sien, de cet espace où ne tiennent que deux seins arides. Des lèvres de la muette glissent des sons à peine audibles, des grains de cristal sur la poitrine de laine claire du nouveau-né qui dort toujours et n'a besoin de rien, ni de berceuse, ni de nourriture. Szonja approche sa joue du minuscule visage, hume son odeur de lait caillé, s'écarte à peine, tend l'oreille vers la bouche de la muette.

Petit soleil pâle
Descends dans ce cœur-là
N'aie pas peur de briller
Petit feu de paille
Éclaire ce cœur-là
Avant de l'oublier.

À qui pourrait-elle poser la question ? À qui est ce bébé dans les bras de la muette et d'où viennent les mots de la berceuse ? Pourquoi ne peut-elle pas parler, seulement chanter, alors qu'il faut plus de force pour envoyer sa voix si loin dans l'âme d'un nouveau-né ? L'éloigner peut-être du secret de sa naissance, pousser jusqu'à lui des vœux tendres, des promesses d'une présence maternelle... Cette chanson des orphelins, elle l'a déjà entendue du temps de la guerre, à la fin de l'Empire austro-hongrois. Szonja voudrait regarder la muette dans les yeux mais elle fixe un point invisible derrière le front de l'enfant. Ailleurs.

Ses souliers crottés à la main, elle regagne son étage, traverse le grand couloir à pas de loup. Les babillages des pensionnaires s'élèvent par-dessus les cloisons. Ces voix italiennes, hongroises, polonaises, russes, venues de très loin déposent un essaim musical. Szonja a besoin soudain de pousser une porte, de dire et d'entendre des petites choses sans suite, le ragoût de midi, le prix des bas, les beaux gars du dimanche. Mais qu'aurait-elle à partager du temps qu'elle a passé seule aujourd'hui ?

Finalement, elle redescend au rez-de-chaussée, pousse la porte de la bibliothèque silencieuse. Il lui manque encore trop de mots pour tout et ce n'est pas dans la rangée de missels bien en vue sur la première étagère qu'elle va trouver ce qui lui manque. Sous la verrière, une fille feuillette un almanach tandis qu'une autre écrit un courrier. Comme l'eau, l'encre est gratuite. Qui le sait ?

7

Au bord du canal, travailleurs ou chômeurs de fraîche date, forains, musiciens, cordonniers, ouvriers du textile, de la métallurgie, de la pyrotechnie, maçons, charpentiers, habitués à plier et écoper les rancœurs des Français les accusant d'être à l'origine de leur propre misère, peuvent enfin se dérouler l'échine, étendre leurs jambes lourdes, oublier les heures pointées, l'aube sale qui promet si peu, les chantiers, les échoppes étroites, les marchés et l'atmosphère délétère qui gagne le pays. Il suffit de peu, un panier, un pliant et une couverture pour s'allonger à l'ombre. Quelques crâneurs jouent les Américains et font payer la course dans leur auto pour accompagner qui veut. La plupart vont à vélo ou à pied. Les filles, coquettes, observent les garçons aux cheveux gominés, vêtus de chemises blanches, les manches retroussées. Ils montrent leurs bras, leur peau à l'air libre, leur corps heureux.

Le vent caresse les nuques endolories, soulève les cheveux d'Elsa et de Szonja qui n'ont pas de foulard assez beau pour les assagir. Elles viennent ici pour que le soleil les réchauffe, pour entendre les gars siffler les toutes belles, les mignonnes, les quelconques, dans l'espoir d'un regard, d'un sourire, d'une approche. Elles suivent le chemin de halage jusqu'à ce que l'eau et l'herbe se partagent entre des îlots fraternels où chacun vient prendre sa part de lumière.

Szonja renifle la longue chevelure de son amie, « tu ne sens pas la viscose toi, tu sens la fleur d'acacia », dit-elle sans vouloir chercher les mots justes en français ; toutes deux ont l'habitude lorsqu'elles marchent côte à côte de penser à voix haute dans leur langue d'origine, une manière d'adresser à l'autre la sonorité intime de son cœur.

C'est un immense jardin cosmopolite qui s'étire le dimanche et les jours fériés le long du canal de Jonage. Les Italiens sur des draps blancs étalent la *focaccia*, le *riso rosso*, des gâteaux aux raisins secs, des fruits, des sardines en boîte, tout un festin pas cher. Les femmes mangent debout pour ne pas froisser leur robe. Il faut rester jolie jusqu'au soleil couchant.

Aujourd'hui est clair, aujourd'hui est léger. Des Arméniens déjeunent sur des planches recouvertes de torchons propres et de tissus colorés. Ils aiment se retrouver sous les arbres en familles très élargies, n'ont rien oublié de leur façon de vivre dans leurs villages d'Anatolie meurtris, il y a quelques années à peine. On ne les voit plus beaucoup à l'usine, ils se sont éloignés du labeur industriel pour recréer une communauté rassurante dans une foison d'échoppes, d'épiceries, d'ateliers de cordonnerie, de couture.

À la cité, on parle du clan des Ian, Ohanessian, Vartanian, Bahadourian, qui ne se marient qu'entre eux. On les estime, ces artisans et musiciens. Ils ont donné à la commune de Décines un grand cœur palpitant telle une grenade qui aurait retrouvé ses graines dispersées. Certains les envient de s'être affranchis d'un destin ouvrier, de vivre libres.

L'air de rien, Elsa et Szonja s'écartent des grappes communautaires et des filles de Jeanne-d'Arc, trop jeunes. Elles ne sont plus très nombreuses là-bas, celles de leur âge. À vingt ans, on abandonne l'usine parce qu'on n'a déjà plus la santé, on veut vite se marier, être considérée comme une femme à part entière et non plus pensionnaire de chez Gillet.

Elsa aimerait vivre avec son frère et sa famille, participer aux frais du ménage, aider sa belle-sœur qui vient d'accoucher, mais ne veut pas perdre son *Ungherese* de Szonja, qui ressemble si peu à ses consœurs d'usine.

Toutes deux aiment se promener du côté de la plage des Russes pour observer à travers les buissons de mystérieuses dames avec leurs ombrelles d'un autre âge. Parfois, on peut les entendre, alanguies, réciter des poèmes, les pieds baignant dans l'eau du canal. En couple ou en famille, elles ne se mêlent guère au peuple bien que contraintes de vivre dans les cités ouvrières alentour. Elles ont gardé leurs chapeaux d'aristocrates, leur douce mélancolie. Elles inspirent plus de respect que de pitié. Gisèle ne manque jamais une occasion de les ridiculiser. Elles rappellent à Szonja les dames de Budapest. Échouées là *à cause des Bolcheviks* dont on dit qu'ils sont partout et fomentent leurs coups dans la banlieue Est de Lyon.

Il ne faut pas aller bien loin pour reconnaître les groupes de socialistes, assis en tailleur autour des journaux de la semaine. *L'Humanité, Le Peuple* ou *L'Avant-garde.* On les entend rire, s'empoigner, élever la voix en évoquant ces milliers de travailleurs qui s'organisent. Mais souvent, les sympathisants, ouvriers du textile ou de la métallurgie, n'ont pas envie de se laisser voler le dimanche pour des discours. Ils s'écartent discrètement de ceux qui les tiennent pour se planter à côté des pêcheurs disséminés sur les berges. Pour un jour au moins, on veut oublier la crise de 1929 et sa grande houle, croire qu'elle ne s'est pas encore abattue sur eux, ni sur l'usine même si la menace pèse sur une grande partie des effectifs à la Sase. Même si les curés rôdent et mouchardent, on doit chasser la peur du chômage, s'étourdir de soleil au fond du temps présent. « Au diable la politique », plaisante Elsa en pointant le nuage de fumée qui s'élève de leur cercle comme s'il s'agissait d'un rendez-vous de conspirateurs. « C'est le parti du *tabacco.* »

Un couple enlacé vient à leur rencontre. La femme se jette dans les bras d'Elsa comme si elle ne l'avait pas vue depuis Noël. Son mari Marco l'embrasse à son tour, serre la main de Szonja. Les présentations sont inutiles. Tous les quatre se sont déjà croisés à la cité, lors d'un meeting ou d'un bal. Szonja reconnaît cette collègue de l'atelier de finissage prénommée Bianca. Le couple fait partie des amis d'Elsa, originaire comme elle du nord de l'Italie. Ici, on se sent loin de tout, on laisse tomber les masques de fatigue, les mots du travail et de la peine, d'un commun accord. C'est la loi du dimanche : marcher, respirer, dormir, aimer à son aise. Ainsi les présences s'égrènent-elles, et s'allongent d'indolentes formes humaines dans l'herbe, les plis froissés des robes, arcs de sueur heureuse sous les bras, marguerite ou bouton d'or derrière l'oreille ou à la boutonnière. Chacun trouve un blason éphémère. Bianca et Marco se dirigent vers les barques, saluent les deux amies qui repartent vers le pont.

Un groupe de garçons à bicyclette ralentit à leur approche. L'un d'eux tourne la tête à s'en dévisser le cou pour mieux voir Szonja. Elsa éclate de rire, se moque. « Il pourrait s'arrêter au moins ! » Quelques mètres plus loin, le peloton revient. Ce n'est pas le gars attiré par Szonja qui leur adresse la parole mais un garçon ruisselant de sueur, la casquette à l'envers, qui demande si elles n'ont pas remarqué une gourde tombée sur le chemin ou dans le fossé, il vient de perdre la sienne et *il fait grand soif de ce temps. Ça vous dit d'aller boire un verre à la guinguette ?* Elsa prend les devants. « Ça dépend de l'heure qu'il est », répond-elle et ajoute en deux mots qu'elles sont attendues à Jeanne-d'Arc, que le moindre retard peut leur coûter cher et sans façon, décline l'invitation. « Une autre fois, ciao », lance-t-elle en tournant les talons.

Le gars hausse les épaules et s'écrie « Eh, Jean, tu nous avais pas promis ta tournée ? ». L'homme gagne encore quelques minutes pour observer Szonja à son aise. Il ne saurait deviner quel est son pays d'origine et ne s'en soucie guère. Seuls l'attirent son visage clair, son allure sage. Jean répond distraitement : « Bah, si ces demoiselles ne veulent pas… une autre fois… » Szonja a eu le temps de remarquer ses épaules épaisses et son regard franc avant de se détourner de lui sans émotion et prendre son amie par le bras comme si de rien n'était.

À l'heure où le soleil s'évanouit derrière les frondaisons, elle aime attendre avec Elsa que les autres partent loin devant, sur le chemin du retour, pour avoir à soi un peu du silence des rives.

Le dimanche suivant, Szonja et l'homme se cherchent déjà. La vie est courte pour les gens de peu. Jean vient l'attendre à la sortie de l'usine, son roulement en trois-huit le lui permet. Ce garçon calme, un peu plus âgé qu'elle, lui semble honnête. « Tu es bien jolie… Tu fais moins de bruit que les Italiennes. »

Szonja n'ose pas rester dans ses yeux trop longtemps. Elle détaille ses cheveux couleur de paille roussie, taillés en brosse. Il est rasé de frais, son haleine à la vague odeur de vin cuit lui rappelle son père, ses oncles. Tous les hommes aiment le vin, c'est normal, se dit-elle en cherchant à nouveau son regard. Paupières baissées, Jean lèche une feuille de papier Nil et glisse la cigarette derrière son oreille. Il lui dit encore : « Tu es bien gentille. » Sa voix est presque douce, il respire entre chaque phrase.

« T'aurais pas envie de le quitter, cet hôtel Jeanne-d'Arc ?

– Oui bien sûr.
– T'aurais pas envie que je te marie ? »
Szonja suit la fumée du tabac qui se dissipe par-dessus les épaules de Jean. Elle baisse la tête avant de lui répondre.
« Je suis une étrangère.
– Du moment que t'as un travail ici, tout est possible. »
Il lui saisit la main, l'emprisonne un court instant dans sa large paume avant de la relâcher presque aussitôt. Leurs sourires se croisent sans jamais s'atteindre.

De jours de semaine en jours fériés, ils ont tôt fait de se rapprocher. Un jour, il lui propose de la raccompagner jusqu'à la rue de la Poudrette. Szonja ne sait que dire à part, « c'est dur, une journée de travail ici, mais là-bas c'est tranquille ». Elle lui demande de la laisser au carrefour de la place. Il comprend. Elle le regarde repartir dans l'autre sens vers l'arrêt de l'autocar qui doit le ramener dans son village. La braise de sa cigarette sursaute dans la nuit tombée. Il ne se retourne pas.

Elsa a remarqué avant tout le monde le regard de ce Jean sur son amie. Elle encourage Szonja, lui conseille de se boucler les cheveux avec des bigoudis, de se mettre du rouge à lèvres et un corsage plus léger, mais Szonja ne l'écoute pas. Si elle pouvait être transparente, la vie, l'amour lui iraient tout autant. Tous les jours, Elsa la taquine : « Tu mérites un Français qui vaut bien deux Hongrois », faisant allusion à Andor dont elle a compris l'attirance pour Szonja, « un rêveur fin comme un spaghetti », un artiste qui ne va pas tenir longtemps à l'usine.

Depuis qu'il a repéré Szonja au bord du canal, Jean a vite compris qu'elle était proche des Italiens. Ce qui ne lui plaît pas vraiment. Ils sont partout ici à faire la cour aux filles, enjôleurs et jaloux. Fils de paysans du Dauphiné, il est venu travailler en usine, « parce que c'est dur la terre, ça ne paie pas ». Son frère veut rester seul maître de leurs quelques arpents et du petit cheptel. « Et le progrès, c'est en ville qu'il est. »

Lentement, il plante chacune de ses phrases entre eux deux comme s'il voulait se mettre à sa portée. Elle suppose qu'il ne veut pas l'étourdir de promesses, ni de romance. Cette retenue est peut-être un signe de sincérité ou, mieux, de respect. Elle aime sa simplicité et ses efforts pour bien s'habiller, faire oublier ses origines paysannes qu'aucun détail ne trahit, sinon sa carrure musclée. Il a de l'allure sans être beau. Cet homme de peu de mots lui inspire confiance même après une cour hâtive et sans faribole. « C'est bien simple : je te veux », a-t-il fini par lui avouer.

C'est une chance d'être remarquée par un Français, lui répète Elsa, « mais attention, certains imaginent que nous les étrangères, on est des filles faciles parce qu'on n'a pas de parents, ni de frère sur le dos... *Etchetera.* » En dehors de la cité, tout le monde croit cela et considère l'hôtel Jeanne-d'Arc comme un vivier d'oies blanches qui ne demandent qu'à trouver leur gardien. « À l'usine, au moins, les hommes savent qui on est vraiment. »

Une aspiration, sans mystères, s'est répandue sur leur île ouvrière, *travail, solidarité, famille,* et Szonja n'a que celle-ci à porter : emboîter son existence à celle des autres, se mettre à l'abri. Être respectée surtout, car une ouvrière étrangère l'est si peu. À quoi s'attendre, se demande Szonja. Est-ce qu'il est temps de se mettre en ménage, en suis-je capable ?

En toute chose, il faut être rapide, c'est ce qu'elle a appris depuis qu'elle est ici : suivre les instructions à l'usine, tous les points de règlement de l'hôtel pour ne pas être prise en défaut, mémoriser chaque mot nouveau, saisir chaque petite chance, même infime, d'être reconnue un jour comme Française, et en attendant, être éligible par un Français. Le visage de ce Jean, elle en garde l'essentiel pour en retracer les lignes forces avant de s'endormir. Elle fait des rêves idiots, se demande si elle ne ressemble pas à Márieka au fond. L'amour est-il une aventure, un risque à prendre, un passage obligé ? Peut-être a-t-elle quelque valeur aux yeux de cet homme. Elsa lui a dit hier : « Je t'ai bien choisie, moi. Pourquoi n'aurait-il pas des raisons de te choisir lui aussi ? » Oui, être acceptée, c'est déjà inespéré.

Son idéal demeure à ras d'horizon. Amour, bonheur, richesse… tout ça, c'est pour les créatures irréelles qui s'animent sur l'écran, au cinéma Boreo. Elle aimerait sentir un peu de chaleur contre elle à son réveil, traverser avec Jean la clarté des dimanches, les mains libres. Qui sait si, un jour, un enfant voudra naître d'elle, de son corps si menu. À la chapelle, il lui arrive souvent de fixer la statue de Jeanne d'Arc. Elle sonde ses yeux de plâtre. Ils ne lui renvoient rien qui vaille. La muette, sans glaive ni voix, lui inspire plus la force.

Quand elle aperçoit Márieka, Szonja soupire, soulagée. Elle est bien là, à son poste, après avoir passé la nuit on ne sait où. Cheveux froissés, paumes encore roses d'avoir péché par amour, seulement par amour. Cela se voit au fond de ses yeux, d'un bleu qui fonce depuis quelques jours. Elle retrousse ses manches comme une guerrière et cache le trognon de la pomme qu'elle a dévorée juste avant de longer le poste du gardien. Personne n'a remarqué son absence au petit déjeuner. Il arrive que des filles le sautent pour grappiller trente minutes de sommeil. Elles emportent dans leurs poches une tranche de pain de la veille et un peu de temps volé à l'implacable mesure des jours.

Sur le chemin de la Sase, Szonja n'a pu rattraper sa cousine qui, une fois dépassée la rue de la Poudrette, a pressé le pas pour éviter les questions de ses compatriotes, et le regard de dédain, et les mises en garde… Szonja se fiche bien de ses fugues. Elle ne l'envie pas de frayer avec un inconnu, ne cherche pas à savoir qui est cet homme. Elle ne l'admire pas non plus de braver l'autorité de la mère supérieure, ni de franchir la palissade deux fois entre vingt-deux heures et six heures du matin, ni de brûler une nuit après une autre, ni de s'épuiser sur les deux fronts, celui de la liberté et celui du travail. Elle devine et comprend son goût pour les pollens envolés, les vœux arrachés par des pluies d'orage, son besoin de trouver une fente dans les jours ordinaires et de s'y glisser, de défier la Vierge Marie, Jeanne d'Arc et toutes les pâles figures du devoir et du sacrifice.

Chaque mois, Szonja vérifie si Márieka lave bien ses linges tachés du sang de ses lunes. Les filles ont accès à la buanderie au sous-sol pour leur lessive personnelle. La collectivité prend en charge les draps et les serviettes de toilette. La plupart choisissent le dimanche, malgré la messe, pour laver leurs vêtements entre les immenses lessiveuses et les dunes blanches. Dans son sommeil parfois, Szonja voit défiler les images d'un film muet. Márieka enfante en silence, un mouchoir dans sa bouche pour étouffer ses cris. Elle cache le bébé dans les buissons au fond du jardin. La muette le trouve, lui chante le refrain des orphelins, supplie la mère supérieure de le garder ici. Les pensées de Szonja se perdent dans une alternance de visions angéliques et sombres, comme si le destin de Márieka lui passait à travers le corps et remontait jusqu'à la nuit de ses rêves ; elle ne lui dit rien, ne veut ni ne peut la juger. Les mères hongroises de la cité le feront bien assez tôt. Elle le sait et le redoute. Mais pourquoi une fille de Sárvár, une seule, viendrait-elle enflammer les rumeurs comme du papier maïs, retombant en pluie de feu sur la communauté valeureuse ?

Le dimanche, c'est aussi le jour où les filles peuvent observer par le soupirail de la buanderie le passage du fermier. On l'appelle monsieur détritus. Elsa dit *monsieur Triste* pour faire plus court, elle n'aime pas le mot détritus. Il vient récupérer les déchets de la cantine pour ses cochons, ses poules, ses chiens et ses lapins avec une charrette à bras où tintent de grands seaux de zinc cabossés. Parfois il essaie d'approcher une des jeunes filles qui se repose sous l'arbre, déjà grand avant la construction de l'hôtel. Un chêne né avec le siècle, plus vieux qu'elles. L'homme aime se rendre à l'hôtel Jeanne-d'Arc le dimanche, car en semaine, les filles sont invisibles, toutes ces abeilles en tablier, envolées vers l'usine. Juste un mot à la petite volée dans l'espoir d'apercevoir un sourire frais venu d'ailleurs.

Elsa rit de lui, de son béret toujours de guingois, de ses galoches crottées. Pour rien au monde elle n'avouerait qu'il ressemble à son père, à celui de Bianca, à tant d'autres restés au pays où on ne regarde guère au-delà du tas de fumier derrière la ferme percluse de vieux outils.

Si les abords de la bâtisse sont soignés, le parc derrière le jardin des sœurs demeure ensauvagé, avec ses vieux arbres fruitiers jamais taillés et son buisson d'aubépines contre le mur d'enceinte.

Au printemps, le fermier passe la faux dans l'herbe haute entre les arbustes pour remercier les sœurs de nourrir ses bêtes et les filles de nourrir ses pauvres rêves. Pour la coupe du foin, il se fait propre, ajuste son béret, l'ôte à l'approche d'une belle. Un jour, Szonja l'a regardé faire de loin, cachée derrière les draps que la lingère venait d'étendre sur les grands fils. Il était tôt, c'était juste avant de partir pour l'usine. Après avoir dépendu son tricot mis à sécher la veille, elle avait surpris les grands gestes de monsieur Triste. Avec une pierre à aiguiser, il faisait chanter sa lame, comme pour sonner son entrée en action au domaine de Jeanne-d'Arc. Graminées, orties et coquelicots s'étaient mis à crépiter sous la faux. On aurait dit qu'il dansait avec les herbes hautes. Elle serait restée longtemps à le regarder ainsi, entre le linge humide et la lumière douce du petit matin, si Elsa ne l'avait pressée de partir pour l'usine *in fretta.* Trop tard pour respirer le parfum de l'herbe coupée, trop tard pour s'allonger dans le petit pré de mémoire où enfant elle marchait pieds nus.

8

La semaine a été longue et fatigante. Les premières chaleurs ont pénétré chaque espace de l'usine et avec elles, l'odeur de l'effort humain. Mais d'autres effluves nauséabonds montent en France en cette année 1931. Les ouvriers étrangers de l'industrie seront les premiers licenciés sous prétexte de défendre la main-d'œuvre nationale. Dans une circulaire aux industriels, le maire de Villeurbanne, Lazare Goujon, les prie, « au cas où vous seriez dans l'obligation d'effectuer des compressions d'effectifs [...] de renvoyer en premier lieu les étrangers ». La crise économique en Amérique a mis moins de deux années à traverser l'Atlantique.

Vaulx-en-Velin compte encore quarante-huit pour cent d'étrangers, la commune de Décines cinquante-cinq. Ce petit monde qui se retrouve le dimanche sur les berges de la Rize ou du Rhône, à quelques kilomètres des usines, ne veut pas penser à la menace qui enfle. Alors vient-on se payer du bon temps sans débourser un sou, car des sous, on en a de moins en moins. Chacun a son ardoise chez les commerçants et règle quand la paie est distribuée, en espèces toutes les quinzaines. Le revenu baisse de mois en mois, le temps de travail fluctue selon la production sans cesse ajustée, selon le coût des matières premières, des commandes qui s'effondrent. Pas de salaire fixe ni de lendemain prévisible.

Les chefs ont des explications laconiques, « l'usine s'adapte à la crise... c'est à prendre ou à laisser, travaillez moins ou allez voir ailleurs ». Ce qui signifierait renoncer au logement, à la cité, à la France, dégringoler les échelons de l'espoir, refaire sa valise. Ceux de la Sase s'estiment privilégiés, car ils ont un logement décent, des bons de charbon, l'eau gratuite et la bénédiction du curé.

Les ouvrières ne se plaignent pas du jour chômé qu'on leur impose, une fois de plus. Prévenues au dernier moment, à la porte de l'usine, elles en repartent aussitôt, comptent sur leurs doigts les jours de travail restant dans la quinzaine.

Szonja et Elsa refusent de mettre à profit ce temps, comme on le leur recommande, pour apprendre à coudre, à dactylographier avec les bonnes sœurs, étudier le français à la bibliothèque, *etchetera.* Elles ne veulent pas qu'on leur rappelle la chance unique qu'elles ont d'avoir des livres à portée de main et la miséricorde de leur patron. Elles ont choisi de se faire oublier, de s'échapper loin des ouvriers, des ouvrières, des religieuses, de tous ceux qui leur rappellent leur poids d'oiseau. Quitte à être balayées un jour de la cité, autant aller voir tout de suite ce qui existe là-bas, du côté de la ville, la vraie.

Elles courent loin de l'usine, sautent essoufflées dans le tramway que Szonja s'entête à prononcer *tramwaille.* Elsa s'exclame : « Non, pas *travail*! *Tramoué !* » Secouées par les soubresauts de la rame, elles ont pris place sur un banc en bois. Szonja glisse un bras sous celui d'Elsa, regarde leurs quatre pieds chaussés pareillement mais de brillance inégale. Elle lui glisse à l'oreille : « Tu ne sais pas bien cracher sur tes souliers, toi. » Un rire du dimanche fuse entre les deux amies, un rire du dimanche qui se déploie un lundi dans leur corsage et leurs cheveux et leurs paupières, un beau rire déraisonnable pour elles deux seulement. Et autre chose d'indéfinissable qui les emporte.

Elles ne voient pas l'homme en complet noir qui les dévore des yeux tour à tour, de haut en bas, de bas en haut. Lorsqu'elles sautent sur le quai de la gare de Perrache encore saoules de leurs rires, elles n'entendent pas le pas mesuré de l'inconnu derrière elles. Son ombre pourrait absorber leur joie libre qu'il désire. Il écoute encore leurs babillages teintés d'accents de l'Est et d'Italie.

L'homme les suit à distance dans leur déambulation, comprend vite qu'elles n'ont pas de but précis, mais il a du mal à suivre leur rythme enjoué. Il transpire, ouvre sa veste, desserre sa cravate, déboutonne son gilet et laisse apparaître un ventre large et tendu sous la chemise blanche. Il s'approche enfin d'elles, un sourire très horizontal lui barre le visage. Il tend son étui à cigarettes et cette question à deux sous : « Françaises ? », sans même les inclure dans une vraie phrase. Une arrogance de meneur de troupe. Elsa grimace, fait signe que non, pas de cigarette. Szonja est hypnotisée par le briquet à molette qui brille comme un bijou entre ses doigts. Elle cherche, fébrile, ses papiers dans son petit sac à main. C'est normal qu'on lui demande si elle est française, c'est normal de répondre à un homme qui possède un briquet en or et s'adresse à elles en pleine rue. C'est normal, cette autorité à laquelle elle ne peut se soustraire. Son amie retient son geste tandis que le type s'excuse. « Non, c'est pas la peine, est-ce que j'ai l'air d'un flic ? » Le temps qu'il adoucisse sa voix et s'éponge le cou avec son mouchoir, les filles ont déjà fait volte-face pour traverser en diagonale la place Carnot. Elles s'engagent dans une nouvelle rue, puis une autre, descendent sur le quai de la Saône où des pêcheurs clairsemés ne font pas cas de leur apparition. Comme deux gamines après la classe, elles s'assoient sur un banc de pierre, plient leurs deux paires de jambes à l'unisson, leur jupe plaquée entre les cuisses, ignorant les solitaires maussades à deux pas.

« Et dire que la rivière était si près de la gare ! On aurait pu venir avant. La Saône, c'est pas la mer à boire ! »

Elsa a toujours un temps d'avance pour les expressions françaises, ses raccourcis de pensée et concentrés de sagesse, des bouillons cube à diluer dans la conversation et pour faire valoir son droit à dire au même titre que ceux d'ici.

La Saône lascive leur donne toute la douceur qu'elles méritent. Les yeux captivés par les rayons de lumière sur l'eau que troublent à peine deux cygnes lents, elles ne sont plus ces ouvrières en soie artificielle des confins de la ville.

« Voilà, dit la première, nous y sommes.

– Où ?

– Là où ce cochon de rue ne nous attrapera pas. T'as pas compris qu'on nous veut ? Parce qu'on est belles, tu n'sais pas ça, toi. On est belles parce que l'usine est loin. T'as pas compris qu'on nous veut ? On est dans la ville grande, sans l'odeur des cuves et il y a plus de ciel sur nos têtes, non ? Et ça me donne faim. »

Toujours, elle a faim, Elsa, de cette vie-là, de cette ville-là. Et Szonja jamais. Elle voudrait bien faire sienne la façon dont Elsa se réjouit de petits riens, accroche ses envies et ses rires à tout moment de la journée, ses indignations aussi. Alors, elle laisse son amie remplir tout de ses bavardages. Elle parle de sa belle-sœur qui étale sa pâte sur un torchon blanc pour y découper des biscuits avec un verre retourné, y poser des amandes en silence. « J'aime ça moi, les amandes, et toi ? » Elle repense à son bâton de rouge à lèvres tombé sur le plancher de sa chambre qu'elle a dû frotter avec son mouchoir, elle ne sait que faire de tout ce rouge inlavable, et le mois prochain elle en achètera un autre, et puis du fil pour recoudre cette robe, la raccourcir.

« Là, cinq centimètres en moins, ça sera plus joli. »

Szonja grimace : « Tu veux qu'on voie tes jambes ? » Eh bien oui, elle veut qu'on les envie, ses jambes, jusqu'aux cuisses même. « Parce que l'amour commence là... tout en haut. » Szonja rougit. Elsa rit. « On a l'âge, ma belle, tu n'le sais pas, mais on a l'âge sous nos blouses. C'est ça qu'il a vu le sale type en costume. »

Elle passe en revue les contremaîtres qui regardent les femmes, leurs hanches, leurs fesses, surtout le petit qui se met sur la pointe des pieds dès qu'il parle. « J'aimerais pas le croiser au bal de Martinelli, çui-là... » Les piailleries d'Elsa bercent Szonja qui finit par s'assoupir quelques minutes, le visage tendu vers la lumière, les cheveux ballants dans l'air doux. Sa tête contre le mur du quai, elle ne sent pas la dureté de la pierre. Un abandon qu'elle ne peut vivre ni à l'usine, ni dans sa chambre, un abandon de première nécessité, un abandon d'origine. Pour la première fois depuis son arrivée en France, elle a envie de se déplier, de goûter cette simplicité d'exister, de gaspiller son temps sans penser à rien, sans compter les heures qui la séparent du réservoir humain de l'usine. Même contre le château d'eau, elle ne peut s'oublier ainsi. La Sase, en face, n'est jamais hors de sa vue, de sa vie, avec son immense bloc de béton.

Sur le chemin du retour, elles laissent échapper des soupirs de regrets après le soleil, après la liberté. Évoquent leur premier et dernier voyage à deux sans fiancé.

« Puisque tu en as un maintenant, on n'ira plus voir la Saône ensemble ?

– Faudra que tu te maries bien vite. Mon Luigi ne veut pas, lui. La musique, la politique prennent tout son temps après le travail. Et ton Jean, il va tenir le coup avec ses jours chômés ?

– Il reste aux champs, sa famille le nourrit. Mais il n'aime pas aller là-bas, il dit que son père et son frère le traitent comme un journalier mais je ne comprends pas ce mot… Hier il est venu jusqu'aux portes de l'usine et le garde l'a renvoyé : pas besoin de toi jusqu'à mercredi.

– Nous bientôt, avec notre paie, on aura juste de quoi régler la pension et qu'est-ce qu'on aura à la sortie ? Si ça continue comme ça, la moitié du temps chômé, les amendes, les baisses de salaire, les Français qui nous chassent, on va tous repartir dans nos pays. Restera que leurs paysans à l'usine. Ça sera triste. »

En sautant du tram avant l'arrêt de la Poudrette, elles se disent qu'elles ont encore droit à un peu de légèreté et retardent le moment de passer les grilles de Jeanne-d'Arc. Avec l'alternance très irrégulière des jours travaillés et des jours chômés, il est devenu impossible de contrôler leurs sorties. Elles ne craignent pas d'être sermonnées par les religieuses.

« J'en ai marre de ce grand hôtel… Les cloisons ne montent même pas jusqu'au plafond, on voit toujours la lumière des autres.

– Tu les entends pas les filles ? Y en a une qui pleure tous les soirs, à la nuit tombée… Une autre récite je ne sais pas quoi à je ne sais pas qui ?

– Une prière ?

– Non, je ne crois pas. Elle se fâche parfois. Une autre tape tous les soirs sur la cloison… Moi, j'éteins la lumière avant le couvre-feu. Le plus tôt possible. Dormir, dormir, dormir… »

Elsa soupire :

« Si tu te maries bientôt, je ne resterai pas là-bas. *Santa Maria Vergine*, plutôt mourir ! Allez, *andiamo*, faut aller retrouver les orphelines.

– Orphelines ?

– Sans famille.

– Comme nous ? »

Elsa ne répond pas.

« Et cette Jeanne d'Arc dans la chapelle, c'est qui ? »

Elsa ne répond toujours pas.

Szonja laisse ses questions sur le seuil de la maison : les orphelines, Jeanne d'Arc, la muette, leurs silences emmurés. Bientôt elle quittera ce petit monde de prières, ces mille yeux qui leur tournent sans cesse autour, la cloche des repas, celle des offices, la grotte froide et sa Vierge Marie en plâtre qui semble les épier pareillement, le monsieur des épluchures et ses petites bontés pour « les filles de partout », *etchetera.* L'argent gagné à l'usine sera le sien jusqu'au dernier centime. Bientôt, elle sera une femme, une vraie, on oubliera d'où elle est venue, elle vivra avec un homme, un vrai, un Français. Le reste suffira.

9

Le défilé de ceux qui viennent à la soupe populaire impressionne Szonja et ses amies. À Jeanne-d'Arc, elles se considèrent comme miraculées. On garde ces jeunes femmes étrangères peu ou pas politisées, moins payées, au comportement *exemplaire*, sans problème de santé apparent, sous le contrôle de l'institution. On les fait participer à la distribution à tour de rôle, car les religieuses sont débordées, malgré le soutien de la municipalité.

Une nouvelle vie entre quotidiennement dans le sanctuaire des filles qu'on voulait protéger de tout. Des hommes, jeunes, moins jeunes, des mères de famille, la réalité du dehors y reflue avec la peur que la misère encolle les pieds et que tout espoir se brise. La muette se fige devant les hommes, dépassée, fébrile, mais son énergie est vite décuplée dans cette nouvelle agitation. Szonja semble la seule à remarquer ce changement à peine perceptible de la sœur sans voix. Un jour, il s'échappe un petit glapissement de sa bouche. Szonja se prend à rêver que sa langue se délie, comme le jour où une berceuse s'était échappée de ses lèvres.

Malgré la fatigue, Szonja se porte volontaire pour être à ses côtés. Dans le brouhaha de la grande salle, elle ne cesse de lui parler dans l'espoir d'un retour, livre tout ce qu'elle ressent depuis des mois comme si la muette pouvait accueillir la partie invisible de son être, son désir de se déployer. Le corps et le visage de la jeune sœur s'animent, ses lèvres semblent pépier au milieu de la noria des pauvres, mais aucun son ne surgit. *Sourires valent mots,* se rappelle Szonja désolée.

La grande crise cogne aux portes, repousse les murs de la pension, fait trembler les certitudes.

Dans les usines de la région les commandes continuent à diminuer et entraînent une baisse de la production. On débauche à un rythme alarmant. Les patrons se réunissent pour chercher des mesures d'urgence et conviennent d'un versement de solidarité au fonds de chômage municipal de cinq francs par salarié pour chacune des entreprises sollicitées. Soit l'équivalent d'une heure de travail d'un ouvrier, deux heures d'une ouvrière.

Les femmes sont les premières visées par les licenciements, surtout celles dont le mari fait partie du personnel de la Sase. Elles seront à l'abri, sous l'assistance du chef de famille, réduites à la tâche de récupérer quelques denrées alimentaires ici ou là.

Les protestations syndicales spontanées ont été sans effet. Les ouvriers hésitent à manifester contre la baisse des salaires, de peur d'être licenciés à leur tour et de rejoindre la cohorte des crève-la-faim, dont certains se retrouvent à la rue ou dans les cellules désaffectées du fort de Loyasse sur les hauteurs de Lyon. En l'espace d'un an, le nombre des chômeurs a été multiplié par trois. La misère touche des familles qui s'estimaient jusque-là en sécurité.

Dans chaque commune, une soupe populaire à deux francs a été organisée, qui nourrit les sans-travail. Peuvent en bénéficier gratuitement ceux qui n'ont pas droit au fonds de chômage. Ils ont la possibilité de manger dans des cafés-restaurants, associations de bienfaisance comme à l'institution Jeanne-d'Arc ou de profiter de distributions alimentaires à porter à leur famille.

Les ouvriers sont maussades, baissent la tête en entrant et en sortant de l'usine, avec dans la musette qui leur bat le flanc toujours le même quart de miche et la sardine à l'huile fichée à l'intérieur, parfois un bout d'omelette. Le saucisson est rare, le jambon plus encore, sauf pour ceux qui viennent des fermes environnantes. Parfois, ils prévoient une pomme à croquer à la sortie parce qu'ils n'ont pas toujours le temps de la manger pendant leur pause, préférant fumer une cigarette ou aller pisser tranquilles. Tous attendent avec impatience le jour de paie, le samedi, *au train où on en est, on gagnera bientôt juste de quoi payer des patates et notre tabac gris,* disent certains. Mais il y a tant de chômeurs en ville, « faut pas rêver à plus, de ce temps ». Plus lourde que la tâche journalière avec le recommencement implacable des gestes est l'absence de rêves. De ceux qui déporteraient leur corps, leurs désirs, leur raison d'être dans un autre ordonnancement. La politique les rend doubles au plus fort de la crise. Ils ont idée de ce qui leur manque et de ce qui les menace, mais se méfient des contremaîtres guettant la moindre erreur, le moindre retard. Ils ont été recrutés parmi les Russes blancs, toujours de mèche avec les patrons dit-on, ou parmi les Italiens fascisants, de ceux qui s'enferment dans leur langue d'origine pour ne pas qu'on les écoute.

Roulée à l'envers dans une poche de leur vareuse, ils attendent d'être à l'écart pour lire *La Voix du peuple* et parler entre eux, boire un verre de vin, se faire oublier. Une triste volonté de se fondre dans la coulée, bleus de travail et grises mines.

Les sœurs disent qu'il faut prier pour les chômeurs et leurs familles, prier pour que Dieu leur donne le pain quotidien, prier pour garder espoir, *etchetera.*

Les filles de Jeanne-d'Arc, sans famille sur place, sont épargnées. Deux prêtres hongrois et italien plaident en leur faveur auprès des patrons ; ils ne veulent pas de chômeuses qui risqueraient de devenir des filles perdues et nuiraient à la réputation de leur communauté. Ils insistent sur leur exemplarité, leur fréquentation régulière des fêtes et offices. Ils évitent bien d'évoquer les fugues avec des amoureux dans les bosquets le long de la Rize, leur ivresse les soirs de bal, les premiers signes des maladies infectieuses. Les religieuses se plaignent pourtant.

Szonja ne veut pas penser à demain, mais chaque soir les craintes envahissent son sommeil. N'importe qui pourrait la remplacer. Elle ne voudrait pas que l'argent retenu par l'intendance de Jeanne-d'Arc ne serve qu'à payer son billet de retour Lyon-Budapest. Elle pense à Jean qui voudrait la marier. Faut-il plus de courage pour accepter ou pour refuser ? Lasse, elle se perd parmi les ouvrières. Dans leur cape à mi-mollet, leur petit béret de laine sur la tête, elles ressemblent à une volée d'étourneaux vite dispersée derrière le dépôt de charbon. Leurs visages clairs et un peu de ciel suspendu aux vapeurs de l'usine témoignent seuls du jour à peine vivant. Elle serait bientôt posée, elle, sur une branche, si elle acceptait. Mais le veut-elle ? Elle n'a jamais eu de place dans la nuée. Elsa sait, elle, appartenir à un groupe, faire corps. Szonja la suivra. Tout commence là, sous leurs yeux, à Jeanne-d'Arc, à l'usine, dans la rue.

Szonja s'inquiète. Elle observe les allées et venues, livreurs de charbon, laitier, le paysan, le défilé des autos des patrons et contremaîtres, la circulation des bicyclettes des ouvriers venant de Lyon, de Villeurbanne ou de plus loin encore. Elle le sent bien, ce vent mauvais qui vient racler les ruelles entre les maisons de la petite cité, les immeubles de la grande, les jardins ouvriers, les coins d'atelier, les rails du tramway. On se dispute l'âme et la chair des ouvriers et ouvrières entre prêtres, militants communistes et ligues factieuses. On promet un avenir bordé de belles vérités : sortir de la crise, du chômage ici ou ailleurs, à condition de croire aux valeurs chrétiennes, à celles de l'Internationale socialiste ou à celles du Duce. Pacifistes, militaristes, rouges, curés brassent la cervelle des vulnérables qui n'attendent que du travail régulier et ne voudraient pas se faire remarquer.

Même dans l'enceinte de l'hôtel Jeanne-d'Arc, on ne se sent plus à l'abri du monde. La rumeur d'une fermeture court depuis peu et ce n'est pas la muette qui en fera l'annonce.

Malgré tout, un mariage se prépare, une orpheline polonaise avec un Hongrois. Elle va quitter le pensionnat. Szonja se rêve mariée elle aussi, dans un appartement de la cité. Une peau d'épouse serait-elle plus douce ? Depuis son arrivée en France, elle n'a plus jamais travaillé la terre, mais sa peau absorbe la poussière de plomb, les vapeurs fétides sorties des cuves, la chaleur des courroies et des bobinages, son odeur est celle des jours passés aux machines à tisser un futur indéfinissable ; et toujours dans son ventre, ce trou à combler de gruau d'avoine et cette fatigue à laver de chicorée claire au petit matin. Que requiert encore l'effort humain ? D'oublier son corps, aussi bien la faim que la bravoure, passer outre les désagréments de la peau sèche et des gerçures du petit matin. Après l'effort, elle aimerait du réconfort.

Pour elle comme pour toutes les ouvrières, il faut encore et toujours oublier qu'on n'a pas le sou pour s'offrir des fantaisies, rougir ses lèvres, cacher ses hanches dans une jolie cotonnade. Lorsqu'elles sont énervées ou fatiguées, les Italiennes lâchent aux vestiaires les noms des chefs, des commères mauvaises, ponctués du sésame *etchetera.* Pas besoin d'en dire plus : on en a marre, *basta* !

Plus que jamais, elles ont besoin de romances, au cinéma et dans les chansons, elles aspirent à la flânerie sur les bords du canal. À s'étourdir.

Gisèle a annoncé la catastrophe avant même que la direction ne s'adresse à eux tous. Habitée de colère et d'humour, elle a singé les patrons et imaginé pour ses camarades la scène dans tous les détails: « D'abord, ils se donnent rendez-vous près du grand escalier, vous savez avec la belle rampe en fer forgé et la grosse pomme de cuivre au pied. Ils toussent entre chaque phrase. Ils ont du mal à gravir les marches pour atteindre les bureaux. *Surproduction... concurrence étrangère... charges trop lourdes... impôts... assurances sociales*, ça leur coupe le souffle. Dans la salle des grands, le tableau noir est prêt avec ses équations et ses soustractions. Fermeture d'une unité = un tiers de licenciés. Les secrétaires préparent les listes longues comme le bras. Elles sont pas fières, les chéries ! »

Personne ne l'applaudit, mais on fait circuler immédiatement de vieilles boîtes de conserve pour les quêtes de soutien. Du jour au lendemain, de nouveaux chômeurs sont contraints de recourir à la soupe populaire de l'institution Jeanne-d'Arc. Andor est de ceux-là. En première ligne. Musicien, célibataire et étranger. Quand la muette lui remplit sa gamelle en aluminium, elle fait tinter la louche au fond comme pour marteler le silence qui l'empêche de lui dire le bonjour. Le garçon ne regarde que les haricots flotter dans une espèce de ragoût avant, tête baissée, de se hâter vers la sortie.

Szonja le revoit quelques jours plus tôt sur le terrain de boules, si fier de présenter pour la première fois son petit orchestre hongrois à la cité entière. Márieka était au premier rang, la bouche peinte comme un fruit hors saison, mais c'était Szonja qu'Andor ne quittait pas des yeux. Il a dédié son premier morceau de musique « à Miss Europa, pas la star de Budapest, non, à la plus jolie jeune fille de la Sase». Szonja a rougi. Márieka a verdi. Un de leurs compatriotes a cru bon de remarquer: «Cette Juive qu'a pas voulu aller en Amérique?»

Des gens ont ri bêtement sans saisir l'allusion. Seuls les Hongrois connaissent l'histoire d'Erzébet Simon, beauté bien trop sage pour se laisser griser par une carrière internationale de mannequin ou d'actrice. On entend quelques attaques racistes. Les Juifs et les Hongrois n'y échappent pas, eux qu'on surnomme parfois les faux-monnayeurs ou les rescapés de l'Empire. Amitiés, inimitiés, préjugés vont bon train au gré des turn-over. Chaque communauté est caricaturée: les Arméniens, indolents, intelligents, apatrides; les Italiens, buveurs de vin, amateurs de femmes, mauvais soldats, travailleurs; les Polonais, grossiers, courageux; les Russes blancs, fiers, cultivés et taciturnes; les Espagnols, durs à la tâche, discrets... tous représentants d'une humanité bigarrée et laborieuse dont les identités saillantes sont déjà arasées par le temps de l'usine.

Émue par Andor, Szonja a compris qu'il a réussi à mettre un pied dans le monde de la musique. Elle espère le voir s'y jeter à corps perdu et oublier sa gaucherie d'ouvrier. Mais comment peut-il être encore amoureux d'elle, depuis tout ce temps? Dans les yeux d'Andor, Szonja a du mal à se croire jolie. Il paraît qu'il a gardé la photo de Miss Europa dans son portefeuille, un rêve guère plus épais qu'un pétale de rose.

Szonja suffoque, de plus en plus lasse de la vie en collectivité. Partout des yeux, des questions, peu de silence, peu d'espace pour y nicher ses rêves, ses espoirs ou ses chagrins. Elle se persuade qu'épouser un gars d'ici serait déjà devenir française. Régulièrement, elle suit les cours destinés aux étrangères de Jeanne-d'Arc, mais en a plus appris au contact des ouvrières à l'usine, dans le temps de trajet entre l'usine et le pensionnat, auprès d'Elsa surtout, intarissable de curiosité et parfois auprès de Márieka. Bien qu'elle la sente de plus en plus coquette et irascible, sa cousine la supplie de l'accompagner un dimanche à la messe. Elle semble avoir perdu autant de bleu que de métal au fond des yeux. Sur le banc de la chapelle, elle s'impatiente, se gratte un genou, pince le bras de Szonja. « T'as vu tes ongles ? » Le prêtre articule les mots de son homélie comme s'il s'adressait à des demeurés. Toutes deux ont posé leurs mains à plat sur leur jupe et comparent leurs doigts abîmés, les petites peaux rongées autour des ongles fendillés, la peau gercée presque transparente sur l'étoile de leurs articulations. Ce qu'elles donnent chaque jour, ce sont les mains de l'exil, détachées d'elles-mêmes, en avant d'elles-mêmes. Elles soupirent, observent chacune le profil silencieux de l'autre à la dérobée. Tous les dimanches à venir ne suffiront pas à libérer leur beauté à moitié tue.

Elles se retrouvent après la messe au jardin de l'hôtel Jeanne-d'Arc. Les tilleuls plantés là quatre ans avant leur arrivée ne donnent ni ombre, ni senteur, à peine un tremblement de tiges raillant leurs visages pâles. Márieka s'est fait offrir, on ne sait comment, un nécessaire de manucure. Un joli caprice à fermeture éclair. Elle est fière d'exhiber les petits ciseaux aussi fins que ceux d'une brodeuse et une lime étincelante « en acier inoxydable ». Des gestes lents, qui ont recouvré la patience d'avant, cisèlent ses propres ongles, puis ceux de Szonja. Un grand silence les enveloppe que troublent à peine les petits frottis du limage. Une autre nacre apparaît à l'extrémité de leurs doigts. Elles retrouvent une respiration tranquille, sans un soupir de fatigue. Pas un regard vers les grands murs de la forteresse vidée soudain de ses innombrables présences. Sur la fine cotonnade de leurs vêtements s'émiette leur dimanche. Elles soufflent sur la poudre fine tombée de leurs doigts, vérifient qu'elles n'ont plus aucune aspérité au bout des ongles. Peut-être cette main gauche recevra-t-elle l'anneau d'or qui la projettera dans une autre vie.

Un bruit de roues sur le gravier leur fait relever la tête. Le fermier tire sa charrette à bras, les bidons tintent les uns contre les autres. À peine les aperçoit-il qu'il lâche son brancard contre le banc de pierre, ôte son béret pour les saluer d'un geste en deux temps, un signe de la main et presque une révérence avec un léger fléchissement des genoux. Il saisit une poignée de noisettes, les dépose avec un sourire timide entre les deux jeunes filles. « Voilà pour votre petit dimanche, mesdemoiselles. »

Szonja se lève la première, s'approche de lui pour lui serrer la main et c'est un merci en hongrois qui lui jaillit des lèvres. Un instant, elle n'est plus sur cette île ouvrière à l'est d'une ville encore inconnue, elle est sur un chemin de terre, à Sárvár, avec un grelot de fruits secs dans la poche. Márieka lâche un petit cri de gamine, se précipite sur un caillou et brise la première noisette. L'homme s'esquive à l'approche de la muette, alertée par le bruit de la charrette. Et les filles disparaissent avec leur butin de joie. Dans la chambre de Márieka, elles l'étalent sur le lit. « Il croit qu'on est des prisonnières, le vieux... C'est quand même meilleur que des hosties. *Amen.* »

Le fermier est inquiet et redoute depuis plusieurs mois qu'on renvoie ces jeunes filles dans leur pays. Voici déjà cinq ans qu'il est en relation avec la mère supérieure de l'hôtel Jeanne-d'Arc grâce à deux conseillers municipaux de Vaulx-en-Velin et de Villeurbanne, l'institution étant à cheval sur les deux communes. Tous s'étaient entendus pour la livraison quotidienne du lait aux ouvrières. L'homme s'était endetté pour acheter quatre vaches supplémentaires afin d'atteindre les cent litres quotidiens et fournir également le beurre nécessaire à la cuisine.

Au printemps dernier, la muette l'a surpris dans le jardin. Elle avait d'abord aperçu de loin son béret, puis sa silhouette tout entière qui se penchait par intervalles réguliers pour poser quelque chose dans l'herbe haute. Elle s'était approchée sans bruit, avait remarqué les œufs par terre et sur son visage un grand sourire. Face au regard étonné de la muette, il n'avait eu que ces mots : « C'est pour les fenottes, euh… les filles de… partout. » Elle avait répété mentalement « les filles de partout » avant de laisser échapper un long soupir et un rire gêné. Le fermier avec force gestes avait expliqué à la muette, comme si elle était sourde de surcroît, que les œufs étaient durs, qu'il les avait faire cuire. Il avait dessiné sur chacun un signe, une petite fleur, car des prières, il n'en connaissait point. Il avait dit encore : « C'est pour les petites, les filles de partout. » La muette avait fait l'équation, « de partout » égale « de nulle part », et compris son geste. Elle aussi était en exil et pour cet homme de la terre, ce n'était pas rien d'approcher ce gynécée déraciné. Il n'avait jamais cessé de l'intriguer autant que de l'émouvoir depuis l'année 1926, où étaient venus à lui les premiers éclats de voix des jeunes filles au jardin. Leur jeunesse déjà écrasée par le travail répétitif à l'usine envahissait de ses jeux de balle et exercices de gymnastique ce petit arpent de paix. On convoquait leur enfance finissante.

Au fil du temps, les religieuses s'étaient habituées aux fantaisies du fermier : un ruban pour celle qui videra le bidon de lait, une motte de beurre avec l'empreinte d'un oiseau à poser sur la table des Hongroises, et même un poussin pour les Polonaises. Il ne connaissait aucune pensionnaire par son prénom, devinant seulement leur origine à les écouter parler, chanter ou s'engueuler à l'extérieur. Il déposait parfois ses menus présents aux pieds de la petite Vierge Marie dans la grotte artificielle à l'angle du parc accompagnés de petits mots écrits au crayon de bois sur un morceau de journal. Le jour de la fête des Italiens, l'année précédente, la muette avait même trouvé un panier de cerises.

Les pensionnaires ne savent toujours pas s'il a femme et enfants, ni même quel est son prénom. Les filles parlent de lui en disant le fermier ou le laitier. Certaines lui tricotent des chaussettes, d'autres s'avancent pour lui serrer la main et le remercier d'un sourire furtif. Un petit père que n'atteignent pas les prières du dimanche, qui ne croit qu'aux joies impromptues fertilisant les jours ordinaires.

10

L'orage est venu avec son cortège de filles en cheveux. Aux portes de l'usine, elles se précipitent et s'ébrouent en riant. Elsa chuchote à l'oreille de Szonja qu'avec un peu de chance, il y aura une panne d'électricité. Toutes savent que la lumière du jour à travers les verrières ne peut suffire à éclairer les machines ; dans ces cas-là, on leur propose de repartir ou de prendre une pause pour casse-croûter, ranger des caisses. Sans lumière électrique, tout prend un relief triste, les cuves, le dégueuloir, les bobines. Les ouvrières à qui on interdit de parler au travail ne savent que faire de ce silence redoublé et grotesque, quand les machines sont à l'arrêt. Le contremaître observe le débit de la pluie sur les verrières. Le « sur-chef », comme le nomme Gisèle, fait le tour des ateliers, donne ses consignes. On comprend à demi-mot qu'il redoute la grêle sur les sheds qui briserait les vitres et endommagerait le matériel.

Szonja travaille au côté de la femme de Marco qu'elle n'a pas revu depuis ce dimanche de printemps où ils se promenaient tous deux au bord du canal. Les yeux rivés aux carreaux, Bianca semble fascinée par les éclairs, mais soudain une détresse enfantine l'envahit. Elle soliloque en italien, dans son dialecte peut-être. Est-ce une supplique au ciel qui s'enflamme au-dessus de l'usine ?

Devant les filières, Bianca se tient les côtes, un peu de sa salive s'écoule sur les fils de viscose, faisant l'effet de rubans brillants. Une chaleur moite tombe des verrières, brasse les émanations de sulfure qui se dégagent à hauteur d'homme. Elle perd le souffle.

Une main sur la poitrine, l'autre sur la bouche, Bianca se fige tout à coup, comme face à un ennemi invisible. Elle a soif, détache sa blouse puis dégrafe son corsage. Elle s'approche de la machine, a contrario de ce qu'on attend d'elle, comme si elle cherchait dans les yeux innombrables et magnétiques des filières une vérité inaccessible. Affolée, elle dévie sa trajectoire, hasarde son corps entier dans un très long mouvement déraciné et vacille contre Szonja. À l'autre bout de l'atelier, alarmé par le tonnerre qui fait vibrer les baies, le contremaître ne remarque rien. Puis comme une somnambule, Bianca atteint le robinet au fond de l'atelier. Sans prendre la peine de se laver les mains, elle les tend sous le filet d'eau, en creux, lèche ses paumes tremblantes plus qu'elle ne boit, comme si elle n'avait pas la force de garder ses doigts serrés, d'en faire une conque parfaite.

Inquiète, Szonja se tient derrière elle, à moins d'un mètre, guettant le chef. Pâle, les yeux hagards, la jeune femme s'agrippe au lavabo, murmure « J'attends la pluie », comme pour se convaincre qu'il n'y a rien d'autre à attendre de la vie en cet instant, si ce n'est un déluge salutaire qui balaierait le pire. Mais elle ne semble pas l'entendre, cette pluie qui redouble, sonore comme un tremblement de vaisselier. Szonja a peur de voir Bianca s'effondrer là, dans la poussière, assoiffée, dévastée.

Bevi bevi la pioggia,
Bevi bevi la gioia,
Effimere sono,
E l'amore eterno.

Lui reviennent les mots de la chanson d'Elsa. Szonja connaît par cœur son refrain qu'elle fredonne dans le cou de la jeune femme. Elle voudrait la prendre par la main, la mener dehors jusqu'à l'infirmerie. Mais Bianca secoue la tête, trop épuisée. Elle tente de se remettre d'aplomb, prend appui contre le mur.

La lumière a grésillé dans les ampoules électriques, puis un claquement s'est fait entendre. Les femmes se sont immobilisées, les mains dans les poches, le regard planté sur elles deux. Elles ne veulent pas, ne peuvent pas vraiment sortir de leur rôle, avant que revienne la lumière sur les métiers. Elles devraient pourtant faire mine de s'affairer à leur poste. Toute heure d'inaction ne sera pas payée. Elles devraient se sentir prêtes à reprendre leur rythme mécanique au signal du contremaître.

La grande Gisèle rouspète. « Moi, je pourrais continuer les yeux fermés, monsieur. » Des petits rires s'échappent, vite couverts par le pas de danse de la pluie sur la verrière. Elles ne craignent rien, ni le fracas, ni les réprimandes pour cet instant de relâche. Elles remercient le ciel en silence. Campée devant son poste qu'elle a regagné en titubant, Bianca lève les yeux en l'air, incrédule lorsque le courant revient.

Quand elles sortent de l'usine, l'orage a mis le ciel à leurs pieds. L'eau déborde des grilles d'égouts. Il leur faut traverser d'immenses flaques, prendre garde à ne pas glisser. Des bouquets de filles jaillissent sous les parapluies. Des hommes fument sous l'appentis du lavoir désert ou à l'abri du toit des hangars. Sourde aux conseils des camarades, Bianca est allée attendre son homme aux ateliers d'entretien.

Son gilet sur la tête, Szonja court à l'infirmerie. *Bevi bevi l'acqua.* La ritournelle d'Elsa conjure l'angoisse jusqu'à ce qu'elle arrive ruisselante au dispensaire. Elle s'arrête sous les fenêtres pour reprendre son souffle, cherche la muette. La buée sur les carreaux lui cache l'intérieur de la salle où l'électricité n'a pas été rétablie. Mieux vaut rentrer sécher ses vêtements, mais des pensées toutes poisseuses l'assaillent: « Et si le ciel mauvais descendait dans nos poitrines?... Et si notre souffle à toutes venait à manquer?... Est-ce qu'un jour on aura une prime pour avoir laissé la moitié de nous-mêmes à l'usine ? »

Elle n'est pas entrée à l'infirmerie. A laissé ses questions sans réponse. Elle est montée dans sa chambre et a fini par s'endormir en chien de fusil sur son lit.

Le lendemain, Szonja quitte l'hôtel Jeanne-d'Arc avant tout le monde. Elle veut voir la muette, lui expliquer les symptômes de sa camarade. Quand elle la trouve enfin, les mots se bousculent. Toute la scène lui revient avec des frissons d'orage. Elle se glisse dans la peau de Bianca, la mime avec douleur, tousse. La muette plaque ses deux mains sur son visage décomposé, elle fait mine d'entraîner Szonja vers l'infirmerie. La muette aime qu'on s'adresse à elle ainsi. Elle y voit une marque de respect pour sa manière de communiquer sans être obligée de s'épuiser en signes ridicules. D'un plissement d'yeux, elle la remercie et lui redit son inquiétude pour Bianca.

Entre autres services qu'elle rend à la communauté, à l'infirmerie, à l'organisation domestique de Jeanne-d'Arc, la muette écrit des courriers pour celles qui peinent à s'exprimer en français, rédige les demandes de naturalisation, formule les requêtes au patron, au curé. Szonja a su par Mónika qu'elle ne refusait jamais non plus son aide pour composer une lettre d'amour.

Un jour, Szonja a présenté à la muette une lettre qu'elle venait d'écrire. Elle avait prétexté une relecture, la muette en corrigeait les fautes et les maladresses. « Je te connais et je te regarde depuis mon arrivée ici. On a le même âge et la même taille. Je sais que tu aimes soigner les gens. Et les plantes et les fleurs qui ont trop de noms au jardin des sœurs, toi tu les connais. Est-ce que tu vas donner ta vie entière à la Sase ? Tu chantes encore en secret ? N'auras-tu vraiment jamais besoin d'homme ni d'un enfant dans ton ventre ? »

Une lettre qui était destinée à la muette sans la nommer. Quand celle-ci lui avait fait comprendre qu'une lettre devait toujours être adressée à quelqu'un, Szonja la lui avait lue à voix haute. Pour toute réponse, la muette avait plié la feuille de papier avant de la glisser dans la poche de sa blouse blanche, puis avait montré le Christ en bois qui lui battait la poitrine au bout d'un lien de cuir. Szonja avait détourné les yeux.

Aujourd'hui Szonja voudrait lui écrire de ne pas dénoncer Bianca, et la supplier de lui donner un remède en cachette pour qu'elle continue à travailler, sinon il en serait fini de sa vie française. Elle n'a pas assez de mots.

11

Le pensionnat Jeanne-d'Arc se vide peu à peu. Les filles sont renvoyées pour un oui ou pour un non. Certaines rentrent tard, ne vont pas à la messe, font les coquettes, se laissent courtiser à quelques mètres de l'institution par des garçons venus les chercher le dimanche après-midi. Elles perdent leur place à l'usine ou s'en vont pour se marier.

On regroupe les pensionnaires restantes. De grandes tables inutiles sont repoussées contre les murs, les chaises retournées, les pieds en l'air. L'écho des voix, les allées et venues résonnent autrement. De nouvelles diagonales se créent entre les religieuses qui échangent des consignes avec un air de conspiratrices. La muette erre dans les couloirs avec des charges de linges à ranger, ensevelie sous le blanc des draps. Elle voudrait qu'on la garde à l'infirmerie. Elle ne veut pas rejoindre sa congrégation en Alsace.

Szonja, elle, vient de céder à la demande de Jean qui s'impatientait de prendre femme pour loger à la grande cité. Elle aurait pu aimer Andor, mais un Français l'a choisie, c'est une chance. L'amour viendra… Elle ne sait pas qui pourrait lui coudre une robe de mariée, sinon Márieka, qui assemblerait des étoffes d'origine douteuse. Szonja chasse l'image de sa cousine et lâche un soupir en regardant ses souliers éculés. Et combien de jours travaillés pour acheter une alliance ?

Ne pas rêver d'or, ne pas rêver de lumière trop forte dans sa vie. Juste se rapprocher de l'ombre d'un homme.

Ce sera un mariage *in fretta,* plaisante Elsa. Sans grands préparatifs, ni grands émois. Une étape incontournable, mais le voyage continuera, lui a-t-elle assuré encore. « La France, c'est *l'avventura.* »

Ce dimanche, son fiancé emmène Szonja chez ses parents. Première excursion depuis son départ de Hongrie, il y a trois années maintenant. Ils prennent le train à la gare de Villeurbanne. Szonja se sent déjà engagée dans une autre vie. Le paysage qu'elle découvre derrière la fenêtre du wagon lui rappelle son pays, les vallons de velours mille raies, les fermes entourées de cours où piétinent la volaille, des troupeaux, des chevaux de trait. Ils font le reste du chemin à pied, longent des prés. Szonja sourit aux vaches, aux aubépines. Jean s'en amuse, lui dit qu'en dehors de l'usine elle ne connaît même pas la France.

Ils traversent la cour de la ferme, guettent un signe d'accueil mais seul le chien s'élance vers eux. Szonja en a peur, recule, se vexe du rire de Jean. « C'est lui qui mène les vaches au pré avec mon père, une brave bête. Personne ne va te mordre ici. » Ils entrent dans la maison sans frapper. La mère, de dos, tournée vers la cuisinière, prend tout son temps pour reposer le couvercle du fait-tout, la cuillère en bois, s'essuyer les mains dans son tablier. Le père arrive, suivi du frère, ils ôtent lentement leurs galoches sur le pas de la porte, enfilent des pantoufles. Après des présentations hâtives, on passe à table sans joie.

La belle-mère froide et efficace découpe un poulet rôti, ressert deux fois Szonja. « T'es maigrelette, tu tiendras pas à l'usine. Je m'demande pourquoi on envoie des femmes là-bas d'dans. » Tout le monde tutoie Szonja qui s'en tient au *vous* et peine à sourire. Les verres s'emplissent et se vident, mais le vin ne les détend pas vraiment. Le père parle peu, le frère est silencieux ; la tension entre eux a la consistance de la volaille, grasse et écœurante. Elle reste tout contre Jean, gênée de ne pouvoir entrer dans leur semblant de conversation. Après le repas, le père se détend, demande qui veut une *goutte*. Jean se lève, suivi de sa mère pour prendre les verres à liqueur. Szonja fait toujours mine de ne pas connaître le français, mais du fond de la cuisine où tous deux fouillent le grand buffet recouvert de journaux lui parviennent des bribes. « Ta Sonia… je la trouve bien chétive… pourquoi t'as sorti une poulette de cette usine à métèques ? Sûr qu'elle t'a mis le grappin dessus pour devenir plus vite française. » Jean grogne quelque chose d'incompréhensible, s'énerve du désordre « dans ce bahut de merde ».

L'eau-de-vie, c'est un peu le baptême d'entrée de Szonja dans la famille… ou de sortie. Mais elle ne peut le comprendre, grimace, tousse, le cœur au bord des lèvres.

Quand le père propose d'aller voir ses génisses, elle se lève d'un bond et le suit à l'étable. Jean fume devant la porte, le chien entre les jambes. L'odeur du foin sec soulève la jeune femme bien au-dessus de ce village d'Isère, au-dessus de la cité ouvrière, au-dessus de la France. Dans un vol de grues cendrées, elle voit sa vie filer de toit en toit, de soie artificielle en corde brute, comme celle sur laquelle tire à l'instant le père de Jean pour lui montrer la plus jeune de ses bêtes. « Celle-ci, on a failli la perdre, hein ma fille… » Elle suit ses gestes affectueux dans l'encolure de la génisse, autour de ses grands yeux noirs, sur la panse. « Je lui en voudrai toujours à Jean, de n'pas rester ici… C'est pas bon, pour vous deux, c't usine, c'est plein de chimie et de bolcheviks. » Szonja regarde ses grosses mains de paysan capables de douceur. Elle se dit qu'il y a au moins un homme bon dans cette famille. Pour le reste, il lui faudra de la patience.

Très vite, ce dimanche s'est fait oublier. Jean vient de lire dans un courrier déposé à son intention au vestiaire qu'on lui attribue un appartement à la grande cité. C'est un grand privilège et un gage d'intégration. Nombreux ont connu les grabats de fortune ou les garnis glacés avant de poser leur baluchon à la cité Sase.

Pour les Français provenant des communes voisines, parfois de Crémieu, c'est une chance d'être logés sur place. Pas de fatigue dans les transports, ni train ou autocar, ni bicyclette par tous les temps, et une prompte disponibilité pour les relèves si des ouvriers manquent à l'appel. Une fidélité à perpétuité, espèrent les patrons. En arrivant à la cité où tout était encore flambant neuf, les premiers embauchés avaient senti qu'on leur accordait une place propre, dans les deux sens du terme. On avait conçu l'ensemble pour qu'ils ne manquent de rien, qu'ils s'attachent d'eux-mêmes à la cité, qu'il n'y ait pas d'appel du large. On l'a voulue pour eux cette île ouvrière.

La mère supérieure a convoqué Szonja la veille de son départ de l'hôtel Jeanne-d'Arc pour lui remettre son pécule, l'argent qui lui reste après les prélèvements, sur ses modestes salaires, des frais de pension. Avec cet argent, elle et Jean iront aux établissements Garcin de Villeurbanne acheter deux chaises, un matelas, une casserole, une poêle à frire et quelque vaisselle, une commode ou un guéridon s'ils ont encore des sous. Les locataires précédents, des Espagnols contraints de quitter le numéro 59 après le renvoi du père de famille, ont laissé un lit et une table.

Gisèle a fait passer une quête à l'usine pour financer le repas de noces Chez Maguitte et Hector, une guinguette au bord de la Rize. L'avant-veille de son départ, Szonja a reçu un colis à l'hôtel Jeanne-d'Arc de la part de sa grand-mère : une boîte de biscuits aux graines de pavot et deux paires de draps. Quand elle a reconnu sur leur bordure les broderies multicolores en zigzag au point de Hongrie, elle a laissé couler de grosses larmes sur toute cette blancheur impeccable, puis elle a cherché la muette dans tout le bâtiment pour lui donner les gâteaux. C'était la première et la dernière fois qu'elle pouvait lui offrir quelque chose, s'est-elle dit. Mais la muette est restée introuvable.

Les fiancés sont sommés de prendre possession de leur logement sans tarder, au quatrième étage de l'immeuble, numéro 59. Au-dessus, il y a les chambres pour les ouvriers célibataires. Autour et aux étages inférieurs, des couples et des familles. Il faut ranger à présent les achats qu'un employé du magasin vient de leur livrer. Szonja fait le tour de l'appartement, pas tout à fait vide, où flotte une légère odeur de farine sèche et de charbon froid.

Au pied du poêle, Szonja remarque des brins de laine rouge collés à des miettes de pain, un nid minuscule qu'on aura oublié entre deux lattes de plancher. Agenouillée, elle se prend à rêver à une trace d'enfant, en cherche d'autres, mais tout est impeccable. Elle ne remarque qu'une fêlure sur un carreau de la cuisine où le soleil s'arrête.

Elle cherche un centre dans ce nouvel espace qui lui donne le vertige. Elle a monté trop vite les escaliers tout à l'heure dans l'espoir sans doute de revivre le plaisir du premier jour, au seuil de sa chambre à l'hôtel Jeanne-d'Arc, quasi neuve, d'un luxe indécent pour une fille ayant fait un millier de kilomètres en train. Elle se souvient qu'après ce voyage fétide et malgré la fatigue, elle avait trouvé douces les courbes des meubles, le lit de fer, la chaise de bois plein, la lumière transparente à la fenêtre, la rumeur de ruche montant des étages, la blancheur des rideaux et celle des visages des religieuses. Lui reviennent les voix rudes de ses parents autour de la soupe aux poivrons, l'éternelle pénombre de la masure familiale, et encore les pépiements, soupirs et élans retenus des *filles de partout* dans chaque alvéole de l'hôtel Jeanne-d'Arc.

Être chez soi, ici, elle n'ose y croire. Avoir un intérieur où rien du dehors ne pénètre, sinon leurs souffles encore retenus, leur désir sans nom. Elle ne sait pas où poser son cœur.

Entre les murs de cet appartement l'attend une vie de femme, par où commencer leur vie à deux ? Allumer le fourneau, s'étendre sur le lit, poser un pain sur la table ? Il faudra des allumettes, du sucre, de la farine dans le placard, placer les deux chaises, les tabourets, autour de la table de ceux d'avant, décaler le guéridon où elle posera son bibi de mariée, faire leur lit, une coque pour elle et lui.

Aspérités, creux, écailles de peinture et ce rameau de buis resté pendu à un clou. Jean l'arrache, agacé. « On n'a pas besoin de bondieuserie, le curé bénit la cité entière tous les six mois. »

Le bruit de l'extérieur lui manque soudain. Elle fait tourner les poignées de porte, ouvre la fenêtre. Elle se détourne sans lui répondre, se penche par la fenêtre ouverte. De cet étage, elle voit pour la première fois l'ensemble du royaume : les cheminées de l'usine, le parc à charbon, les magasins d'expédition, les bassins de décantation et surtout le château d'eau. Elle ne saurait dire si c'est une chance. Elle se passe une boucle de cheveux derrière l'oreille droite, comme pour mieux entendre la rumeur qui s'élève du chemin de la Merlin. Les moteurs des camions de la firme, des aboiements de chiens autour de la Grange perdue, des gamins qui braillent dans une langue inconnue en se balançant des coups de cartable…

Elle referme la fenêtre, veut toucher encore les murs, les mains à plat. S'assurer qu'il y a bien eu des gens avant, de même destin que le sien. Elle revient au silence de Jean qui fume en la regardant faire, légère et soucieuse à la fois. « On achètera un vase ? » Szonja guette son approbation comme s'il y avait là matière à engager vraiment l'avenir. Acheter un vase pour les fleurs cueillies dans les fossés.

Le mariage a eu lieu dans la chapelle en bois, célébré par le curé de la cité et par un autre, hongrois, venu de la banlieue de Grenoble où travaillent de nombreux compatriotes, à l'usine de viscose d'Échirolles. Habitué à entretenir les liens entre eux et l'Église catholique, garante de leur moralité qui les tient à l'écart du péril syndicaliste et politique, ce prêtre met un point d'honneur à assister aux messes de mariage, aux baptêmes et aux enterrements. Il prétexte la nécessité de traduire dans leur langue natale la parole évangélique pour s'assurer de la fidélité des *ouvriers paroissiens.* Une grande partie des religieuses a assisté à la célébration du mariage de Szonja et Jean. Au premier rang, la muette a attendu que l'église se vide pour tendre à la mariée son présent plié dans du papier journal.

Le petit groupe se rend mollement du côté de la Rize, jusqu'à la guinguette où les attend une belle table. La patronne a pris soin de déposer une grande corbeille pour les cadeaux et les enveloppes. Un seul paquet y a déjà été déposé, le cadeau d'Elsa : un miroir ourlé de cuir clair où s'égaillent des oiseaux peints en rouge et or. « Je l'ai acheté à un Arménien des marais », lui a-t-elle expliqué discrètement. « Je voudrais que ce soit un porte-bonheur et que te vienne chaque jour le rouge aux joues. »

Les parents de Jean ont attendu que les convives s'enivrent pour désigner un carton, « pas la peine de déballer, c'est une pendule et des rideaux». Aucune fantaisie, comme Szonja pouvait s'y attendre. Avoir l'heure sans compter les coups à la chapelle et habiller ses fenêtres! Les laisser nues serait l'aveu même de la pauvreté.

Derrière le restaurant, des peupliers et des saules baignent la cour d'une lumière verte et douce. Szonja fuit le regard de sa belle-mère pour mieux suivre, au bord de la Rize, le mouvement des canards et des oies que les enfants du dimanche agacent.

Jean ne parle pas d'amour. Il ne sait pas déshabiller une femme, alors il regarde Szonja ôter sa robe seule comme si elle se défaisait d'un jour trop long. Un à un, il recueille ses vêtements sur le plancher de la chambre, n'ose pas poser les yeux sur sa peau si blanche, sur son ventre qui respire doucement sous la combinaison de percale. «Il est temps, dit-il. On va éteindre la lumière.» Lui viennent sous les draps des gestes maladroits pour l'encercler d'une tendresse hâtive. Un grand silence les tient serrés, puis trop vite le corps de Jean la recouvre tout entière. Szonja ne sait plus qui elle est, mais lui sourit dans le noir.

Cette première nuit, elle ne dort pas. Partager son lit avec un homme, elle ne sait pas. Elle lui tient la main, mais ses doigts se détachent trop vite des siens. Elle sent un poids, un creux, une feuille sans nervure et ne s'endort qu'au petit matin. À leur réveil, elle lui dit avec ses mots pauvres: «Une clé pour entrer chez nous, ça pèse comme un bijou», et des bijoux, elle n'en a guère, seulement cette alliance en vermeil si fine qu'elle a préféré la mettre au fond d'un verre d'eau pour la voir doubler de volume.

Les jeunes mariés regardent gênés le coquelicot fripé au milieu du drap blanc qu'ils ôtent ensemble. Un petit rire se perd dans les plis. «Faudra laver ça ici, pas au lavoir.» Il dit *ça* comme s'il s'agissait d'un délit, d'une preuve à charge. Szonja s'empare de *ça* et d'un autre *ça*, la combinaison, puis d'un autre encore, la robe de mariée. Non, elle ne portera pas les traces de cette première fois au lavoir. C'est dimanche et Jean a faim. Il voudrait des œufs au plat, le garde-manger est vide. Avec le mariage, Szonja n'a pas pensé à faire des courses, jamais elle n'est allée aux commissions depuis son arrivée en France. Logée et nourrie à l'institution, elle ne sait pas le prix des choses et voudrait que Jean lui donne des indications. « Tu demanderas aux autres, à Elsa, moi, je n'ai jamais fait les courses, c'est pour les femmes. » Szonja place dans son petit porte-monnaie quelques pièces, s'habille à la hâte et court acheter une miche de pain et six œufs. Il la rattrape sur le palier. « N'oublie pas le vin ! »

Dehors, la cité est calme. Elle ne croise qu'une vieille femme qui traîne un lourd cabas, lui demande où on peut acheter de quoi manger. « Par là-bas, y a le mareyeur, au bout de la rue, y vend des sardines et des patates. Pour la crémerie, faudra aller jusqu'à la rue de la Poudrette en coupant par la petite cité. » Szonja trotte dans le petit matin, se demande si on vend des œufs dans une crémerie, si elle aura assez de sous. La carriole d'un laitier grince sur le trottoir d'en face. Elle croit reconnaître le fermier de l'hôtel Jeanne-d'Arc, mais c'est un gaillard tout joyeux qui l'interpelle : « Où cours-tu ma jolie de ce temps ? »

Les jours suivants, depuis leur intérieur blanc, Szonja observe la pleine vie de la cité ouvrière. Les gens s'agitent tôt le matin, entre la corvée de charbon, les courses à l'épicerie-coopérative, la boulangerie, le boucher, le marchand de vin. Elle aime attendre le laitier en bas de l'immeuble, ce moment embrumé presque doux avant de gagner l'usine : le tintement des bidons, comme les cloches décrochées d'un petit pays sans église qui se prend à croire de plus en plus à la fraternité des ouvriers.

Mais à la tombée du jour, Szonja est prise d'une tristesse sans nom. La cité se vide, les familles se retrouvent dans leur cuisine exiguë, les volets claquent un à un dans l'air du soir jusqu'à condamner aux fenêtres les petites lumières des vivants. Rentrée immédiatement de l'usine, elle est seule. L'appartement vide lui est une douleur. Il lui prend l'envie de ressortir et d'aller à la rencontre de son homme, à la sortie de l'usine. Non pas qu'elle ait besoin de se rassurer, de savoir ce qui le happe après ses heures de travail. C'est un élan simple et tendre pour fendre l'attente. Elle voudrait lui prendre les mains, grises de poussière, sans un mot. Juste être là.

Le gardien est sorti de sa guérite pour mieux voir au crépuscule le flux des ouvriers se tarir. Lui aussi a l'air si las malgré les petits signes rituels et hâtifs de quelques-uns, vite évanouis au-delà des derniers becs de gaz. La sempiternelle odeur de soufre et d'acide mêlée à une pluie fine les enveloppe dans la nuit naissante. Szonja fait encore quelques pas dans cette tristesse humide, réajuste le béret qui couvre à peine ses boucles brunes. Enfin, elle l'aperçoit.

Jean parle fort à un gars qu'elle ne connaît pas, il ne la voit pas ou fait mine de ne pas la reconnaître. Elle s'arrête au niveau du gardien, agite une main, appelle d'une voix ténue : « Jean, Jean… », mais c'est l'autre qui lui sourit. Son homme, lui, hausse les épaules. Il lui demande pourquoi elle a fait tout ce chemin pour la seconde fois de la journée. « Tu n't'ennuies pas, quand même ? T'as préparé la soupe ? » Rien qui dénoue la fatigue sur son visage, ni sur le corps, où la joie n'entre pas. La présence de sa femme n'y change rien. Elle presse le pas pour être en mesure avec le sien, un pas d'homme. Le ciel lui paraît tellement plus grand et sombre et la rue si longue de vent. Tous deux marchent au même rythme jusqu'à la grande cité. « T'as préparé la soupe ? » répète-t-il sans tourner la tête, lèvres serrées autour de la cigarette qu'il a allumée à peine sorti de l'usine. Sans répondre, elle glisse un bras sous le sien.

La nuit est déjà noire lorsqu'ils s'engouffrent dans l'immeuble. Des odeurs de poireau, les pleurs d'un bébé traversent les murs. Ils se lâchent la main dans les escaliers, ou plutôt lui se détache d'elle pour grimper plus vite à l'étage, ouvrir la porte, espérer boire son verre de vin avant qu'elle n'ôte son manteau. Szonja devine ses gestes empressés et désabusés. Il se dépouille de son bleu de travail, de la saleté entre les doigts, du tricot de peau en suée, de l'odeur de fer et de solvant. Enfin il étanche la mauvaise soif. Elle n'entre pas tout de suite dans la cuisine, se déchausse lentement, le temps qu'il avale une autre grande goulée qui fera taire un instant ses frustrations. Inondera ses soupirs de fatigue, repoussera dans son œsophage l'amertume, diluera dans son estomac les caillots de mépris.

La jeune femme entre dans la chambre, ferme les volets, repousse encore le moment du face-à-face, les deux assiettes creuses, un verre d'eau, un verre de vin, la miche entre eux, les mots vides qui s'émietteront vite. « Mais viens donc ! » Il s'agace, se lève, ajoute du charbon dans le poêle pour relancer le feu. Szonja se précipite pour y déposer la casserole de soupe. Elle reste là à surveiller le bouillon gras. Le dos tourné, elle lui parle des papiers qu'elle doit aller présenter au bureau des étrangers pour sa naturalisation, du certificat de mariage, du contrat de travail. « J'irai moi après ma prochaine nuit au turbin, tu ne parles pas assez bien français. » Elle insiste, « C'est moi qui demande, c'est moi qui dois, Elsa m'a dit.

– Laisse Elsa où elle est… ça vient la soupe ? » Szonja remplit son assiette jusqu'au bord, ne garde qu'un fond dans la sienne où elle brise du pain dur d'un geste nerveux. Elle cherche Jean des yeux qui déjà aspire à grands bruits, tête baissée, dos voûté, la soupe chaude. Elle voudrait qu'il se redresse, qu'il parle juste un peu des camarades, de n'importe quoi, même des chefs, du mauvais temps. En mâchant doucement ses croûtons, elle espère que dure le repas. Elle lui demande s'il veut du fromage. Il soupire encore, saisit l'œuf dur sur l'évier, en frappe la coquille contre son front et l'écale en silence au creux de son assiette. Les doigts de Szonja balaient les miettes de pain sur la nappe, contournent la minuscule fleur de bleuet que la muette lui a brodée pour leur mariage. Elle a compris que les dimanches seraient rares désormais, autant que les amis et la famille autour de leur table. Alors, ce pauvre morceau de tissu en coton, découpé dans un vieux drap, avec ses fleurs poussées sur les accrocs, elle le secoue après chaque repas et le repose bien à plat sur le bois brut. Même si « ce truc ne sert à rien ».

12

Marco, le mari de Bianca, travaille au service d'entretien. De loin, plus grand et silencieux que tous les *fuorusciti*, les réfugiés italiens de la cité, il a l'air d'une forteresse. Il est surnommé « le Glacier », ou « l'Italien des montagnes », à cause du bleu slave de ses yeux. Une mélancolie calme affleure sur son visage. Ses épaules tombent légèrement malgré sa carrure et sa volonté d'être à sa place au milieu des hommes d'ici.

Il a quitté son Frioul natal, un village dévasté pendant la Grande Guerre et son monde rythmé par les saisons, les heures sonnées au clocher, les bergers hélant leurs bêtes. Il s'est fait homme à travers des paysages immuables et puissants, dans la crainte et la patience qu'impose la nature. Il a emporté avec lui le silence des sommets et de la misère. Il a emporté ce qu'il a dû oublier pour franchir définitivement le seuil de sa maison basse, pour passer les bornes de son hameau perdu, à la frontière de l'Empire fracassé. Trop jeune pour le combat, trop tendre pour la grande boucherie, mais doté de cette force irréfléchie pour quitter sa terre natale.

À l'âge de dix-huit ans, il est allé chercher l'embauche dans les fermes du Piémont où manquaient les hommes jamais revenus du front. Il avait pour lui ses mains larges et son regard bleu de roche portant loin vers les champs, vers les vignes. Des mains à blé, à raisin, des mains à besogne, des jambes à battre la campagne aussi, et un cœur vaste. Tous les chemins de terre qu'il avait frappés de ses semelles avec un fol espoir, la faim au ventre, l'avaient mené jusqu'à Bianca, une fille de vingt ans, rencontrée lors d'une fête votive à Calamandrana, à quelques kilomètres de Canelli.

Avec ce que tous deux gagnaient, ils n'avaient pas de quoi se loger hors de la maison familiale, pas de quoi être libres des aïeux, des frères de Bianca. Pas moyen de se soustraire aux regards suspicieux jetés sur ce grand gars venu d'ailleurs, ne comprenant qu'à peine le dialecte piémontais, crachant à chaque passage des chemises brunes. Les exactions des fascistes de plus en plus fréquentes dans les campagnes le désespéraient. Un jour, des hommes sur la place du village avaient parlé de leur paquetage à boucler, avant la *cena* pour le voyage du lendemain : *Torino-Lione*.

Marco et Bianca s'étaient tournés et retournés une partie de la nuit entre les draps. Elle les connaissait, tous ces gaillards, des célibataires de vingt à trente ans prêts à franchir les Alpes et à tenter l'aventure en France, « à peine quelques heures et on y est », l'aventure de l'usine.

Marco est devenu différent. Entre le temps des hommes et le temps de l'usine. Il a appris lui aussi à courber l'échine, à ne plus voir les murs, la fonte brute des machines, les arêtes des toits, les torchères blanches ou grises, le ciel drainant les fumées. Depuis qu'on l'a affecté au service d'entretien et qu'on lui a confié des responsabilités auprès d'une centaine d'ouvriers électriciens, chaudronniers, peintres, serruriers, mécaniciens, vitriers, il suscite parfois la jalousie des Hongrois et des Français.

Cet après-midi, il doit aller débloquer une des baies de la salle de sulfurisation. L'air saturé par l'humidité et les émanations chimiques a épuisé les ouvriers. L'un d'eux s'est évanoui, deux autres toussent tant et plus. Marco s'adresse à leur chef dans son français haché, mais maîtrisé: «Vous savez qu'on doit ventiler quand les gars se sentent mal… Tout doit sortir par là.» Il tend un bras vers la lumière du dehors, le replie un instant pour le brandir à nouveau vers les gars penchés au-dessus de la cuve, qui n'osent pas regarder les deux hommes. Par crainte peut-être qu'un coup d'œil réprobateur ou complice ne soit mal interprété. «Ils ne peuvent pas respirer ça… Vous et les hommes, par là. Personne ne reste dans l'odeur!» Les poignées sont difficiles à actionner pour ouvrir le vasistas, la barre coulisse mal. Le chef ne veut pas être surpris à faire lui-même un effort plus dur que les ouvriers. Il ne veut pas être surpris à peiner. Marco reprend: «C'est humide, et avec la poussière c'est de la colle… Moi, je peux venir tout de suite. Mais faut pas attendre qu'il tombe un gars.» Le chef l'écoute sans répliquer ni justifier sa négligence.

Les ouvriers sont tellement habitués à tenir bon, à cracher dans leur coude, à se faire houspiller par leur épouse en cas de toux persistante. «Tu fumes trop de gris, t'as transpiré et pris froid, le vent du nord à la sortie et voilà le résultat!»

Des brûlures graves entament les yeux, les poumons, les mains. La plupart des journaux soutenus par les grands patrons n'en parlent pas. Il serait mal venu de contrarier le recrutement de la main-d'œuvre qui compte tant de jeunes femmes et de jeunes gens dont certains ont à peine plus de treize ou quatorze ans. Il ne faudrait pas entacher la réputation de l'usine considérée comme un modèle de progrès social. Seuls quelques brûlots communistes ou anarchistes dénoncent régulièrement les accidents du travail, le danger des vapeurs toxiques, l'insuffisance des systèmes d'aération, même si deux cheminées de quatre-vingts et cent mètres de haut les envoient au blanc paradis des cieux, avant qu'elles ne retombent sur les petits jardins généreusement octroyés aux familles ouvrières.

Marco voudrait leur crier de ne plus accepter ces risques, ne plus se pencher sur les cuves pour remuer la viscose, garder leurs distances avec les bacs de sulfuration, de refuser les brûlures, de faire respecter leur peau, leurs os, leur cervelle. Mais il traverse en silence l'aile droite de l'usine.

Marco s'inquiète pour Bianca qui prétexte souvent qu'elle a besoin d'un gilet, d'un mouchoir pour laisser libre cours dans la chambre à sa respiration haletante qui vire à la quinte de toux. Elle se donne du mal pour dissimuler son affection. La dernière fois, il s'est approché d'elle en silence, a attendu qu'elle se calme, a saisi son poignet pour lui servir un verre d'eau et cette injonction sans appel : « Tu dois aller au dispensaire. » Bianca a invoqué un coup de froid dans l'église, la fatigue normale que tout le monde ici connaît. « Est-ce qu'il faut s'habituer à cette fatigue, *cara* ? »

Depuis leur arrivée en France, ils font l'effort de parler le plus souvent possible en français ; leurs dialectes sont trop différents. Il y a entre les forêts du Frioul et la plaine du Pô une vaste étendue de langues bigarrées. Champs, vergers, rizières ont donné leur rythme propre aux pas des hommes et à leur parler. Marco est fier de s'adresser à sa femme dans la langue de leur nouveau pays. Plus tard, leurs enfants seront d'ici, parleront comme tous ceux qu'ils croisent dans la cité ou au bord du canal le dimanche. Plus tard, ils pousseront devant eux la preuve bien vivante de leur bonne volonté.

Bianca est forte. Elle ne parle jamais de Marco avec les filles à la sortie de l'usine. Elsa lui a soufflé la semaine dernière : « Dis pas qu'il est chef à l'entretien… Y en a plein qui pensent que c'est pas normal, un étranger qui monte. Y a des jaloux. Dis pas non plus quand tu vas au docteur, on a tous peur de la tuberculose, des *cattivi* disent que la maladie, c'est nous qui l'avons traînée entre les montagnes jusqu'ici. »

De jeunes ouvrières quittent souvent du jour au lendemain l'usine et le pensionnat après plusieurs mois de travail. Elles ne résistent pas à l'atmosphère humide de l'atelier, ont du mal à tenir debout toute la journée. Elles disent qu'elles préfèrent retourner au pays ou se marier avec un homme de la grande ville. Personne ne parle de celles qu'on envoie au sanatorium en Savoie ou en Haute-Loire. On ne revient jamais à l'hôtel Jeanne-d'Arc. On le quitte pour le meilleur, jamais pour le pire. C'est l'antichambre de l'espoir, et l'espoir se mérite. *Amen.*

Szonja se réjouit qu'Elsa vive à présent à deux pas de chez eux, avec son frère Ginesio et Sarina, sa femme. Son amie aime s'occuper de leur petit Amadeo, lui donner sa bouillie au miel de *malinconia*, comme on en prépare dans sa Vénétie natale. « Les abeilles ne nous ont pas suivis… Pas des aventurières comme nous, mais elles continuent à faire leur miel pour qu'on se souvienne de la douceur des champs. Le vieux Nonno fait encore de la liqueur avec le miel et de la *grappa*, mais c'est juste pour les hommes de la famille quand ils reviendront… » Elle voudrait avoir un enfant semblable à son neveu, être *una vera sposa,* « et pas d'usine, *basta* l'usine ». Szonja regarde Elsa avec envie et pitié, ça lui brasse le cœur. Elle aime la grande famille italienne de la cité qui soulève joies et colères plus que chez tous les autres étrangers réunis. Qui crie et chante aux fenêtres, au lavoir, au bistrot, avant et après le bal.

Dimanche dernier, ils se sont donné rendez-vous au bord de la Rize. Il y avait là Bianca, Marco, Gisèle, René, Jean, Elsa, Ginesio, Sarina et leur petit. Personne n'a daigné parler de bonheur autour du pique-nique un peu chiche.

On avait oublié d'inviter la joie. Gisèle a parlé de la cherté de la vie, de tout ce qui endort les ouvriers, la fatigue, les renoncements, les messes. « On vous oblige encore à y aller ? ! » Jean a bu plus qu'il n'a mangé. René a parlé plus qu'il n'a bu. Les autres ont mangé plus qu'ils n'ont parlé. Les femmes ont découpé les miches de pain, le poulet froid, les fromages, tout en fronçant les sourcils. Sarina a sorti ses biscuits aux amandes que le petit Amadeo est allé empiler dans l'herbe au milieu des fourmis, impressionné par les éclats de voix des hommes. René s'est plaint de son travail chez Berliet, « On n'en peut plus des chronos, j'ai envie de les beugner. Le salaire au rendement..., c'est ça qu'il faut casser, les cadences... Qu'on ait tous un fixe. Nos patrons s'en servent pour diminuer les salaires, garder leur part de profit et nous, on va tous crever la gueule ouverte... Une fois notre logement réglé, c'est tout juste si on a de quoi payer notre manger, pas vrai Gisèle ? »

Jean a renchéri, énervé que « les paysans tirent la langue autant que les ouvriers avec la chute du prix du blé ». Gisèle a essayé de détendre l'atmosphère en parlant de la Loterie nationale. « Pour qu'on s'en sorte, y a deux solutions : soit on achète des billets gagnants, soit on se saoule à la Quintonine. » Elle a sorti un journal de son cabas et lu à voix haute la publicité : « Tout le monde devrait faire usage de la Quintonine qui enrichit le sang et augmente les forces physiques et cérébrales. Ce puissant fortifiant, à base de quinquina, kola, coca, glycérophosphate de chaux, vous remonte rapidement. Il chasse vos idées noires et vous fait connaître pleinement la joie de vivre. »

Personne n'a ri.

Bianca s'est éloignée sans rien dire pour aller jeter des miettes de pain aux canards de la Rize.

13

Dans leur immeuble, chaque soir à l'heure où les odeurs d'oignons frits emplissent les couloirs, un homme joue du violon. Toujours le même morceau. Ni Szonja, ni Jean ne connaissent son visage. On dit à la cité qu'il a été victime d'un accident du travail, qu'il a reçu des éclats d'acide sur la peau et que les traces ne sont pas belles. Ses mains aussi ont été brûlées. On évite d'évoquer cet événement. Les mots « accident du travail » sont écartés du vocabulaire. Dans leurs rapports hebdomadaires, les chefs préfèrent écrire « maladresse », « erreur d'inattention », « imprudence ». L'épouse de l'homme accidenté a été embauchée afin que le couple garde son logement. De longues heures durant, M. Popilarski reste seul avec son vieux violon rapporté de Pologne. Il n'a pas de quoi changer les cordes et se souvient très mal de ce qu'il a appris adolescent. À son grand désespoir, il tente en vain de retrouver l'air que jouait son grand-père. Des grincements, souvent avant une frêle envolée. Bientôt, se dit Szonja, il va y arriver. C'est normal, c'est un gars comme Jean, exténué ou un chômeur triste. À cette heure, il a déjà tout donné de sa force ou de son espérance. Il joue peut-être pour repousser la nuit. Elle craint que la musique s'épuise un jour dans ce cœur inconnu.

Les pommes de terre ne sont pas tout à fait cuites, la jeune femme revient à l'eau qui bout, au clapotis de la soirée, le même qu'hier. Le violon l'appelle à nouveau et l'immobilise dans une attente transparente. On ne se perd pas à voler si bas, se dit-elle en repensant aux oies lourdes de son père, avant de repousser son rêve dans le seau à ordures avec les épluchures de légumes.

Il a fallu plusieurs jours à Szonja pour comprendre d'où provenaient les notes de musique. On ne l'avait pas prévenue. Pourtant, les femmes d'ici savent tout. Elles secouent à leurs fenêtres les petits riens de la vie entre l'appel aux enfants, le cognement des casseroles, les fredons de gaieté ou les râleries. Les drames et les confidences sont pour le lavoir et les sorties de messe. Personne ne lui a dit pour le violoniste caché.

Le son du violon invisible ne passe pas les vitres ni les rideaux. C'est quand tout le monde a fermé sa porte qu'il se répand au ras des planchers et des fatigues. Une litanie douce. Jean s'en agace. « L'a pas bientôt fini, le pleurnichard ? » Il dit que bientôt il va acheter un poste TSF pour ne plus l'entendre, ni lui, ni les autres métèques de la cité. Szonja fronce les sourcils. « C'est quoi métèque ? » Jean passe une main énervée sur son menton mal rasé. Elle ne répète pas la question.

Aujourd'hui, Jean ne pense plus au violoniste. Il a dit oui pour le bal et a nettoyé leurs deux paires de chaussures, à la grande surprise de Szonja. Quelque chose vole dans l'air ces jours-ci et dissipe les odeurs de l'usine comme si les tilleuls et leurs fleurs écloses, le long du chemin de la Merlin, voulaient prendre le dessus. Un miellat parfumé qui tombe sur les épaules et réchauffe les ventres amoureux.

Il passe un peigne sur ses cheveux humides, aide Szonja à agrafer sa robe. « Tu profites en ce moment, non ? Tu n'vois pas qu'elle est trop juste. Y aurait pas un petit là-dedans ? » Elle rougit et étire sa combinaison comme pour aplatir tout soupçon. « On a bien le temps… t'as pas encore acheté la TSF. » Il la regarde, étonné. « J'espère bien entendre brailler un bébé chez moi avant les voix dans le poste. »

Tous deux quittent la cité, main dans la main, en coupant à travers les terrains vagues. Ils prennent garde à ne pas se salir contre les herbes folles. Devant la salle de bal, des hommes fument et plaisantent. Les femmes se regardent dans les cheveux, curieuses de leur mise. La plupart ne vont jamais chez le coiffeur, elles roulent quelques mèches dans du papier journal et dorment une nuit entière avec leurs papillotes humides pour en libérer au matin des boucles souples.

Elles ne portent pas de bas, trop chers, mais des socquettes dans leurs souliers ajourés. L'essentiel est de sentir bientôt une main sur les reins et une autre qui leur saisirait le menton. Elles rêvent de Rouge baiser, n'ont qu'un vermeil inventé à leurs lèvres mordillées, pour se donner des couleurs de fruit frais.

À l'intérieur, l'orchestre a pris place. Le patron du bal, Domenico, gomina sur les cheveux et accent calabrais, invite tout le monde à envahir la piste, « avec élégance, n'est-ce pas ? » articule-t-il. Les ouvriers essaient de s'ignorer, de faire oublier leurs mains gâtées par le travail. Ceux qui donnent de leur force quotidienne aux usines de Vaulx-en-Velin, de Villeurbanne, de Décines, de Vénissieux, des gagne-petit, des épiciers, des plombiers zingueurs, des cordonniers qui tournoient sur la piste aux miroirs… Ils sont là pour n'être que des hommes, prêts à entraîner une femme dans leur tourbillon.

Szonja et Jean s'avancent sans hâte au milieu des couples qui valsent avec ampleur, les uns appliqués, pudiques, les autres étourdis déjà, des toupies en feu. Dans les regards, sur les visages rosis de plaisir, sur les bouches prêtes à rire, à mordre dans le bel amour qui voudra bien passer par là, ils se voient, vivants et heureux, mouvants et libres. Ils se cherchent, s'envient, se convoitent, fraternisent et se jalousent. Tous enchaînent la danse de l'oubli. Des corps radieux dans des corsages de misère. Leur dimanche ne sera qu'une poignée d'heures, une petite suée de gaieté sous les aisselles et sur le front. Ils continuent par ricochets dans les trois temps d'une valse, sur le rythme d'une java ou d'un fox-trot.

Elsa frétille aux bras d'un Polonais dans un costume flottant, elle le suit du mieux possible, en vain, lance un clin d'œil à Szonja qui n'a pas quitté son homme depuis le début. Elle a du mal à reconnaître ce Jean-là, ce jeune marié d'habitude si taciturne, lancé comme un fou à présent dans la musique. On jurerait à son sourire franc qu'il est fier de sa petite Hongroise. Le corps libéré, la tête haute, il l'encercle de gestes légers. Szonja n'en revient pas, elle fixe un point de son visage comme le lui a appris son amie pour ne pas perdre l'équilibre, « si possible pas les yeux, ça brûle ».

La lèvre de Jean retient un soupçon de salive. Son homme si maussade et brutal habituellement aurait-il soif de joie pure lors de la prochaine danse ?

Dans le labyrinthe des corps valsant, Szonja et Jean imitent les pas des autres sans avoir l'air de les regarder. La volonté, se dit Szonja, nous avons la volonté ; la volonté du contentement, juste du contentement. Dans la chaleur de sa robe et de la musique, elle reprend confiance. Ils dansent avec tout le monde, ne forment plus ce couple triste, perdu entre l'usine et l'appartement, enfermé dans un périmètre d'asservissement. Une brèche s'est ouverte dans la grisaille.

À la énième danse, Szonja ferme les yeux. Jean ou un autre, peu lui importe. Elle danse. Comme les autres, les poupées, les endiablées, les ferventes, les apprêtées, les échevelées, les vibrionnantes, qui toutes se sentent belles pour quelques heures.

Quand l'orchestre s'accorde enfin une pause, les musiciens suivis de Marinelli convergent vers la buvette, un grand cercle de danseurs assoiffés. Limonade ou vin blanc. Jean tend un mouchoir à sa femme qui se tamponne le cou une seconde. Elle ne transpire pas, garde tout pour elle, ce semblant de fièvre et de bonheur. Seuls son front et ses joues trahissent son plaisir à se sentir pour la première fois légère.

Le bal est loin à présent, englouti dans la saison froide. C'était une éclaircie, une douceur éphémère entre lui et elle. Une joie hors d'usage aujourd'hui. Jean ne l'enchante pas, mais quand il la prend par les épaules et se tait, un calme triste et doux les enveloppe. Elle se sent à l'abri et n'écoute qu'à moitié ses paroles. « Tu ne sais pas ce que tu dis, tu ne sais pas parler. » Elle ne peut le contrer avec les mots. Les silences et ses mains nerveuses font ce qu'il y a à faire à la maison et à l'usine.

Elle lève un bras dans un rayon de soleil inattendu qui traverse la verrière. D'où vient-elle, cette poussière extraterrestre, du ciel ou des machines ?

Szonja ne sait plus où commence la lumière, où commence l'ombre, où naissent les choses qui sont bonnes et celles qui écrasent le cœur. La viscose s'écoule à son flux régulier. Son bras est lourd, endolori par un large bleu au-dessus du coude, le muscle pincé. Cette force d'homme, tu la voulais, tu l'as eue, elle t'enferme dans le labeur, t'emprisonne dans cette pâte chimique. Les fils de soie artificielle s'allongent devant elle toute la journée. Amère usure des heures aux filières et dans un mariage qu'elle regrette déjà.

Dans les courants d'air, dans le bouillon de poussière, à côté des bacs, elle évite de prêter attention aux remarques de

Chastin, aux sourires en coin de Bergnol. Elle ne s'adresse à eux qu'en cas d'extrême nécessité. « Monsieur, il y a un bruit pas normal », en regardant leur front pour éviter le contact par les yeux.

Une partie d'elle, la moitié vivante, résiste, s'éclipse, hors d'atteinte des machines, de la lumière trop haute. Trop de ciel, trop de bruit, des murs encore. À leur poste, les femmes sont statiques, leur jeunesse se consume inexorablement dans le travail, dans la chimie.

Les heures sont longues à décanter, il faut laisser son corps, rien que son corps, prendre les devants, son corps sans tête « puisque t'as rien dans la cervelle ». L'usine actionne mille et un tétons qui embobinent sans cesse.

Le matin, elle ne se regarde pas dans la glace, plonge son visage dans la mousse du savon à s'en étouffer. Le soufre, la soude, le semblant de Cologne, tout lui pique les yeux. En elle, toujours, la voix mécanique du renoncement et de la soumission : « Quand on a déjà la chance d'être embauchée à la Sase et logée, on ne se plaint pas. »

Le travail de Szonja, c'est toujours de filer, filer droit et vérifier, enrouler sur bobines des kilomètres de fil de soie artificielle. Elle, elle se dévide. Elle aimerait connaître la force secrète des créatures fileuses, les vraies, les naturelles, celles qui se nourrissent des feuilles de mûrier dans la chaleur du soleil, celles qui sécrètent leur cocon soyeux après l'accouplement. Chenille, comme lui a raconté Elsa. Szonja devient-elle une guenille ouvrière ? Une enveloppe vide ? Ne restera-t-il bientôt d'elle qu'un corps dévitalisé ?

À chaque fois qu'elle assiste à l'installation des fûts « mûris » dans le local de production, elle jette son regard dans leur contenu, la masse de ces drôles de viscères gélatineux. Le gars qui veut l'épater ne manque jamais de la pousser du coude : « Tout part de là, si ma pâte est ratée, tu n'pourras pas en faire des fils, ma belle. » Szonja a un mouvement de recul. Au mur sont affichées les consignes de sécurité. Elle fait mine de les découvrir et prend un air absorbé, comme si elle les lisait.

À la fin de leur journée, les ouvrières étrangères secouent fatigue et lassitude d'un mouvement d'épaule, se plaignent ou plaisantent dans cette drôle de langue « franstormée » dit Gisèle qui ne perd jamais une occasion de les imiter. Son grand rire souffle même sur les camarades les plus maussades. Le vent, lui, continue de rafler la mise.

Quand elle rentre à l'appartement froid, personne ne chante dans la tête de Szonja. Elle s'est assise au sol, dans le couloir, la tête entre les genoux. Il est encore trop tôt pour le violon invisible. Il lui faut enfiler un tablier et descendre à la cave pour la corvée de charbon. Le seau lui cogne contre la jambe droite, comme un rappel du froid métallique qui a gagné ses entrailles et ses pensées depuis des mois. La pluie incessante depuis le matin a étiré ses traces sur tous les seuils.

Un homme remonte au moment où elle manque de glisser sur la première marche humide. Il s'arrête, un peu essoufflé, pour la saluer. Il remarque son visage et ses mains pâles. Il pose son seau plein contre le sien, la supplie d'attendre encore un peu avant de descendre les marches dans la pénombre. Il s'éclipse, et un instant plus tard, il est de retour avec des gants blancs. « Ils étaient à Zuzika, elle ne les a portés qu'une fois, le jour de notre mariage… Ne vous abîmez pas les mains, mettez-les. Ils sont faciles à laver, ne vous inquiétez pas. Le charbon laisse toujours moins de traces que le chagrin. »

Szonja reste sans voix, ces longs gants dans les mains, n'osant regarder les siennes. Derrière ses lunettes, le regard de l'homme lui offre une halte entre ombre et lumière.

Le lendemain à l'usine, après plus de quatre heures de travail, le sourire du Polonais l'accompagne encore et lui donne du courage. Pourtant, en fin de matinée, Szonja sent une déchirure, comme une partie d'elle-même qui se détache. Elle tangue contre la barre en fonte. Entre ses cuisses, du sang s'écoule, elle doit aller se nettoyer, faire signe au chef qu'elle s'absente. Il lui répond en brandissant trois doigts raides d'autorité. Trois minutes.

Le vertige brouille sa vue. Sans fléchir, elle passe devant des dizaines de collègues, le contremaître, le chronométreur, sort des ateliers, emprunte le couloir glacial jusqu'aux toilettes, s'approche du lavabo, boit à même le robinet. Elle ne peut se permettre de faire couler l'eau entre ses mains poisseuses de viscose. Elle s'enferme dans le cabinet, sort de sa poche un morceau de papier journal pour s'essuyer. Les mots imprimés se mêlent aux traces de sang, Szonja reste une minute accroupie, le grand vide entre ses jambes. Elle voudrait qu'il aspire toutes ses entrailles et qu'on l'oublie dans ce puits de puanteur. Elle étend ses bras entre les murs étroits, cherche un appui, se relève, vacille, tire la chaînette de la chasse d'eau, y reste agrippée encore, compte les minutes avant de sortir. Dépassé le temps réglementaire, dépassé le seuil de ses forces.

Il lui faut pourtant regagner son poste, marcher vite entre les travées, ne regarder ni à droite ni à gauche, traverser le temps irrattrapable qui brutalise son ventre et la disperse dans l'air humide. Son corps ne puise plus dans ses nerfs, dans les muscles de ses jambes, il reste suspendu dans un nuage de rayonne, figé. Elle jette un regard au cadran de l'horloge et s'évanouit sur le ciment.

Lorsqu'elle rouvre les yeux, le visage de la muette est si près du sien qu'elle prend peur. Elle la voit, hébétée, ne comprend pas ce qu'elle fait là, étendue sur un lit de camp.

Autour d'elles, le silence de l'infirmerie, une odeur d'alcool et de javel. Un homme assis près du pèse-personne se fait administrer des gouttes dans les yeux. C'est Ginesio, mais lui ne risque pas de la reconnaître tant il plisse les paupières de douleur. Quand il les rouvrira vraiment, ce sera pour la voir sortir rapidement.

La muette tient son poignet, attentive à son pouls. Szonja se redresse un peu, découvre une cicatrice à l'avant de son cou, une étoile boursouflée sur la trachée. Elle détourne son regard, remarque les taches de sang sur sa blouse et ses jambes. On lui donne un morceau de sucre et l'ordre de regagner son logement. Elle n'aura pas d'amende, juste un jour en moins sur sa paie. D'un signe plein de sollicitude, la muette lui fait comprendre qu'elle veut l'accompagner. Szonja reste sans voix, lui répond qu'elle préfère repartir seule… Elle ne veut pas d'escorte, ne souhaite pas que toutes les mères hongroises et italiennes en courses les remarquent et propagent sur son compte des suppositions funestes, tuberculose, fausse-couche, malnutrition, mauvais mariage, *poverina*…

Elle serre son chandail sur sa poitrine et se relève. La muette l'en empêche, les deux mains sur ses épaules. Durant une seconde, elles échangent le bleu de leurs yeux, des eaux tristes en miroir. Puis la religieuse se précipite vers un placard pour en sortir une blouse neuve. Szonja roule l'autre sous son bras et après lui avoir adressé un demi-sourire de gratitude quitte l'infirmerie.

Le soir à table, Szonja attend son mari. Il ne devrait pas tarder. Quatre pommes de terre clapotent dans le fait-tout, des clous de girofle, un bas morceau de bœuf, du paprika que Mónika lui a donné. « J'en ai emporté un gros pot de là-bas, quand j'en aurai plus, je quitterai peut-être la France », lui avait-elle confié. L'épice ne saurait entraîner Szonja dans la nostalgie, mais elle repense à tous ces Hongrois venus dans le même train qu'elle. Elle pose la salière et la poivrière en verre blanc, un cadeau de mariage de Gisèle, les fixe du regard un long moment jusqu'à ce que le temps s'arrête. Elle s'est endormie la tête entre ses bras repliés d'où s'écoule un filet de rêve : le sel blanc remplit l'église, le poivre remplit l'usine jusqu'à étouffer la lumière.

En rentrant du travail, Jean la trouve ainsi, les yeux cernés. « T'es malade ? » Elle se lève, « tout va bien », s'asperge le visage à l'eau du robinet, tourne la cuillère dans le ragoût, pensive et écœurée par le fumet de la viande. Faudra-t-il qu'elle reste dans cette vie en noir et blanc que rien n'éclaire, ni ne réchauffe ?

14

En cheveux, un manteau sur les épaules, Elsa a couru chez Jean et Szonja. Elle frappe à leur porte à l'heure du givre aux fenêtres. À l'heure où on n'existe pas encore, avant le bruit et la vraie lumière, avant que le corps et l'esprit ne se remettent en état de marche.

Bianca est morte. Szonja reste sur le palier sans bouger, figée. Face à elle, deux visages. Celui d'Elsa se dédouble. Elle voit Bianca, petite femme au sourire clair. Elle entend le son heureux de sa voix, ses expressions qu'elle ne comprenait pas toujours, elle parlait si vite, surtout avec Elsa. Elle revoit son dos arrondi comme pour tenir son mal à l'abri, un secret d'usine encorbellé qui grondait dans ses poumons. Sûr, elle ne voulait pas l'admettre, ni l'avouer. Peut-être n'avait-elle pas peur de la maladie, peut-être était-ce une manière de la défier ? Avec son homme, elle était venue en France pour le meilleur. Elle y croyait, à leur nouvelle vie, surtout à cette chance d'être admis tous les deux dans cette cité où tout leur était offert, le travail, l'appartement, les compatriotes, une vie propre.

Bianca est morte, et une pluie froide ensevelit la cité. Depuis la veille, elle avale tous les bruits de la vie. Elsa et Szonja enjambent les rigoles pour ne pas salir leurs bas. Elles ne pleurent pas. Elles courent, mal coiffées et grelottantes jusqu'à l'immeuble, jusqu'aux escaliers, jusqu'à la porte laissée entrouverte. Elsa appelle, *ci siamo.* « Nous sommes là. »

Des pas lourds de l'autre côté de l'appartement, l'avancée lente d'un homme ou d'une ombre, chemise défaite, le visage livide. Szonja reconnaît à peine l'homme qu'elle ne croise d'ordinaire que dans les allées de l'usine.

Elsa écrase sa stupeur contre la poitrine de Marco. Le silence les embrasse tous les deux, plus fort encore. Szonja sort deux bougies de ses poches, emportées à la hâte. La pluie bat aux carreaux de la cuisine et c'est tout ce qu'elle a le courage de faire : allumer les bougies à demi consumées lors de la dernière panne d'électricité. Verser un peu de paraffine au fond d'un verre, y coller une première bougie, recommencer sans bruit avec la seconde. Puis, le temps que Marco et Elsa se détachent de leur étreinte, laisser ses larmes couler dans la pauvre lumière.

Elle ôte ses souliers humides et doucement se dirige vers la chambre où repose Bianca. Ses cheveux noirs emmêlés sur l'oreiller témoignent plus du désordre de la mort que son visage pâle. Sa main droite touche le visage endormi, le front puis ses joues, l'une après l'autre. Un instant, elle oublie le fracas de la mort. La beauté humble de Bianca, sa peau encore tiède. Szonja s'étonne de cette caresse furtive échappée d'elle, élan irréel parce qu'elle est seule avec la morte. Ne lui viennent que des paroles en hongrois à murmurer dans ses cheveux. Elle parle à une sœur d'usine, égale en âge, de même condition, de même aventure, de même exil. Elle la savait supérieure en espoir, en joie. Cette part s'en est allée, Szonja voudrait en recueillir un peu, juste un peu. Pour puiser un courage insensé, s'imaginer vivre plus fort, tenir le coup, venger un jour cette vie trop courte. Pour elle. Pour Marco qui n'a pas de famille ici, qui va porter seul le poids de l'absence.

Tandis que Marco et Elsa, de l'autre côté du mur, dans la cuisine, parlent d'envoyer un télégramme en Italie, de faire venir les parents de Bianca, de les loger…, Szonja fait une nouvelle fois le tour du visage de la morte à deux mains, comme pour sceller un pacte de destin.

Elle n'entend pas Elsa entrer dans la chambre, remarque à peine la lumière tremblante de la bougie qu'elle vient de poser sur la chaise près du lit. Les deux femmes se rapprochent l'une de l'autre, se prennent la main, sans un mot, souffles et pleurs emmêlés. Des enfants crient dans l'escalier. Elsa s'en agace, dit tout bas qu'il faut dire à tous ceux qui habitent l'immeuble qu'il y a une morte parmi eux. Elle entraîne Szonja dans la cuisine où Marco est assis à la table, la tête entre les mains.

Puis, comme si tout allait de soi, l'une prépare un café, l'autre une bassine d'eau tiède, du linge. On a vite fait le tour de ces logements, tous identiques, où les objets domestiques, peu nombreux, sont rangés à la même place. Les deux jeunes femmes font tout à gestes mesurés autour de Marco dont on ne voit que les épaules massives et le dos immobile telle une roche qui cache sa source de douleur. Il semble s'être assoupi.

Elsa demande à son amie si elle veut bien chercher dans les affaires de Bianca de quoi la vêtir, sa robe du dimanche, un gilet pour couvrir ses bras si les manches sont courtes. Lentement, elle lave son visage, son corps, et Szonja l'aide à la retourner d'un côté, puis de l'autre. « C'est important, lui dit-elle, de laver la souffrance et la peur pour qu'elle parte en paix, pour qu'on se souvienne de sa jolie figure. » Ensemble, elles glissent un drap propre sous le corps, un autre sur la poitrine. Elsa lui noue les mains avec son chapelet, murmure qu'elle regrette de ne lui avoir jamais rien offert avant, sa voix s'étrangle.

Szonja coiffe Bianca comme elle peut, trace une raie dans ses cheveux, la peigne jusqu'aux épaules, deux torsades brunes sur le lit immaculé. Sa chevelure est encore imprégnée des odeurs de l'usine. Des mots meurtris lui tombent des lèvres : « Approche, Elsa, sens, on ne peut pas la laisser partir comme ça. »

Toutes deux cherchent s'il n'y a pas quelque part une eau parfumée et des rubans pour emprisonner ses cheveux, masquer cette odeur chimique *qui nous suivra jusqu'au ciel.*

Elsa redouble de pleurs. Szonja réagit d'une façon un peu gauche. Elle la pousse doucement hors de la chambre. Elle tente de la consoler. « Il faudrait des fleurs et des bougies pour oublier, s'il y en a beaucoup, on ne sentira plus l'usine. On demandera à Gisèle tout à l'heure. »

À présent, Bianca est prête à recevoir ceux qui l'ont connue, Italiens, Arméniens, Français, religieuses de la Sase.

Quelqu'un frappe à la porte. Elsa s'essuie le visage dans sa manche, s'empresse d'aller ouvrir. Sarina et Ginesio sont suivis du curé de la cité. « Il en a mis du temps, celui-là », chuchote Elsa, les nerfs à fleur de peau. On a apporté pour Marco un repas chaud qu'on mange ensemble pour prendre le temps de parler. Il faut organiser l'enterrement.

Personne ne parle des causes de la mort. C'est tout juste si on se souvient avoir entendu Bianca tousser, un mouchoir sur les lèvres. On la savait fragile, toujours un châle autour du cou. Et comme beaucoup, on croit que le courage a raison de tout et qu'il vaut mieux oublier la dangerosité des substances et la vulnérabilité des viscosiers. C'est toute la communauté italienne de la cité qui frémit.

Ce jour de la fin janvier se partage entre le chagrin et la pluie. Elsa et Ginesio se sont occupés de la Mamma venue de Vercelli en train. Ils sont allés la chercher en tramway à la gare de Perrache. Marco est resté seul à l'appartement dans ses habits du dimanche.

Une heure a été donnée aux Italiens qui ont fait la demande à la direction de l'usine pour accompagner Bianca au cimetière de Cusset. Le corbillard de l'usine s'éloigne déjà dans un bruit de sabots. Des signes de croix se perdent dans l'air froid. Les gens marchent au rythme du cheval qu'on ne doit brusquer en aucune manière. Le convoi, fouetté de vent humide, disparaît lentement derrière les immeubles. Szonja ne pleure plus, elle repense à Bianca, fascinée par le dernier orage. Elle se persuade qu'elle avait adressé sa supplique au ciel pour qu'il brûle le mal qui la rongeait.

La cérémonie est très courte, selon les directives de l'usine. Après tout, elle n'est qu'une ouvrière étrangère qu'on enterre. Elsa a du mal à entendre les paroles du prêtre venu tout exprès de la mission catholique italienne de Villeurbanne, mais en retient quelques fragments entre ses larmes : « *Ti supplichiamo, Signore Padre santo, Dio onnipotente ed eterno, per l'anima fedele di Bianca che per tuo volere ha lasciato questo mondo… Che la sua anima non soffra pena alcuna…* »

Le lendemain, à la sortie de l'usine, Elsa murmure encore des prières. « *O Dio… Signore dei vivi e dei morti… Concedi il perdono e la pace a tutti i nostri fratelli defunti…* » Szonja doit la serrer très fort dans ses bras pour la faire taire tant cela est insupportable.

Leur première morte, leur ombre blanche, a laissé sur leur jeunesse un aveu de vulnérabilité.

15

Après la disparition de Bianca, la semaine est longue à endurer. Un soir, dans la cuisine, Jean est encore plus maussade que d'habitude. Suite à un incident, un bac de soude renversé, son chef lui a collé une amende et l'a renvoyé faire le charioteur avec un Espagnol qui vient de débarquer à la Sase, « un pauvre type qui sait pas dire trois mots en français ». Jean se verse pour la troisième fois un verre de vin sans regarder Szonja, puis un autre.

« Pourquoi tu bois tant ?

– J'en sais rien… c'est pas de la soif. »

Il grogne encore en roulant son tabac. Ses lèvres se crispent autour de la cigarette.

« À la ferme c'était pareil, on était comme du bétail qui lève jamais les yeux au ciel. » Szonja sait cela, elle vient du même monde de terre battue où la roue tourne à la force des bras, où il faut chercher bien loin la joie. Le vin aide à dormir, à oublier l'âpreté de l'existence. Le vin fait chanter parfois mais Jean après quelques verres ressasse encore ses vexations. Il râle à cause du sel oublié, la soupe est fade.

Szonja pleure pour Bianca, pour Marco qui a perdu sa jeune épouse, elle pleure pour son homme de plus en plus amer et alcoolique. « C'est normal que les étrangers meurent plus jeunes, toujours pleins de misère et de microbes. Le veuf, le Glacier, il trouvera bien une autre femme, y en a partout des macaronis… »

Elle sent comme des larmes de viscose, acides et soufrées, sur ses joues, dans sa bouche. Une bouche devenue incendiaire. Elle lui jette en plein visage des insultes en hongrois qu'il ne peut comprendre.

Saisi par la colère, les yeux rougis de haine, il la frappe au visage à trois reprises, redoublant de rage à chaque gifle jusqu'à ce que sa tête heurte le petit placard où tremble la vaisselle. Un instant sonnée, elle se relève et va vomir à l'évier, puis met son visage sous le robinet. L'eau est gratuite. Elle lave la fatigue, les peines, le dégoût de la vie et rince de l'alcool. Jean est parti se coucher sans un mot. Déjà coulé dans un sommeil de brute.

Szonja s'attarde dans la cuisine, essuie tour à tour les assiettes, ses yeux, les verres, ses yeux, la poêle où ont gémi deux œufs avec un peu de lard, essuie encore ses yeux. Puis elle se laisse tomber sur une chaise, le torchon glisse entre ses genoux. Elle ouvre le tiroir de la table, cherche entre l'ouvre-boîte et les couteaux l'unique crayon de bois. Sur la page de journal où ont été annoncés la mort et l'enterrement de Bianca, elle écrit quelques mots dans la marge puis jette le tout dans le fourneau.

Le lendemain, Elsa ne semble pas remarquer les tempes bleuies de Szonja sous son foulard serré. Elle s'étonne à peine de cette coquetterie inattendue qui lui fait penser aux vieilles Hongroises de la cité et à leurs fichus brodés d'un autre âge.

« Tu mets ça pour le deuil, pour Bianca ?

– Oui, pour Bianca.

– On va lui rendre hommage, viens. »

Elsa veut l'entraîner en dehors de la cité, mais Szonja est inquiète de sortir sans prévenir son homme. Elsa la saisit par les épaules, « tu n'vas pas rester avec lui jusqu'à la prochaine guerre ! ». Puis elle caresse sa tête emprisonnée dans le foulard. « On va acheter de la poudre de riz. » Elsa trouve toujours un prétexte à la joie, même futile, du rouge à lèvres, des épingles à cheveux, n'importe quoi, quelque chose qui ne soit pas de l'épicerie, du savon de lessive, une bricole inutile pour se sentir plus jolie en ville, dans l'espoir d'un printemps précoce. Mais de la poudre de riz, elles n'en ont jamais utilisé. Szonja se laisse convaincre. C'est sans doute le bon moment pour apprendre à masquer les coups.

Dans le tramway, Elsa demande à son amie d'enlever ce qu'elle a sur la tête. Elle doit montrer ses cheveux, sa beauté d'origine, « tu n'veux pas ressembler aux bonnes sœurs de la caserne, non ? ».

Depuis que les gardes mobiles ont pris possession de l'hôtel Jeanne-d'Arc, on ne veut plus se souvenir du nom d'avant, le mot « caserne » a avalé l'ancien esprit du lieu, la madone bleue et leurs premiers pas dans leur vie française.

Les ecchymoses, Elsa les a bien vues. Le visage de Szonja, qu'elle connaît par cœur, ne peut rien lui cacher. Doucement, elle libère quelques-unes de ses boucles, les dispose autour de ses joues, murmure : « Là on ne verra pas les traces de l'autre, parce que tes cheveux dansent et toi aussi, un jour, tu danseras sans lui… » Puis elle lui montre au loin les grands immeubles immaculés qui s'élèvent au-delà des baraquements des faubourgs, prononce le mot « gratte-ciel », parle de royaume en hauteur pour les gens habitués à vivre plus bas que terre. Ses yeux brillent bien avant d'atteindre la nouvelle artère du quartier des gratte-ciel.

Szonja lève les yeux vers ces façades blanches, s'étonne et grimace d'incompréhension. « Je préfère mon château d'eau. » Elsa la taquine : « Personne ne peut vivre dans ton château, ici, il y a des centaines de gens, des comme nous, des ouvriers, t'as vu comme c'est beau, ils ont même des balcons et toutes ces boutiques sur l'avenue ! »

Puis elles courent avant la fermeture des magasins. Szonja crie qu'elle ne veut pas rentrer trop tard. Dans le tramway du retour, affalées l'une contre l'autre, elles entendent des jeunes communistes de la cité commenter les événements de la veille à Paris. Szonja leur demande s'ils veulent bien leur prêter le journal un instant. Elsa s'étonne de la nouvelle aisance de son amie. Elles lisent à deux à voix basse, ne veulent pas qu'on remarque leurs difficultés, ni leur accent. Elles comprennent vite la foule, l'émeute, les blessés et les morts, ce 6 février 1934, place de la Concorde, face à l'Assemblée nationale, dans une capitale qu'elles ne connaissent pas et où elles n'iront jamais. Les gars s'enflamment. Le plus jeune, un œil caché sous une longue mèche brune, répète à deux reprises : « On est du même peuple. Toi et toi aussi… Faut pas se laisser écraser par tous ces fascistes qui veulent la guerre civile. »

Le soir même, Elsa écoute les informations chez son frère, où trône depuis peu un vrai poste TSF autour duquel ils sont plusieurs à s'être rassemblés. Szonja les a rejoints sans son mari, qui travaille de nuit. Tout le monde est sous le choc, quatorze morts et mille six cents blessés, autant parmi les manifestants que parmi les forces de l'ordre. À la radio, la voix parle d'une répression sans pareille, de la démission du président du Conseil Édouard Daladier. « Voilà où mène le fascisme parisien », soupire Ginesio. « Des cliques fascistes, il y en a partout… l'Action française, les Jeunesses patriotes, la Solidarité nationale, les Croix-de-feu. À Lyon, à Villeurbanne et même à Décines, t'as pas idée ! » s'enflamme Luigi, collé à Elsa. « On a frôlé le coup d'État, ma parole ! » s'écrie un gars qui n'a pas arrêté de rallumer sa pipe depuis son arrivée.

« Va falloir y descendre, dans la rue, j'vous dis, en moins de temps qu'il faut pour le dire. »

Szonja est sortie de l'appartement, abasourdie par ce qu'elle vient d'entendre. Elle voudrait partager avec Jean un peu de cette commune colère, lui demander s'il compte se joindre à eux dans les jours prochains, peut-être dès dimanche, pour manifester à Lyon, mais elle ne le verra pas ce soir ni demain matin. Jean sombre de jour en jour et Szonja souffre de sa brutalité de naufragé.

Alors à deux, Szonja et Elsa s'accrochent, elles suivent l'évolution politique au jour le jour. Des contre-manifestations sont organisées dans toute la France. La CGT a lancé le mot d'ordre de grève générale « contre les menaces du fascisme et pour la défense des libertés politiques ». Le 12 février, elles sont de la manifestation.

Elsa répète souvent que la mort de Bianca, c'est à cause des mauvaises conditions d'hygiène et des journées trop longues. Elle a des propos de plus en plus rudes sur les petits chefs, sur le patron. Il faut s'unir, dit-elle sans cesse, « l'oignon fait la soupe ». Elle n'oublie pas la première partie du slogan, « l'union fait la force », mais il faut dérision garder. Ce sont autant de bonnes raisons de se rapprocher de Luigi, aussi fou de politique que d'accordéon. C'est tout ce qu'il a pu emporter quand il s'est enfui d'Italie, les miliciens de Mussolini à ses trousses. Ensemble, ils vont chez Martinelli ou au café Monte Carlo à Vaulx-en-Velin.

L'hiver n'en finit pas. « Mardi gras est passé, mais ici le carême dure toute l'année », a plaisanté Gisèle dans les vestiaires. La lumière ne s'est pas relevée des brumes matinales. Après trois heures de tâche, une frilosité mélancolique s'ajoute à la grisaille et gagne les ouvrières. Au travail, elles n'ont toujours pas le droit de parler. Leurs bâillements en disent long sur leur fatigue. À l'approche de midi, l'impatience se fait sentir. Quelque chose se délie en sourdine, les regards tournés vers l'horloge là-haut, la faim dans le ventre. Des envies de rire ou de jurer.

Soudain, une puissante déflagration déchire l'espace. Entre les femmes et le contremaître, entre terre et ciel, là-bas ? On ne sait de quel côté elle est venue. De l'aérodrome de Bron ? Des essais militaires ? En une fraction de seconde, le son a traversé les tympans, traversé les corps. Une fulgurance qui en a fait vaciller certaines. Les carreaux ont vibré. Toutes s'agitent.

La main sur la poitrine, Elsa s'écrie « *Madonna !* ». Gisèle se tient la joue comme si elle avait reçu une pierre. Szonja tousse. L'explosion n'a pas fait trembler les murs, ni *lo ragno*. Le chef les rassure : « Ce n'est pas ici… allez reprenez, à vos postes mesdames. » Mais il a du mal à dissimuler son émotion, se passe et repasse la main sur son crâne chauve comme pour vérifier qu'aucun éclat de ciel n'y est accroché.

Pendant la pause repas, Gisèle a collecté les premières informations. Elle connaît tous les coursiers de la cité, les chauffeurs et, bien sûr, les commerçants qui colportent les nouvelles plus vite que le télégraphe. Hors de l'usine, on a bien senti cette odeur de feu et de poudre, une odeur de guerre, toujours vive dans les mémoires. Elle confirme la nouvelle à ses camarades, l'œsophage noué de colère, la voix cassée : « Ce n'est pas la première fois, ni la dernière. Vous vous rendez compte, la Pyrotechnie à Décines, c'est à une portée de fusil ! »

« Sûr qu'y a dû y avoir encore des victimes ce matin dans ce bagne ! Encore une conséquence de la rationalisation, travailler toujours plus vite et puis, en cas d'accident… c'est l'ouvrier qu'a pas su… qu'a commis l'erreur… On vaut pas cher face aux dividendes des patrons... faudrait plus accepter les amendes pour un oui ou pour un non... toujours un prétexte pour rogner nos salaires... Y faudrait pas accepter tout ça. » Gisèle se tait soudain. Les ouvrières se sont détournées, effarées, elles ne veulent en entendre davantage. Certaines se mouchent bruyamment pour évacuer l'odeur de feu et de mort que le vent a portée jusqu'ici.

Gisèle a appris qu'à la Pyrotechnie, par mesure d'économie, les mèches servant à percer les fusées sont rarement changées. Si on insiste trop au forage, il y a surchauffe, le risque d'explosion s'accroît, impossible à mesurer. Les ouvrières manipulent pire que de la nitroglycérine, l'usinage tourne vite à la percussion involontaire. « Risquer de sauter pour même pas deux francs de l'heure. Travailler aux pièces, non merci ! » s'indigne Gisèle, qui lit régulièrement les journaux.

Partout à Vaulx, Vénissieux, Décines, dans un rayon de dix kilomètres à peine, on voudrait les retenir, les adolescentes à peine écloses, les fiancées chétives et, quelles que soient leurs origines, les empêcher de travailler dans cette usine de malheur où sont fabriquées fusées, grenades et barres d'explosifs. Les pères arméniens voudraient les enfermer dans leurs échoppes de cordonnerie et leurs ateliers de couture. Les pères italiens acceptent qu'elles n'aillent que dans des usines propres, mais il n'y en a guère, mis à part les perles chez Salvadori où la liste d'attente est trop longue. Gisèle parle de sa petite belle-sœur Yvonne, qui s'est hâtée de se mettre en ménage avec un forain de Vaulx pour fuir l'angoisse familiale et les injonctions paternelles à se mettre à l'abri. On les encourage à se marier avec un épicier, à l'extrême limite avec un ouvrier de la Sase pour le logement, mais jamais, au grand jamais, on ne les pousse à travailler à la Pyrotechnie.

Personne ne peut ignorer leur géographie ouvrière, ni la promiscuité de telles fabriques dans le secteur. Les cheminées immenses dans l'horizon partagé, les odeurs transportées par le vent, la fatigue et la peur des jours chômés qu'on traîne dans les mêmes bals ou au ciné. La Pyrotechnie, Salvadori, Berliet et ses métallos non loin. Des mondes qui se touchent, un manège permanent qui tourne dans les mêmes conditions : insécurité, pas d'hygiène, « pas de papier pour nos fesses », les mêmes matières toxiques et un verre de lait coupé à l'eau pour seul antidote. Jean, qui n'avait pas voulu parler de l'accident au souper, finit par commenter quelques jours plus tard en ronchonnant : « Faut pas y penser, y a des dangers dans toutes les usines, on est de la chair à canon, et la guerre, c'est les patrons qui la gagnent. »

Les jours s'allongent enfin et balaient la fatigue aux dernières heures du soir. On se promène entre les jardins vivriers, on joue aux boules, les enfants se coursent dans les allées. Elsa emmène souvent le petit Amadeo avec elle pour éviter de se faire courtiser. Le dimanche, elle veut bien mais pas en semaine, pas après le travail avec *son visage de papier journal.* Il lui arrive d'appeler son amie sous ses fenêtres, pour aller ensemble avec le petit jusqu'à la ferme de l'autre côté du chemin de la Merlin respirer la luzerne et guetter les premières étoiles.

Dimanche dernier, elles sont allées au cinéma Palace. Depuis que la famille Boreo l'a agrandi, de plus en plus de gens veulent aller au spectacle, il en vient à pied, à vélo, en tramway, depuis Villeurbanne, Bron, Décines. Le champ derrière la Grange perdue est jonché de bicyclettes au milieu de rares autos. Szonja se souvient du premier film qu'elle y a vu avec sa cousine, *La Dame aux camélias,* interprétée par Alla Nazimova. C'était un vieux film du cinéma muet. Pendant que le patron projetait les images, son épouse les accompagnait au piano et inventait des bruitages sur le gramophone. Pour la plupart des spectateurs, étrangers, la langue française aurait été un brouillard sonore ; les paroles affichées au bas de l'écran leur donnaient de jolies leçons d'expression. À la sortie du cinéma, Márieka avait égrené l'inventaire des robes, souliers, bijoux de l'actrice, s'arrêtant sous chaque bec de gaz pour regarder Szonja dans les yeux, lui détailler une ceinture, un bandeau dans les cheveux, et lui dessiner d'un trait invisible, à l'identique, les sourcils de l'actrice russe qui lui faisaient un regard si merveilleux. La beauté d'Alla Nazimova avait fasciné Márieka, qui avait besoin d'oublier leur vie trop simple et âpre à la cité. Elle n'avait plus supporté l'idée d'être une femme s'enlisant dans la fuite des jours, le corps et les rêves usés. Sa cousine, qui n'avait pas donné signe depuis des mois, s'était sans doute perdue, pensait Szonja, n'osant comprendre qu'on puisse hisser son corps, son visage à la proue d'un destin. L'envie et la convoitise brûlaient les yeux de Márieka, attisaient une anxiété constante. Tout son être piétinait d'impatience, elle avait dû avoir besoin des hommes, songeait Szonja. Elle l'avait écoutée jusqu'à son départ de l'hôtel Jeanne-d'Arc, avant de lui murmurer : « C'est peut-être un malheur d'être aussi belle qu'Alla Nazimova. » Sa cousine ne l'avait pas entendue. Qu'est-elle devenue la Márieka de leur premier voyage ? Elle la revoit dans une ruelle de Sárvár, dans son effervescence naïve : « On va y aller, nous deux... On va y aller, en France ! » Elle n'avait pas dit à l'usine, mais en France. Sur la banquette en bois du train bondé qui les emportait vers Lyon, elle avait prononcé ces mots presque sages : « Il faudrait toujours garder les mains douces. » Sans doute n'aurait-elle jamais pu se contenter d'une vie d'ouvrière, ni d'épouse, même française, n'être qu'un bleuet perdu dans la masse incolore de la cité. La mère supérieure de l'hôtel Jeanne-d'Arc avait signalé à la direction de l'usine ses dernières fugues nocturnes. Son renvoi n'avait pas tardé. Márieka l'avait espéré. Elle s'y était préparée. «Je vais vivre à la colle avec un gars bien... je t'écrirai...» Szonja n'avait pas été rassurée, il avait fallu qu'elle lui explique le sens de l'expression «à la colle». Elle l'avait trouvée dégoûtante. Depuis, elle n'avait reçu aucune nouvelle de sa cousine qui revenait pourtant dans ses rêves avec des bruits de bijoux à deux sous.

Elsa la tire de ses pensées et l'entraîne vers le hall du Palace qui s'emplit à vitesse joyeuse. Luigi, son fiancé, les attend au premier rang où il a réservé trois places. Depuis la séance avec Márieka, en 1931, le cinéma de M. Boreo a beaucoup changé, on ne s'assoit plus sur des caisses de limonade. Des fauteuils en velours rouge ont été installés au balcon, *come alla Scala di Milano.* En quelques minutes, la salle est comble. Les filles du patron se tiennent prêtes avec leurs corbeilles d'osier débordant de friandises.

C'est Charlie Chaplin qui les réunit. Szonja l'adore. Sur l'affiche, elle a cru voir dessinés les gratte-ciel de Villeurbanne et le visage angélique d'une enfant perdue dans une brume de nuages. En regardant le petit homme bancal à la démarche d'oiseau, elle pense au Polonais qui, sans un mot, sait la toucher avec son air désolé. La fragilité est le plus sûr chemin vers le courage, lui apprennent les deux hommes. C'est comme si la maladresse du Polonais dans la musique rejoignait celle de Charlot à l'écran. Dans le noir, les rires font une houle chaude. Les vagabonds de la Grande Dépression, des faubourgs, des lisières, sortis des cahutes en planche prennent le visage de l'acteur. Si celui-ci pouvait traverser l'écran, descendre parmi eux, il n'en serait pas moins familier, pas moins fraternel et la ville gagnerait en lumières.

Elsa se partage entre les baisers de son Luigi et les sourires feutrés de Szonja. « Tu ressembles à l'aveugle du film », lui glisse à l'oreille son amie. « J'aime mieux ça que d'être comme la muette », lui répond-elle, vexée. « Bientôt, tu feras du bruit avec nous tous. On va gagner, tu verras, on chantera plus fort que ton *zingaro* d'Andor, et surtout que ton pauvre Jean… » Et Elsa lui souffle encore : « Tu n'auras pas de bleus sur la figure, mais du rouge aux joues. » Se peut-il vraiment qu'elle ressemble à la jeune fille gracile qui sourit dans le vide en écoutant Charlot ? Szonja s'enfonce dans la romance.

Lorsque le rideau retombe sur l'écran, elle salue d'un signe timide les deux amoureux et s'esquive. Pas envie de les regarder s'enlacer. Elle préfère traverser seule l'espace qui la sépare de Jean, respirer le souffle doux de juin, marcher lentement jusque sous la fenêtre de Popilarski et prendre en elle toute sa musique.

Des hommes sortent du bistrot, rient et parlent avec de grands gestes désordonnés. Elle croit reconnaître parmi eux Marco, le veuf, *il vedovo* comme le nomme Elsa à voix basse. Sans réfléchir Szonja leur emboîte le pas à distance. Son minuscule sac à main serré contre la hanche, elle se donne une allure détachée et déterminée. Elle écoute leurs échanges soudain plus graves. L'un d'eux s'emporte, « mais puisque je vous dis que c'est en ce moment que ça se passe, la Commission pour la défense de la main-d'œuvre française ! Et même que son président, c'est le maire de Lyon ! ».

Szonja écoute encore les hommes parler et s'engueuler tout en se dirigeant vers le bistrot où Jean aime jouer aux cartes le dimanche. Elle décide de l'attendre près du lavoir désert, assise sur la margelle.

Les images de vagabonds et de miséreux dans le film affluent, et elle ne fait plus de distinction avec ces ouvriers immigrés, sous la menace de l'expulsion, depuis que la campagne xénophobe s'est abattue sur la France, celle qu'évoquait l'homme tout à l'heure. « On n'doit pas chasser les étrangers des usines, des chantiers ! » Le visage de Marco lui revient, c'était quelques semaines auparavant, il s'était mis à parler des fascistes italiens qui continuent leur propagande dans les cercles de loisirs Dopo Lavoro, dont il faut se méfier : il y a même des instituteurs qui acceptent d'enseigner l'italien sous leur influence, il l'avait lu dans *La Voix du peuple.* Elsa s'en était étonnée : « Mais tu lis le français, toi ? » « Bien sûr, tous les jours même... Sinon, je serais perdu, je n'comprendrais rien à rien... *niente.* » Szonja le revoit écarter les bras, agacé, vexé. « *Niente di bello,* avait-il ajouté, faut lutter contre ces ligues fascistes, je ne suis pas venu en France pour retrouver ce que j'ai connu là-bas. » Marco, ouvrier agricole au Piémont, avait gagné la France, parce qu'il était encore plus pauvre que pauvre. Et antifasciste. Et maintenant veuf, pleurant son aimée. Et toujours seul, *povero amico mio.* C'est Elsa qui lui a raconté sa vie, un jour où le souvenir de Bianca était revenu la tourmenter.

Szonja écoute la cité glisser doucement dans son petit soir domestique. Lasse, elle se lève après huit heures sonnées.

Le lendemain, avant même que son mari se réveille, Szonja court à la coopérative, en rapporte un pain de savon, une livre de chicorée, pose le tout sur la table, ressort avec une bassine de vêtements sales jusqu'au lavoir. À cette heure creuse, elle ne croisera pas les femmes qui déballent leurs sentiments sur tout et sur rien. La révolte n'est jamais bien loin lorsqu'elles battent fort leur linge, le tordent et le retordent avec des grimaces sadiques.

Le soir, le repas à peine terminé, elle remarque une tache de vin sur la petite nappe brodée par la muette ; une colère la saisit, la première face à son homme. Elle crie qu'elle était au lavoir à la première heure et qu'elle n'y retournera pas avant la semaine prochaine, que cette nappe doit rester blanche, qu'il ne faut pas l'abîmer, « c'est la seule chose jolie ici ». Ses doigts grattent la tache tandis qu'elle répète, « tu n'aimes pas les jolies choses, tu n'aimes rien ni personne ». Jean lève une main. Elle la regarde fuser en l'air comme on regarderait une guêpe, hausse les épaules pour chasser l'intention. La main lourde de Jean retombe sur sa jambe.

16

Luigi vit depuis quelques mois à la grande cité chez Marco. Clandestin, il court de chantier en chantier où il fait le maçon. Quand ils parlent italien dans l'immeuble, on pourrait croire malgré leur différence de taille qu'ils sont frères ou cousins. Le patronat aimerait que cette frange mouvante d'amis et de membres de familles, logés gratuitement, accepte de se faire embaucher. Mais Luigi ne veut pas travailler en usine. « On vous prend votre soleil du matin au soir. » Il donne souvent rendez-vous à ses amis français, italiens, polonais, espagnols dans un café de Villeurbanne, loin des yeux et des oreilles des chefs ou des curés pour parler de la situation catastrophique après douze années de fascisme en Italie. Il voit poindre les mêmes menaces à Lyon.

À Villeurbanne, qui représente aux yeux des ouvriers de la banlieue Est la vraie ville, la SFIO et le Parti communiste ont créé un comité de lutte antifasciste qui regroupe les organisations de jeunesse, les syndicats des métaux, du textile, de l'enseignement, les comités de chômeurs, la fédération sportive du travail, le Secours rouge et le groupe de l'athéisme. On y proteste contre le régime terrible de l'Allemagne, on organise la commémoration de l'assassinat du député Matteotti par Mussolini. Pour les victimes de la grande crise qui ont été sacrifiées par l'usine, la participation aux réunions dans les bistrots, aux cellules des comités antifascistes qui ont essaimé dans les quartiers, aux manifestations sportives, bals et fêtes des patronages laïcs permet de relever la tête. Luigi, Andor, Ginesio et les amis polonais ou espagnols sont fiers de pouvoir militer sans avoir à se cacher.

Ce soir, la nervosité de Luigi est à son comble. « On n'peut plus fermer les yeux, les gars ! Y a eu une réunion de chefs fascistes ici, à Lyon. » Luigi sort un journal de sa vareuse, montre une photo. « Le colonel de La Rocque est venu en civil. Il prépare un sale coup, *porco Dio.* » Il fulmine encore : « Ça va être comme le 6 février à Paris ! » Il veut mettre en garde ses camarades, des actes de violence sont à prévoir contre eux. « *Le Franciste,* ce journal *di merda* qui a récupéré des communistes perdus pour leur faire faire le salut romain, il a publié pour chaque région des listes, un appel au meurtre avec noms, adresses des camarades les plus en vue. » Luigi s'égosille à présent tandis qu'on lui ressert un verre de beaujolais. « Une guerre civile se prépare, un putsch fasciste !! Une réunion secrète avec tous les chefs de section des ligues, rue Auguste-Comte, en plein centre-ville ! La Rocque y était ! »

Il est à craindre que les chefs locaux des Croix-de-feu, de la Solidarité française, des Jeunesses patriotes aient déjà donné des directives pour la distribution des armes, expédiées depuis des pays étrangers. Bernard, un grand type taciturne, évoque l'armurerie Gaubier qui serait dans leur réseau et le recrutement de Nord-Africains par un chef policier pour prêter main-forte. Un autre raconte qu'il a vu des fascistes qui tentaient d'intimider un jeune vendeur de *L'Avant-garde* en le serrant de près et en lui hurlant aux oreilles : « Contre la crapule communiste, achetez *Le Franciste* ! » Et de raconter encore : « Les gendarmes devant le siège du *Progrès* ont assisté à la scène, piqués comme des poireaux. Y en a un qui s'est mis à tousser et a fini par cracher sur les pavés... J'ai pas tardé à faire pareil... » Un petit gars ajoute : « Après la messe, le dimanche, c'est le même manège, au milieu des

Lyonnais de bonne famille, des pauvres hères loués par des fascistes vendent leurs journaux… prêts à tout pour gagner trois sous. »

Le vin apaise un moment leur colère. On roule une énième cigarette avant de poursuivre la discussion. Le bistrotier n'en perd pas une miette, un œil sur la rue, déserte à cette heure du soir. Il se méfie des voyous tabasseurs de communistes qui pourraient attendre la clientèle à la sortie, rappelle qu'un vendeur de *L'Humanité* s'est même fait arrêter et cogner par la flicaille place Antonin-Poncet, à Lyon : « N'allez pas essayer d'écouler *La Voix du peuple*: vous aurez droit au même sort. »

Un étudiant habitué du cercle dénonce l'Église qui, pour obtenir des privilèges et avoir une plus grande influence sur la population, soutient les États fascistes à nos portes : « En Italie, en Allemagne, en Autriche, le trio diabolique capitalisme-cléricalisme-fascisme écrase la liberté de penser ! » Luigi renchérit, son mégot lui tombe de la bouche : « Les partis politiques n'existent plus, *ceneri, ancora ceneri,* libertés de la presse, *ceneri.* Des cendres dans la bouche. Le peuple est muet ! » Il rappelle à tous le grand rassemblement prévu le 4 août, place Jean-Macé, à Lyon. Contre le fascisme, la guerre et la misère : « Il fera chaud, mais il faut y aller… être en nombre, on connaît, invulnérables, pour barrer la rue et crier fort, donner de la voix autant que des poings. Y en aura d'autres, n'faudra pas en manquer un seul ! »

Elsa et Szonja passent de temps en temps au café, dès qu'elles le peuvent, le soir tard. La fin de l'été est encore propice à ces courtes échappées. Elles ont participé au rassemblement d'août, près de 15 000 manifestants, un record. Elles tâchent de suivre l'agenda politique. Deux mois ont passé, et les fascistes italiens s'apprêtent à célébrer la Marche sur Rome. Luigi, Marco et les autres *fuorusciti* de la banlieue Est, à la Guillotière, donnent l'alerte. À la cité, devant la Sase, ils font tout pour mobiliser les travailleurs français et immigrés. Ils doivent contrer les fascistes. Luigi ne manque jamais de rappeler qu'on attend désespérément la libération de Gramsci, théoricien du Parti communiste italien. En novembre, ils seront plus de 15000 encore à défiler à Lyon pour la République du travail.

Luigi et Marco ne manquent pas une occasion de faire circuler *La Voix du peuple*. Ils ne s'en cachent plus du tout, lisent à voix haute dès qu'un article les concerne directement, comme dans l'édition du 10 novembre 1934: « Camarades, unissez-vous dans la lutte contre les patrons… Groupez-vous dans votre syndicat, réclamez dix minutes pour vous laver les mains… Prenez conscience de votre responsabilité dans la lutte antifasciste et dans la lutte pour améliorer vos conditions de vie qui sont misérables, organisez-vous. » Ces mots en caractères gras sont reproduits sur la première page, ils doivent devenir leur credo à tous: « Créons notre front populaire de la liberté et du travail. »

Les ouvriers de l'industrie privée ont vu leurs salaires diminuer, leur semaine réduite. Les ouvrières gagnent à peine dix francs par jour. Une partie de l'usine a été fermée chez Gillet. À l'approche de la saison froide qui augure les plus grandes peines encore pour se chauffer, se nourrir. On voudrait s'unir davantage pour ne pas perdre espoir.

Après l'exaltation de la lutte unitaire, à la fin de l'automne, le moral décline pour ceux de la Sase. Ils n'ont rien obtenu. La main-d'œuvre étrangère devient de plus en plus vulnérable. Sur la presqu'île, au centre de Lyon, on ne risque pas de croiser ou d'entendre des ouvriers parler de leur exploitation toujours plus flagrante. C'est deux à trois francs de l'heure pour les manœuvres, entre un franc soixante et deux francs quinze pour les femmes. Presque plus personne ne travaille quarante-huit heures la semaine, la moyenne est souvent tombée aux alentours de quarante, voire trente-six heures, quand ce n'est pas trente heures. «C'est pas bézef», disent les Français. Et encore, quel que soit le temps de travail, il faudrait doubler ou tripler la production. Sans compter les amendes pour défauts, ni les humiliations liées à la discipline brutale. Tandis qu'augmente le prix du pain, des tickets de bus et de tramway, les chômeurs sont expulsés de leur logement: le fort de Loyasse et celui de Sainte-Foy, deux bâtisses militaires désaffectées et leurs cellules glaciales, les attendent. On redoute le vent glacial qui charrie autant de feuilles trempées que de mauvaises nouvelles au bas des immeubles.

Elsa pense à Bianca et à son homme silencieux, une ombre errant dans la cité que Luigi s'acharne tant bien que mal à soutenir. Lorsque Marco entend des chiens aboyer dans le lointain, refluent en lui des images de ce monde abandonné, de l'autre côté des montagnes, qu'on peut voir les jours de clarté depuis la basilique de Fourvière où aiment aller les immigrés. Lui ne va jamais au cimetière ni à l'église. Il ne parle jamais de Bianca à son ami.

Szonja, de plus en plus maigre et pâle, résiste mal à la brutalité de Jean. Celui-ci répète souvent que la politique, « ça ne leur remplira pas la gamelle… “ils” peuvent toujours retourner voir chez eux si la soupe est meilleure ». Il observe d'un sale œil ce Luigi au bras d'Elsa, bien trop proches de Szonja. « Tu vas gagner quoi à les écouter bavasser sur les patrons? T'es pas contente d'avoir ton logement et ton manger chaud? Le travail, ici, c'est toujours le même, t'as même pas besoin de réfléchir. »

Lui aussi réprouve pourtant « la façon qu'on nous mène », les chefs, les saloperies qu'il respire, ses mains « encore plus moches que celles d'un paysan », crevassées à force de sortir la viscose du dégueuloir. Est-ce qu'il ne sait pas qu'il est comme tous ces types, « foutus en moins de cinq ans... », et elle comme ces filles « qui deviennent maigres comme des chèvres de réforme » ?

Un samedi soir, après une semaine harassante, elle l'a senti plus amer encore. Il s'est affalé sur la chaise, s'est versé du vin, le verre a débordé, il a râlé contre la table bancale et le verre trop petit. D'abord découragée, dépitée, elle l'a regardé boire.

Szonja n'a plus faim depuis longtemps, elle emporte deux morceaux de sucre chaque matin dans sa poche pour prévenir les malaises, mange un peu de pain et avale un fond de soupe tous les soirs. Jean remarque à peine qu'elle se nourrit de rien. Le petit ventre de vierge, attendri un instant à peine durant leur nuit de noces, est devenu peau de tambour, tendu et dur, les seins à présent sont enfantins, insignifiants.

Elle écoute ses plaintes. « On a déjà mangé ton pécule des bonnes sœurs. » Il en parle souvent comme s'il lui avait été offert en lot de consolation avec cette pauvre fille venue de Hongrie. Elle l'avait laissé compter ce qu'il restait de son trésor amassé à Jeanne-d'Arc, la petite monnaie de sa dignité, épargnée sur le temps de sa jeunesse. « Pfitt, même plus de quoi s'offrir des marrons chauds à la vogue. »

Et soudain, elle n'a plus voulu l'entendre marmonner, ni voir sa face. Et encore moins sa bouteille entre eux comme une vilaine sentinelle. Elle s'est levée en silence, a saisi la bouteille et l'a vidée dans l'évier sur la vaisselle sale. Il a repoussé sa chaise, a crié : « Pourquoi tu fais ça ? ! »

Les bras croisés, elle n'a pas bougé, n'a pas voulu qu'il vacille, qu'il grogne, n'a pas voulu qu'il se fâche, qu'il éructe, qu'il s'emporte au-delà de lui-même. Elle a juste tenu bon quelques minutes, calme et droite, puis s'est penchée sur la table pour prendre leurs deux verres. C'est là qu'il a réagi. En deux bonds il s'est jeté sur elle, lui a serré la gorge si fort qu'elle a tourné de l'œil. Il l'a vue s'écrouler sur le plancher.

Il a fini par se décider à la porter sur le lit, l'a déshabillée, a tiré l'édredon sur ses épaules. Puis il est sorti seul dans la nuit.

Sur la faïence, le rouge vinasse a eu du mal à disparaître avec l'eau grasse.

Quand Jean a mis son habit du dimanche, le lendemain matin, après s'être rasé dans la cuisine, elle a eu une profonde et ample respiration. Elle a laissé sortir son homme en silence, puis a nettoyé les minuscules poils de barbe au fond de l'évier. « Qu'il aille au diable ! » Lorsque son amie Elsa a frappé à la porte, elle a juste eu le temps d'enfiler un gilet.

Aujourd'hui c'est elle qui entraîne Elsa et une de ses cousines vers les champs, de l'autre côté de l'usine. Dehors, un air de printemps avant l'heure les pousse. Les fossés débordent d'orties. « On ne risque pas de rencontrer des bandits par ici. » Elles contournent le château d'eau. Szonja s'y adosse un instant. « Écoute l'eau qui bouge dedans. Tout ça, c'est pour nous, ça coule gratuit aux robinets… » Elsa ricane : « J'en voudrais pas d'un château pareil. »

Szonja caresse le mur, pensive. « Moi, j'aimerais entrer là, me baigner toute seule dans le noir, je n'aime pas les bains douches de la cité, c'est sale et y a des étrangers qui viennent se laver. » Elsa s'exclame, « c'est pas des étrangers, c'est des Italiens… *Madonna !* Tu étais encore hongroise, il y a six mois !… Ne fais pas la fière. »

Elsa lui parle des gens de sa région natale, en Vénétie, qui n'ont pas eu de contrat à la Sase, qui se sont mis en frais pour venir jusqu'à Lyon et qui maintenant, au bout de quelques mois de travail, sont contraints de vivre dans des baraques en bois de l'autre côté de la ville, les pieds dans la boue, pire que dans les rizières du Pô, l'eau à la borne et des fourneaux au bois de chantier. « Si tu les vois aux douches, tu ne dis rien, surtout pas à ton homme. » Szonja a du mal à la croire. La France pour elle, c'est l'eau courante pour la cuisine, le corps, le linge, c'est les gratte-ciel, leur belle usine impeccable, un système bien ferré. Elle ne répond rien, s'avance doucement pour faire le tour du château d'eau, écouter encore le grondement sourd à l'intérieur.

La cousine d'Elsa se met à râler : « On est trop près de l'usine, là. Regardez partout, c'est encore l'usine. Sase, les toits piquants ; Sase, les rues ; Sase, l'odeur ; Sase, la fumée qui bouffe les nuages ; Sase, l'épicerie ; Sase, le docteur ; Sase, l'église ; Sase, les garçons. Moi, je veux danser, pas vous ? »

Szonja reste silencieuse. Ça fait bien longtemps que Jean ne la fait plus tournoyer. Elle se penche sur une touffe de crocus, en cueille quelques-uns, voudrait que ce soit déjà les primevères. Le nom des fleurs, elle les apprenait au fil des saisons ; avant, quand l'hôtel Jeanne-d'Arc existait encore et n'était pas une caserne, elle apportait des bouquets à l'une des sœurs qui s'en réjouissait, nommait chaque fleur, lui faisait répéter. Elle allait chercher un vase dans le grand bahut du réfectoire, le lui tendait, excitée comme une veille d'Assomption. Szonja offrait sa part de beauté, volée à la périphérie de l'usine, elle donnait ainsi un peu de son enfance à cette communauté austère. Sœur Esther, responsable du jardin, l'avait souvent invitée à déambuler entre les parterres de simples et les rangs de légumes. La muette les rejoignait parfois pour cueillir les herbes médicinales dont elle avait besoin pour préparer une tisane à une pensionnaire souffrant d'anémie, de refroidissement ou d'indigestion.

17

Dans l'atelier, le froid du matin s'est déjà dissipé grâce au mouvement perpétuel des corps, bras et mains tendus, regards à courte portée, positions bien ordonnées. Gisèle a souvent ces mots : « On travaille sans y songer. » Et leur tête, où roule-t-elle sans y songer, sans entendement ? Elsa dit qu'elle récite une prière quand ses jambes flageolent. Szonja, elle, se hisse en pensée sur le château d'eau, et le temps devient liquide, ses rouages silencieux. Elle ne regarde pas la pendule fixée en haut de la porte. La pendule ne la regarde pas non plus. Un giron mécanique la berce tout entière. Les autres se font oublier, les machines couvrent les pas des uns et des autres.

Mais à l'instant, un coursier surgit, il tend un message au contremaître qui en prend connaissance en une seconde. À peine a-t-il relevé les yeux que tout le monde comprend. Au-dessus des redents, une fumée inhabituelle a déjà avalé les nuages. Dans la filature, une gaze blanchâtre s'est introduite et ralentit le travail des ouvriers sans qu'ils en aient vraiment eu conscience. Le chef ordonne de quitter les postes et de sortir sans courir par les travées. Aucune odeur, aucune peur du feu. Tous suivent, incrédules, les consignes, à peine curieux de cet énième incident technique. On entend parler un peu dans les coursives, où se mêlent femmes et hommes. Un ancien évoque l'incendie de 1928, un autre celui de 1931. « On est toujours là », ricane un petit rouquin.

Gisèle rassure les filles : « On n'est pas à la Pyrotechnie de Décines… pas de 14-Juillet en vue, et puis le Glacier a dû prévenir la direction à la première étincelle… Écoutez, les pompiers arrivent déjà ! »

Dehors, les femmes grelottent dans leur blouse, des hommes ont allumé une cigarette à l'écart. L'entrepôt où sont stockées les cuves de cellulose et les amas de cartons lâche des flammes hautes. L'incendie n'a pas encore gagné le site de production. La peur dévie son cours, on ne craint plus l'asphyxie, ni les brûlures, on redoute plutôt les annonces à venir du patron : des jours chômés non payés. « Tous les prétextes vont être bons », râle Gisèle. « Problèmes d'approvisionnement en matières premières, incidents techniques, marchés retirés. Bientôt, on nous dira que plus personne ne veut de notre fil de rayonne. On nous renverra sous les mûriers pour donner à manger aux vers à soie. »

Elsa sourit, raconte qu'elle aimait tant grimper à ces arbres avec son frère Ginesio pour en arracher les feuilles, larges comme des mains de géant : le travail consistait à les laisser tomber dans un vieux drap. « On les donnait fraîches à la colonie de vers installée dans une caisse, au fond de la chambre des parents. Ils étaient longs à grossir. On ébouillantait les cocons… *Madonna ! che vergogna…* et après, il fallait les apporter à la fabrique. »

Szonja l'écoute à peine, elle frissonne de plus en plus. Le sous-directeur s'est approché du groupe des hommes. Tandis que les gars du service d'entretien discutent avec les contremaîtres, elle observe Marco et ses grands gestes qui s'envolent à hauteur d'épaule. Que chasse-t-il ainsi, sa colère, la crainte des uns, le dégoût des autres, les blâmes à venir ? Le vent agite ses cheveux sur son front, une main nerveuse les rabat sur une tempe puis sur l'autre, dignité ridicule alors que tous perdent un peu la face depuis le début de l'incendie. Le sous-directeur recule d'un pas. Les femmes se tiennent figées près du poste de garde. Gisèle n'a pas manqué de voir le regard soucieux de Szonja : « Sûr qu'il va trinquer, le Glacier, une bonne occasion de licencier un Italien. Les dégâts, c'est pas bien grave, ils en ont vu d'autres, les patrons, et ils sont bien assurés. C'est pas comme nos salaires. »

Les mains de Gisèle passent et repassent sur ses paupières, elle accuse le coup, ne peut cacher son inquiétude. Son visage irisé de fatigue poursuit lentement sa ronde. Serrées autour d'elle, les ouvrières. Elle est la plus ancienne. Sa vie est vissée à l'usine, depuis l'ouverture en 1926, ça va faire dix ans, un exploit de longévité pour une femme qu'aucune grossesse n'a éloignée de la filature. Jamais malade, jamais blâmée. Elle met encore à profit ce rassemblement impromptu pour répéter à qui veut l'entendre qu'il devient urgent de prendre sa carte au Syndicat unitaire du textile. Leur rappelle l'article lu à voix haute au lavoir, commentant les déclarations du maire de Lyon : des efforts, toujours des efforts demandés aux travailleurs français autant qu'aux étrangers, alors que les tâches exécutées auparavant par cinq ouvriers le sont par un seul désormais.

Ce n'est cependant pas le jour pour revendiquer. L'incendie les a tous impressionnés. Leur usine touchée au flanc, c'est leur existence qui tangue dans l'air froid. Que deviendraient-ils hors de la cité industrielle ? Comment se débrouilleraient-ils dans la peau de ces chômeurs qui sont légion ?

Au-dessus des redents, le ciel se partage entre nuages de neige et dernières volutes d'incendie. Tous sont priés de regagner leur domicile.

S'ils n'étaient pas aussi nombreux, on entendrait des sifflements entre leurs dents. Mais c'est dans leur démarche lourde, ralentie par le nombre, que pèsent la colère et la peur. À l'appel des communistes et de plusieurs organisations pacifistes, ils sont venus par centaines, hommes, femmes, ouvriers, intellectuels. Chapeaux durs, chapeaux mous, fichus serrés, bérets, mises en plis, cheveux fous convergent vers la rue de la République. Pour beaucoup, c'est leur première manifestation à Lyon. Malgré l'interdiction, ils sont des milliers, serrés et graves, poings brandis. Une foule noire d'hiver, qui gronde et avance deux heures durant, dans l'artère la plus large de la ville.

Des centaines de gendarmes postés de part et d'autre n'en mènent pas large. Dans les rangs, un groupe de la Sase qu'ouvrent Gisèle, Andor et ses musiciens, une flottée d'Italiens dont Elsa, Luigi, Marco et Szonja, suivis par des Hongrois, des Polonais et des Espagnols. Ils regardent en coin les *flicards.* Les orateurs du meeting qui s'est tenu plus tôt à la Bourse du travail ont donné pour mot d'ordre : « Contre la haine des étrangers, contre l'armement massif ». On craint les arrestations. Certains seraient déchus de la nationalité française, fraîchement obtenue. À Villeurbanne, on l'a retirée à un maçon italien au prétexte qu'il rentrait de son chantier à bicyclette un samedi soir et chantait sa fatigue arrosée de vin. Conduite en état d'ivresse, abus de joie. Abus de confiance envers son pays d'accueil.

Des manifestants se poussent du coude, regardent narquois des jeunes gars qui entonnent *La Marseillaise.* « Encore des merdeux », ricane Gisèle. « Des blancs-becs sans couilles », reprend son homme. Dans le cortège, quelques mètres en amont, on entonne des chants contradictoires. *L'Internationale* écrase l'hymne national. Élans désaccordés. Le comité antifasciste, à l'image de celui de Paris, rassemble une trentaine d'organisations autour de la SFIO et du Parti communiste, la Jeune République, le Comité de vigilance des intellectuels antifascistes, le Groupement départemental laïque, le mouvement Amsterdam-Pleyel. Poings serrés et consciences tendues vers la même volonté populaire, pour la paix et pour le pain, contre les ligues fascistes. La rue n'a plus de fin. Elle gronde à gros bouillons tel un volcan.

Andor serre les mâchoires comme les autres ; c'est à peine s'il a le cœur de retourner à Szonja un sourire. Mais il fait mieux, il vient se placer entre elle et Elsa, glisse ses bras sous les leurs. Ensemble, ils avancent pâles et raides telles des marionnettes en bois de tilleul. Malgré leurs crispations, ils ressentent la fièvre lente de la solidarité entre tous ceux, venus des campagnes et d'ailleurs, parfois de plus loin que l'Italie et l'Espagne, d'Arménie, de Russie, pour manger le pain blanc de la paix.

Le pain de la paix... Personne n'y goûte. À la cité, malgré les bals du dimanche et la fanfare de l'usine, on a peine à rester en joie. La crise économique s'étend encore et toujours sur la banlieue Est. Des bataillons de fantômes ravalent honte et rancœur avant de franchir le seuil des sociétés de bienfaisance et réclamer un colis alimentaire ou un repas chaud. Il suffit de prendre le tramway, après deux ou trois arrêts... la réalité connue ou cachée, ce qu'on a lu dans les journaux ou ce qu'on n'a pas voulu lire, on ne peut pas l'éviter. Szonja et Elsa n'ont plus de plaisir à se promener au pied des gratte-ciel. Sur le trottoir, des mendiants les ont interpellées la dernière fois qu'elles se sont rendues à Villeurbanne, l'un avait un air très doux pour demander un franc, un seul, pour acheter du lait à ses petits. Un autre a chanté dans une langue inconnue, la main tendue ; elles ont compté quelques pièces. Chacune a choisi à qui les donner. Il y a plus de trois mille chômeurs dans cette ville engrossée de misère. Les taudis, les maisonnettes de planches aux toits en carton bitumé ou en tôle débordent sur Lyon, sa voisine. Même si elles n'y sont jamais allées, elles ont entendu parler du Village nègre, entre Monplaisir et Gerland, où les enfants jouent dans la poussière ou la boue, dehors par tous les temps, tandis que les femmes cuisinent et lessivent dans le même chaudron, le front perlé de chagrin. Chaussées comme des hommes, elles passent leur temps à courir pour oublier la misère, nourrir leur famille, glaner leur pitance à la fin des marchés ou à la soupe populaire. Il paraît que de plus en plus de *piauteurs*, des gosses de moins de dix ans venus du Village nègre, font les poubelles. « On n'voit pas tout ça à la cité, on a encore de la chance… *Madonna !* La pauvreté s'attrape partout », dit Elsa. Tous les étrangers de la cité Gillet savent cela. Ils ne sont pas encore de cette lie et s'accrochent à leurs pauvres privilèges même si c'est dans l'enfermement à la cité, contenus qu'ils sont par leur patron, irrigués d'eau gratuite et d'eau bénite. Ailleurs, on veut ignorer le sort qui leur est fait une fois les portes de l'usine franchies. En dehors de la production, peu importe s'ils ont même une âme. Sauf quand des militants communistes ou fascistes viennent les racoler. On ouvre alors les yeux sur l'au-delà de la cité. La classe ouvrière est dedans, dehors. Les palissades, les gardes-chiourmes ne retiennent plus rien. Les grandes idées, les petites, les grandes menaces, les petites, tout les travaille. La récession en jette beaucoup dans le doute et la peur.

Les ligues factieuses attendent que les gros réservoirs de main-d'œuvre étrangère se vident au profit des bons Français tandis que les communistes espèrent que les églises soient désertées. Les militants de tout bord en appellent au sentiment patriotique, à la conscience de classe, à l'Internationale ou au rejet de tout travailleur émigré. Un magma populaire toujours plus brûlant.

Szonja, Elsa et leurs amis essaient de se rassurer, eux tiennent le coup. Ils ont peut-être le quart de l'estime de leur patron, mais les ouvriers italiens et hongrois se font de moins en moins nombreux, parce que ce sont eux qu'on licencie en premier ou pire, qu'on expulse. Ceux qui restent se serrent les coudes, mais après plus de deux ou trois années d'usine, ils sont fatigués, souvent malades et préfèrent rentrer au pays ou se lancer dans une affaire personnelle, un commerce, un orchestre ou une salle de cinéma.

Le petit noyau est soudain de toutes les actions à l'usine. Aujourd'hui, des hommes, des femmes regroupés à un mètre à peine du poste de garde, répètent en boucle : « Contre la diminution de nos salaires, tous en grève ! Tous en grève contre la diminution de nos salaires. » Szonja hésite, regarde Gisèle dans les yeux, qui voudrait la persuader du bien-fondé de leur action. « On n'a pas de gamins à nourrir, on n'va pas crever pour trois jours dégommés de la paie. »

Un charioteur traverse le groupe en courant, affolé : « Chuis à la bourre, y vont pas me manquer ! » Un gars l'attrape par la manche : « Viens là, toi. Tu peux nous dire combien tu gagnes par quinzaine ? » L'adolescent se dégage, réajuste sa casquette. « Laisse-moi passer, j'vais manquer la pointeuse. » Le sifflet de l'embauche dans le premier atelier retentit déjà. Le jeune se débat et crie : « Vous me le paierez », avant de s'enfuir vers l'entrée de l'usine.

Ce jour-là, plus de mille ouvriers des usines Gillet de Villeurbanne et de Vaulx-en-Velin se sont mobilisés. Même si aucun syndicat n'est officiellement déclaré, le mouvement prévu pour durer trois jours augure d'une action prochaine plus vaste encore. Les grévistes ne comptent pas en rester là.

18

Au retour du lavoir, elle hésite sur le seuil de la cuisine. Sa bassine de linge sur la hanche, le froid de l'émail qui remonte jusqu'au sein, un silence épais à franchir entre eux deux. En aura-t-elle la force ?

Szonja regarde cet homme planté au milieu de sa solitude, la tête entre ses bras repliés, une bouteille vide à l'extrémité de la table. Elle voit le corps divisé, les épaules écroulées, et le cercle mauve de son verre sur la nappe brodée par la muette. Elle voit l'homme vaincu, le vin noir dans ses veines, l'âme et les ongles rongés d'acide. L'homme résigné, celui qui croyait à une vie meilleure à l'usine, au bel ordre industriel, son besoin de ne plus rien attendre de la terre, de ne plus rien attendre du ciel, d'oublier l'inquiétude des saisons. Fuir la servitude paysanne, l'autorité du père, la rivalité du frère, l'horizon retourné des champs. Ne plus se courber sous le poids de quiconque. Rejoindre le monde prévisible des machines qui multiplient la force, le rythme de la vie sur un sol qui ne se dérobe jamais. Mais l'usine n'a rien éclairé en lui. Obstinément, il ne veut rien savoir de l'évolution politique, de l'action syndicale, des luttes unitaires.

Des écoulements d'alcool et de dépit le ravinent à l'intérieur. Une pitié tendre et désespérée s'empare de Szonja. Elle pose la bassine au bord de la table.

Un tremblement infime suffit à réveiller son homme. Elle hésite, redoute son humeur fétide, les yeux embués de fiel, n'ose pas lui parler. Son regard s'arrête encore sur l'auréole de vin, remonte aux plis sombres de son visage, empâté de mauvais somme.

Une peur nauséeuse la fait reculer d'un pas. Trop tard. C'est ce mouvement qui traverse Jean, émergeant à peine de sa torpeur, cet air dégoûté qu'il découvre soudain sur le visage de sa femme. Un mélange de tristesse et de répulsion qui affaisse ses lèvres et son menton, lui fait baisser les yeux sur la tache de vin. « C'est rien », grogne-t-il en déplaçant le verre.

« C'est pas rien ! » D'un geste brusque, elle tire sur le tissu. La bouteille bascule contre le torse de Jean, le verre est projeté au sol. Elle met la nappe en boule et la dépose dans la bassine. « Je retourne au lavoir », comme elle dirait froide et invincible *je retourne au plus loin de toi.*

Effacer les traces de vin, oublier les haut-le-cœur.

« Reste là, tu n'vas pas redescendre pour laver juste ce truc, reste là, j'te dis, on ne va voir que ça. » Szonja se fige. Sa lucidité la stupéfie. Oui, justement, on va ne voir que ça, l'auréole de vin rouge sang sur la cotonnade blanche, c'est cela qu'elle veut porter au lavoir, faire disparaître : les traces d'alcool, les traces de leur défaite parce qu'elle a toujours voulu cacher les ecchymoses sur son visage. Il est temps d'accepter ce qui est. Elle se précipite à la porte, redoute que sa colère ne l'emporte.

Jean l'arrête sur le seuil, lui ôte la bassine des mains et répète : « Reste là, bon sang ! »

Szonja saisit la nappe, le morceau de savon et se jette dans les escaliers. Il la rattrape par les cheveux, la traîne jusqu'à la cuisine, glisse sur les bris de verre, se cogne la tête contre le poêle, se relève furieux, dégrisé soudain. Il arrache la nappe que Szonja tient encore serrée contre elle et la fourre dans le seau de charbon. « Là, maintenant, c'est une vraie saloperie ! »

Elle s'en empare à nouveau sans pouvoir réprimer un cri aigu. Un cri qui l'assaille et la dépasse à l'instant où elle sent la main de Jean tomber sur sa nuque tandis que, de l'autre, il cherche à reprendre la nappe. Entre l'évier et le poêle où se cogne la jeune femme, leur corps-à-corps. L'alcool de la journée décuple la rage de Jean et le rythme des gifles. Pour elle, le temps finit par s'écrouler, avec son corps, contre la paroi brûlante du fourneau.

Il la tire par les pieds, la laisse sur le carrelage, remplit le broc d'eau et le lui verse sur la tête. Szonja tousse, gémit mais reste au sol, comme s'il ne pouvait plus avoir de prise sur elle. Un corps étendu, sans parole ni pensée, un corps sans personne. Elle n'a pas lâché ce qui n'est plus qu'un chiffon, sa nappe au bleuet dont elle se couvre le visage pour y enfouir ses larmes.

Le vin et le charbon, voilà l'odeur de leur vie, une écrasée de chagrin. Elle perçoit à peine le bruit du balai sur les bris de verre, la chaise qu'il déplace, ses pas qui font le tour de la petite cuisine. Elle attend qu'il disparaisse pour se relever.

Jean piétine, renifle. Va-t-il sortir enfin ? Elle se met en chien de fusil, presque sous la table.

Contre sa femme, il s'allonge, vaincu, ni par la haine ni par l'amour. Immobiles ils sont incapables de vivre plus pour aujourd'hui. Les galets de charbon crépitent dans le fourneau tandis que le violon du Polonais s'empare du silence restant.

Le lendemain, elle se réveille sur le plancher au pied du lit où Jean dort encore. Dépliée en silence, Szonja voudrait n'avoir gardé que la musique du vieux Polonais sur la peau. Quelques bribes de l'avant-nuit lui reviennent en mémoire, la nappe de la muette jetée dans le poêle, les traces de houille sur ses joues frottées jusqu'à les enflammer à nouveau. Sont-elles encore visibles ce matin ?

Ce n'est pas son visage qu'elle voit dans la glace, mais celui de la muette. Ses yeux semblent lui dire : *Regarde-moi... sans voix je vis, et sans homme.* Szonja se souvient de la petite femme au teint de lait qui s'était occupée d'elle un jour de malaise à l'infirmerie, de cette étoile de peau violette sur sa gorge, de sa présence tamisée au fil des jours, veilleuse infatigable. Elle tenait bien toute seule, elle, avec sa bouche cousue, n'avait pas eu besoin de son dieu invisible pour la porter au-devant du monde, parmi les ouvrières et les filles perdues. Est-elle encore en service dans le sanatorium d'enfants phtisiques où elle a été envoyée à la fermeture de l'hôtel Jeanne-d'Arc ? Qu'est-elle devenue ?

Les filles se souviennent encore du départ des sœurs. La nouvelle leur était parvenue par hasard à la sortie de l'usine. Elsa et Szonja avaient couru jusqu'à l'hôtel Jeanne-d'Arc. La muette se tenait immobile près de l'autocar comme si elle était la dernière à vouloir quitter le navire. Sa valise aux pieds, un carton sous le bras. Le vent avait fait glisser sa coiffe, une chevelure rousse tombait sur ses épaules. La pluie soudaine avait aussitôt éteint cette vision de flamme. Et déjà l'autocar démarrait. Elsa avait pris son amie par le cou : « *Madonna*, parties sans rien dire ! » Sonja s'était dégagée. Elle avait juste eu le temps de voir un petit garçon assis sur les genoux de la muette. C'était lui qui avait dessiné un adieu sur la vitre embuée.

Le corps noué, Szonja avale un peu d'eau avant de se sauver au petit jour, les pieds nus dans ses chaussures, juste un chandail sur les épaules.

Luigi sort à l'instant d'un autre immeuble, à deux pas du sien. Sa musette contre la hanche, il tient serré un énorme paquet de tracts. Il manque de la bousculer.

« Szonja ! Où tu cours comme ça ?

– Au travail, je suis en retard. »

Il remarque tout de suite ses jambes nues.

« Mais t'as pas mis de bas ?!

– Pas grave, je n'crains rien. »

Il la regarde mieux, en plein visage. Avec ses yeux cernés d'un mauve froid, ses lèvres tuméfiées, ses cheveux mal coiffés à l'abandon sur ses joues irritées, elle est si inquiétante.

« Qui t'a fait du mal ?

– Personne.

– Réponds-moi. Qui t'a fait du mal ?

– J'ai pas le temps de te le dire, Luigi. »

Elle s'enfuit dans la rue avec son corps blessé, sa honte et la peur d'arriver après le coup de sifflet du chef.

Luigi la suit des yeux jusqu'à ce qu'elle s'engage dans l'allée vers l'entrée de l'usine. Son paquet lui échappe. Il reste là un moment, les pieds couverts de papiers, incapable de se pencher pour les ramasser. Ici, tout le monde est sous le regard de tout le monde, comme au village. Comment passer inaperçue ainsi marquée parmi ses camarades, ses amies, Elsa, Gisèle et les autres ? Il met un genou à terre, au milieu des tracts humides, racle le sol pour les rassembler, se promet de parler à Elsa.

Szonja sait déjà qu'il va lui falloir taire sa défaite et se montrer sous un autre jour. Elle ne dira rien à son amie. Elsa croit tant à la destinée d'épouse, supérieure à celle de l'ouvrière. Jean n'est plus qu'un résidu de l'usine, soumis à une peine qu'il purge à l'infini. Le vin le fait chaque jour plus amer. Elle se demande s'il n'a pas raison au fond, elle ne vaut pas davantage que lui.

Taire sa défaite et se montrer sous un autre jour, oui. C'est ce qu'elle se répète dans sa langue intérieure, franco-hongrois mêlé aux mots italiens appris dans cette cosmopolis bruyante.

Pendant plusieurs jours, elle emprisonne son visage dans un foulard, évite ses camarades, ne traîne pas près de la pointeuse et repousse le moment de descendre au lavoir ou à la boulangerie. Jusqu'à ce qu'elle soit à court de provisions, bien obligée de se rendre à l'épicerie un soir après le travail. C'est là qu'elle croise Elsa. Pommes de terre, chicorée, sel fin, gros chagrin, boîtes de sardines, soucis, soupçons, tout dégringole au fond de leurs cabas : toutes deux se tiennent penchées sur leur porte-monnaie et évitent de se regarder dans les yeux.

De retour de l'épicerie, elles traversent la cité d'un même pas sans évoquer ce trou dans le temps de leur amitié. À l'approche de leurs immeubles, Elsa retrouve Szonja, sa compagne de pension et camarade. Elles ralentissent un peu. Lassitude et complicité ont besoin de cette dilution du crépuscule avant qu'elles ne regagnent leur foyer pour le repas du soir. L'impatience du petit neveu Amadeo, l'agacement de Jean aux premiers gémissements du violon de Popilarski, la fatigue qui irrite les échanges les plus simples et jette son écume au fond des yeux.

Une affiche sur la porte d'un entrepôt les intrigue. On en voit de plus en plus sur les poteaux électriques, les palissades et même sur le château d'eau. Celle-ci les attire comme une page de roman-photo. Deux hommes de part et d'autre d'une femme unique sous un nuage bleu qui la coiffe d'étrange façon. À gauche sont dessinés une usine, ses redents, à droite une maisonnette. Szonja pose un doigt sur la fumée sombre presque noire qui se mêle aux cheveux de la femme. Elsa lit le titre connu par cœur de *La Voix du peuple,* imprimé en gros caractères bien gras. Chaque visage se divise entre rouge et bleu, comme si ces ouvriers devaient prendre leur part de feu, partager leur force corporelle et encore cette autre part, inexprimable, de rêve, soustraite à la fatigue.

Szonja sent cela, elle suit du doigt le dessin. C'est elle sur le papier, écartelée. À son tour Elsa suit les silhouettes de l'index. « Tu vois, Szonja, sur le dessin la femme est en plein milieu. Tous, ils comptent sur nous, les communistes, les patrons, les curés. On n'est pas rien. Mais je me demande quand on pourra voter. Je ne vais pas devenir française pour me faire oublier ! Moi, je vais prendre la carte du syndicat des textiles, et peut-être bien celle du Parti. » Elsa espère que Luigi la marie, mais « la politique le brûle plus que l'amour », dit-elle sans amertume. Elle avoue elle-même que des muscles, elle en a « même dans la tête et là tout autour », en désignant sa poitrine et la place du cœur, où se loge la conscience ouvrière.

Le lendemain soir, après le travail, elles suivent un groupe de camarades à la mairie du VIe arrondissement de Lyon où une tribune se prépare, en protestation contre les fascistes, toujours agissant. Il fait aussi froid et triste que l'année dernière, le vent agite les pèlerines. Sous les becs de gaz, on voit s'échapper des bouches contractées, la fumée des cigarettes et les souffles glacés. Une longue coulée de militants de tout âge pénètre lentement dans le bâtiment, achète son ticket à un franc pour les frais d'organisation. On paie volontiers car, après les différentes allocutions, il y aura un concert des Blouses bleues de la Croix-Rousse. Le couloir avale saluts et bavardages, les réduisant en chuchotis et toussotements lorsqu'on s'asseoit enfin.

Szonja et Elsa, dont le regard vole dans tous les sens, se collent l'une contre l'autre et frottent leurs mains gelées. C'est la première fois qu'elles voient autant de monde à la Bourse du travail… Elles n'y étaient jamais entrées. Elles s'attendaient à un foirail, une sorte d'entrepôt où les prolos viennent déposer leur lot de misère et de colère. À l'arrivée de Thorez, le Secrétaire général du Parti, et de Granjon du Comité central des Jeunesses communistes, les applaudissements résonnent aussi fort qu'une pluie d'orage sur les verrières de l'usine. « Vivre libre en travaillant ou mourir en combattant. » Thorez reprend le cri de ralliement des canuts en 1831. Il exhorte tous les militants de gauche à créer en France « un grand front populaire de la liberté, du travail et de la paix » pour lutter contre le fascisme et la guerre qui menacent. Les mots simples de cet homme « à la mine pouparde », ricane Gisèle, gagnent tous les rangs. Il ressemble à l'un des leurs avec sa carrure d'ancien travailleur du bâtiment ou de la mine, sa chemise sans col amidonné. Il verse au cœur de cet hiver maussade finissant une bonne rasade de politique qui « réchauffe un peu les carcasses ».

Après la chaleur des vivats, on se retrouve dans la rue, pantois, avec sur les épaules le froid et la peur que tout recommence… Vite courir pour attraper le dernier tramway sans même regarder la lune. Elsa voudrait chanter pour se réchauffer la gorge, avant de regagner la cité et son lit trop étroit. « Il faut chanter toujours pour nous et pour les absents. *Dai, dai* », lui souffle Luigi dans le cou. « On est tous crevés… On n'a rien à fêter. »

À l'automne, des inondations avaient provoqué des journées de panique à Lyon et dans sa banlieue. Une impressionnante nappe d'eau submergeait les vallées. Le Rhône et la Saône s'étaient déversés sournoisement dans tous les points bas. Les routes avaient été coupées à partir de Vaise, de Saint-Rambert à Trévoux. Fleuve et rivières ne drainaient plus l'angoisse du lendemain. Les cours d'eau avaient fini par rentrer dans leur lit. Le printemps livide n'apporte pas plus de consolations que l'hiver maintenant passé. Ils traversent une période morose, étale. Jusqu'à ce jour, où court la nouvelle, de pas de porte en marchepieds de tramway, de fenêtres aux bains douches de la cité, laissant les bouches stupéfaites : « Encore un incendie à la

Pyrotechnie du Sud-Est. » Une jeune ouvrière de vingt ans a été retrouvée carbonisée dans l'un des ateliers parmi les blessés ensanglantés par des éclats métalliques. Un des employés, fou de rage, a traîné le directeur jusqu'aux décombres encore fumants d'où on tirait le corps de la victime : « Non seulement, vous exploitez vos esclaves, mais vous les assassinez ! Il faut que ça cesse ! » Des témoins, des proches propagent le récit du drame à la vitesse de leur effroi.

Le lendemain, au lavoir de la cité, une femme pleure sur ses draps déjà trempés : « C'est une sœur qui a brûlé vive pour douze francs par jour ! Claire, elle s'appelait. Une jeunesse. » Une autre renchérit : « Cette usine, c'est les feux de la mort qu'elle fabrique... Ça fait déjà quatre explosions en un an ! Et c'est tout près de chez nous ! » La colère gagne les ouvriers et ouvrières des alentours. Tous réalisent l'urgence de lutter pour de meilleures conditions de sécurité. À l'appel du Parti, un meeting populaire et un comité de défense des victimes s'organisent immédiatement.

Le dimanche suivant, Elsa et Szonja se rendent au cimetière, sur la tombe de la brûlée, puis sur celle de Bianca. Les funérailles de la jeune femme ont rassemblé un millier d'affligés. Depuis, les ouvrières défilent devant sa tombe, sans doute des collègues d'atelier ou des voisines, toutes très jeunes, qui n'ont pu approcher à cause de la foule le jour de l'enterrement. Une énorme gerbe, déjà abîmée par la pluie, porte sur un ruban violet ces mots en lettres noires : « À notre camarade Claire ».

Elsa et Szonja ne s'attardent pas. Dans la terre fraîchement ratissée, elles piquent des fleurs en perles et fil de fer, et font de même sur la tombe de Bianca à l'autre extrémité du cimetière. Elsa est perdue. Tant de pierres froides et si peu de consolations.

19

Quand Elsa propose à Szonja de l'accompagner à la fête des Italiens, elle surprend dans ses yeux un éclat, comme une étoile qu'on aurait rallumée la nuit dernière.

« Les Hongrois sont invités ?... Et les autres ?

– Non, mais à la procession de saint Antoine de Padoue et au bal, tu pourras toujours te glisser parmi nous... Prier et danser, c'est pareil, on n'est jamais de trop ! »

Les patrons, les familles endimanchées s'avancent un peu raides vers la petite église en bois qui les avale doucement. Dans le parfum d'énormes lys blancs dont on a entouré l'autel, chacun marche à pas mesurés jusqu'à l'installation solennelle des notables et dirigeants de l'usine sur les bancs réservés. Les chants liturgiques, le mouvement des encensoirs troublent Szonja, habituée à repousser les odeurs de l'usine. Elle respire profondément. Comme Elsa, Ginesio, Sarina et des dizaines d'Italiens ici réunis, elle absorbe les réminiscences des offices au pays aimé. La cérémonie religieuse est un peu irréelle, dans leur enclave prolétaire. Plus que jamais, les patrons tiennent à conserver le solide bardage clérical pour éviter les infiltrations de l'Internationale rouge.

Après la célébration, les discours des représentants de l'usine et de la communauté italienne, tout le monde se prête au rituel de la photographie. Une avec les notables, « *tutti zelatori* », souffle Elsa à Szonja. Une avec les femmes. Une avec les hommes. Et encore une avec les représentants de la mission catholique, dont on se méfie, à cause de ses liens avec le *fascio*. À chacun sa place dans les souvenirs futurs. Les gens importants ne se mélangent pas avec les ouvriers, ni les femmes avec les hommes, même au nom de saint Antoine. *Donne e uomini* se rapprocheront plus tard, dans la griserie du vin tiède et du bal. Loin des regards des prêtres et des patrons, ils s'enrouleront dans leurs propres bannières et prières prolétaires. Pour l'heure, il faut montrer que la communauté des macaronis est forte et indivisible, qu'elle s'incline devant les *padroni* et le *dio* des pauvres gens valeureux. Surtout, ne pas laisser deviner que les visages pieux dissimulent l'engeance de ceux qui plantent les piquets de grève.

On a dressé sur les tréteaux de grandes planches recouvertes de draps blancs et fleurs en papier. Les voix montent et descendent dans la belle lumière de juin. C'est un plaisir d'être envahi par leur langue d'origine, épaisse et chaude, qui emplit les gorges, c'est un plaisir de sentir la présence aérienne de leur pays perdu. On n'a plus besoin d'encens, de bougie, d'hostie. Saint Antoine peut tomber la chasuble et Dieu s'éloigner du côté du grand canal. Il leur suffit d'être assis tous ensemble à la table de la reconnaissance.

Ils représentent déjà l'histoire de cette banlieue et ne se feront pas oublier. Des guirlandes pendent au-dessus du lavoir. Dans les grandes bassines remplies d'eau glacée scintillent les bouteilles de vin blanc et de limonade. Pas de lessive aujourd'hui, on voudrait que les femmes aient les bras ouverts, mais des mères de famille tiennent à servir le repas et les boissons, à manger debout dans la même joie que les autres.

Szonja n'est pas du banquet. Depuis la rue, elle observe les tablées. Elle attend l'heure du bal, guette Elsa, Ginesio et Sarina. Le petit Amadeo la reconnaît, accourt dans ses jambes, colle sa bouche pleine de praline contre sa jupe. Szonja le gronde, puis le couvre de baisers. Tous deux, discrètement, viennent s'asseoir à l'ombre du lavoir. Ils jouent avec le gravier tandis que leur parviennent les premiers accords de l'orchestre depuis le parquet installé pour l'occasion.

Danser en plein air, c'est déjà être libre comme un révolutionnaire du 14 juillet. L'accordéon de Luigi lance ses premières vrilles. Les enfants s'emmêlent dans des rondes sitôt nouées, sitôt cassées. Des rires prennent la relève jusqu'à l'arrivée des plus jeunes filles. Fête et foire… on mise sur les valeureuses, les mignonnes, les farouches ou les effrontées. La vie court et l'espérance ne traîne pas. Se marier, s'abriter, enfanter, s'enraciner… plutôt ici qu'au pays de Mussolini.

Au bal des Italiens, Marco s'adresse à Szonja seule, comme si c'était la première fois. Depuis la mort de sa femme, ils se sont croisés, de loin en loin, mais sans échanger plus d'un signe, comme gênés par leur chagrin respectif.

Quand il l'invite à danser, elle secoue la tête, prétexte qu'elle attend Elsa pour la première tarentelle des femmes. Elle lui rappelle dans un filet de voix qu'elle est mariée, son homme ne l'a pas accompagnée, le dimanche il se repose tout l'après-midi.

Il patiente sans mot dire, puis s'avance à nouveau et lui saisit doucement l'avant-bras pour l'attirer à lui. Elle ne résiste pas. Les yeux baissés, elle valse avec lui. Il pose sa main dans la chaleur de nid au-dessus de sa nuque, là où s'ébauche la courbe du dos. Avec un geste infiniment doux, une pression d'oiseau sur la branche, il lui murmure à l'oreille : « *Alza la testa, ti prego.* » Szonja relève la tête. Elle le regarde dans les yeux, et pourtant ne voit rien de cet homme irréel. Un grand voile flotte entre eux comme s'ils devaient ne jamais se souvenir de cette valse.

La musique s'est évanouie, des rires les attirent vers un camarade d'atelier, puis une amie, un verre de chianti, un plateau de biscuits secs. Szonja ne veut pas s'attarder, elle redoute les reproches de son homme. Elle a quitté le petit groupe d'amis, ne dit pas un mot à Marco. Elle hâte le pas. La chapelle en bois lui paraît minuscule et triste, sans la foule du matin. Les guirlandes pendouillent entre les poteaux électriques. Des gamins ont dû se lancer pour défi de les décrocher au lance-pierre. Szonja ne veut plus rien voir autour d'elle, elle souhaite rentrer à présent, en finir avec ce dimanche qui l'a entraînée dans un rêve hors de sa portée. Cette valse n'était pas pour elle, ni pour eux deux. Pourquoi l'avoir acceptée ? Elle lui a à peine souri à la dernière note. Qu'aurait-elle pu dire au Glacier ? Elle aurait dû se laisser mouvoir comme un caillou au fond de la rivière.

Lentement, Szonja remonte le chemin de la Merlin, un peu saoule de musique et de la gaieté bruyante des Italiens.

Sur un mur d'atelier, une nouvelle affiche attire son attention : des visages de profil, hommes ou femmes elle ne saurait dire, coiffés d'une cocarde rouge. Elle parvient à déchiffrer le slogan imprimé en lettres très grasses : *Le fascisme c'est la guerre*. L'image de la Jeanne d'Arc de la chapelle bleue se dédouble, ça la trouble. Des femmes peuvent-elles porter espoir autrement que par leur ventre ou leur besogne de chaque jour ? Peuvent-elles aller au combat ? À l'approche de son immeuble, elle entend des hommes siffloter, une femme secouer un vêtement par la fenêtre, une autre chanter le refrain préféré d'Elsa, « *bevi bevi l'acqua… bevi bevi la gioia* ».

Dans l'appartement, elle trouve Jean endormi. La chaleur, les relents d'alcool, tout autour de lui vrille l'estomac.

20

Lundi, sempiternel jour de reprise à l'usine mais lendemain de fête. Hier, Szonja a perdu sa peine et n'ira pas prier saint Antoine pour la retrouver. Pour la première fois, elle a oublié sa blouse sur le dossier de chaise dans la cuisine, trop pressée de se détacher du bloc d'angoisse que Jean laisse chaque matin entre les murs. Vite, elle a dévalé les escaliers, remonté le chemin de la Merlin, salué le gardien, les gens des bureaux, les ouvrières pressées comme elle. Quelque chose dans l'air soulève ses gestes et son regard. Tant pis pour la blouse, sa robe de jour s'imprégnera des odeurs de chimie.

À son poste, le champ de rayonne prend forme sous ses yeux. Elle ne peut s'empêcher de passer une main sur sa nuque entre deux opérations, comme pour retrouver la trace unique de Marco, sa manière de lui demander de relever la tête. Une lumière étrange traverse les fils humides, comme la traîne d'un rêve filandreux qu'elle pourrait saisir à pleines mains sans craindre pour ses ongles. Penchée sur leur étendue tremblante, elle observe d'un œil neuf les fils frais qui surgissent des filières, fait glisser ses mains sous leurs balancements souples. Elle maîtrise toute l'opération. Ses capacités de concentration et de résistance épatent ses camarades. Jamais une erreur, pas de relâchement, jamais une amende. Personne ne se doute que si elle a pu atteindre cette perfection, c'est en demeurant vide, sans aucune émotion, en s'oubliant. Mais aujourd'hui, elle y parvient mal. Les mille yeux des filières la feraient presque tanguer. À l'extrémité du faisceau, elle existe. «*Alza la testa, alza il tuo viso.*» Relève-toi, lui a dit Marco en l'entraînant dans sa valse. C'est important pour danser, marcher, aimer. Elle doit apprendre à lever la tête. Elle se rappelle leur danse au milieu des Italiens. Les rayons translucides devant elle la fascinent, telles de fines cordes de cymbalum. La musique du bal d'hier, celle de Popilarski, celle d'Andor agitent doucement ses jambes et son ventre. Elle a besoin de ces souffles réunis. Il lui vient une envie de chanter comme tant de femmes au lavoir. De dire au Polonais, à Andor qu'ils ne sont pas des perdants. Il s'agit de tenir ensemble, parallèles et vibrants comme ces lignes de viscose produites chaque jour à l'usine. Tout son être navigue d'un bout à l'autre des fils, un tissage aveuglant où flottent ses pensées.

Le chef d'atelier frappe dans ses mains à deux reprises pour lui signaler la fin de la journée qu'elle n'a pas vue venir. La tête ailleurs, Szonja passe au vestiaire pour remettre ses chaussures de ville, se laver les mains. Elle se dirige dans le brouhaha des voix vers la pointeuse, oublie d'y glisser sa carte, revient sur ses pas. Dehors, il reste quelque chose d'ensoleillé et de léger, les odeurs de poivrons grillés des mères hongroises, ail et sauge des Italiennes, beurre persillé des Françaises. N'importe qui aurait faim à sa place. Mais c'est la soif qui la pousse vers le premier point d'eau. Elle ne peut attendre de traverser la rue, de gravir les escaliers jusqu'au quatrième étage.

Elle s'approche d'un baquet où des enfants jouent pieds nus en attendant qu'on leur crie de venir à table. Dans le creux de ses mains, elle laisse couler l'eau à peine fraîche avant de la boire d'une grande lampée. Oui, pense-t-elle, la vie est dure mais on a la fraternité journalière comme on a la fatigue journalière. C'est peut-être ce qui la retient au bord du vide, sentir après la longue continuité du travail, enfler le cœur de la communauté.

Récemment, elles se sont retrouvées à plusieurs autour du terrain de boules. Les hommes jouaient entre eux. L'une des ouvrières a lancé cette question : « Qu'est-ce que ça veut donc dire leur rassemblement populaire ? » Les plus hardies ont expliqué les lignes de force du combat qui les concerne tous, hommes, femmes, attachés à une usine ou pas, Français véritables ou naturalisés, émigrés, *fuorusciti*... Ce fameux « Rassemblement populaire » qui court sur toutes les lèvres de la cité. Il faut éclaircir, comprendre les racines et ramifications, le vieux lait noir qui nourrit leur ennemi. Elles n'ont même pas l'impression de faire de la politique.

Des bals sont annoncés dans tous les quartiers pour ce 14-Juillet de l'année 1935. Le maire de Villeurbanne a interdit le défilé musical des Chemises noires, mais la Mission catholique italienne essaie toujours de distribuer au plus grand nombre de travailleurs transalpins son journal, *La Buona Parola* ou *Mira il tuo popolo,* qui mettent à l'honneur San Rocco et la jeunesse exemplaire de l'Italie fasciste. Luigi prêterait bien main-forte aux camarades pour « jeter leurs feuilles de chou pourries dans la Rize ». Ce qui le retient, c'est l'idée que « même les canards n'en voudraient pas », a-t-il plaisanté avec Marco.

C'est le grand jour. Plusieurs milliers d'ouvriers ont rejoint le cortège lyonnais l'après-midi. Personne ne veut manquer le prix cycliste de *La Voix du peuple* avec ses coureurs participants de dizaines de nationalités différentes.

Szonja, Elsa, Luigi, Sarina, Andor et Marco ont pris le même tramway bondé jusqu'à la place Bellecour. « Le fascisme, ayant pour but la désagrégation et la désorganisation de la classe laborieuse pour la neutraliser, s'inscrit dans la politique traditionnelle des classes dirigeantes et dans la lutte du capitalisme contre la classe ouvrière… » En reconnaissant ces mots braillés par un inconnu, Luigi se fige. Un type vient de ramasser son carnet crasseux tombé de sa poche. Il se jette sur lui, le lui arrache des mains, mais le gars siffle d'admiration, veut savoir si c'est lui qui a écrit ça. Luigi se radoucit, il lui parle avec fièvre jusqu'à l'arrêt du tram de ce texte rédigé à Lyon en 1926 par Antonio Gramsci. L'homme les suit jusqu'à la place Bellecour avant de se fondre dans la foule.

Entre drapeaux rouges et drapeaux tricolores, de grands écriteaux sont hissés. « Nous faisons le serment solennel de rester unis pour désarmer et dissoudre les ligues factieuses, pour défendre et développer les libertés démocratiques et pour assurer la paix humaine. » On chante *La Marseillaise*, *L'Internationale*. On danse *La Carmagnole* au milieu des fanfares et des gardes mobiles. Chacun son chant, son cri qu'amplifient ceux des autres, ça roule au fond des gorges, des poitrines pour éclater dans l'air saturé d'humanité fébrile et inquiète. De la clameur populeuse se détachent les mots scandés, comme arrachés « Du travail et du pain ! », « L'unité vaincra ! », « Front populaire ! ». Une marée de poings levés au-dessus d'hommes et de femmes endimanchés, chemises blanches, jolies robes légères, canotiers, casquettes, petits bibis pour les dames, vestes ouvertes ou pliées dans le coude, enfants sur les épaules des pères. Une lenteur dans la foule dense mêlée de ferveur, une ferveur mêlée de lenteur. Les autos des représentants politiques et syndicaux roulent au pas, le soleil lèche les bannières et cette immense banderole : « Pour la dissolution des ligues factieuses ».

Qui pourrait les rassurer sinon eux-mêmes, avançant serrés dans les rues, bataillons de gens de peu aux côtés d'intellectuels, d'employés, d'enseignants ?

Szonja et les autres se retrouvent dans cette masse qui n'est pas celle du labeur, mais un magma chaud de visages ouverts, de bouches pleines des mêmes paroles et d'une joie aux aguets. Après, on dansera à s'en rendre fous, loin du spectre de la guerre.

L'été à l'usine, on soupire dans la chaleur, les mains irritées de poussière humide, étourdis par les émanations chimiques, la sueur en collier défait jusqu'à la poitrine. Le rythme du *turbin* augmente la peine, peine du travail, peine du soleil invisible.

« Du côté des hommes, ça a bardé tout à l'heure », raconte Gisèle devant la boîte de pointage. Elle attend d'être dehors pour donner les détails. « On a bien cru qu'il prendrait la porte de suite, le mari d'Odette, mais le Glacier, le grand Marco qu'a perdu sa femme, a été prévenu. Il a fait vilain : on ne l'avait jamais entendu parler comme ça au sur-chef. » Elle apprend aux filles que le gars, au bord du malaise, n'ayant pas pu prendre sa pause pour casser la croûte, a fait des signes aux autres sous les verrières où le soleil cognait. Il a interpellé le chef, montré du doigt encore les fenêtres de l'atelier, mais ce dernier a tourné les talons après lui avoir dit « dans trente minutes, c'est la relève, tu tiendras bien jusque-là ». Alors le gars a saisi une bobine et l'a lancée à travers la vitre, « un coup de coude aurait suffi, les verres ne sont pas plus épais que le respect qu'on nous doit ici », a commenté Gisèle. Renvoyé lui aussi… après les femmes Simone et Mónika qui avaient accueilli les jeunes Hongroises, licenciées aux premières chaleurs. Elles ne tenaient plus sur leurs jambes bleues gonflées d'eau, leur ventre trop gros contre la machine. Le plein âge du dégoût. L'une fait le ménage chez l'un des rares contremaîtres compatissants dans la rue des villas, l'autre brame tous les jours au lavoir, passant et repassant en vain sa colère sous l'eau froide.

Depuis peu, grâce à une réclamation de Gisèle, on leur apporte à boire deux fois par jour, de l'eau teintée d'Antésite. La première fois qu'Elsa y a goûté, elle a grimacé : « *Ma cos'è quest'acqua di fiume ?* » C'est Zuzika qui fait la distribution. La femme du violoniste, trop âgée et fatiguée elle aussi pour travailler à la production, a été reléguée au nettoyage des bureaux, des vestiaires et des toilettes. Elle a accepté cette tâche supplémentaire avec plaisir, qui lui permet de relever la tête à hauteur des autres, d'échanger quelques mots en douce. « Bois, c'est bon pour la santé la réglisse. Si tous les hommes ne buvaient que ça, les femmes auraient moins de larmes. » Szonja croise son regard désolé auquel elle rend un sourire poli.

Les jours plus longs donnent à vivre des soirées légères qui se partagent au bas des immeubles, dans les jardins ouvriers où des braseros laissent échapper des odeurs de patates grillées et de poissons frits qu'on mange en buvant un petit vin de joie. Il n'y a qu'au-dehors qu'on peut vivre ce sentiment de relâche, sous les arbres de la Rize, à la pêche, aux jeux de boule. Des plaisirs simples.

21

Ce dimanche de septembre s'annonce comme un jour d'été, un voyage les mains libres vers des cieux sans fumée. Il fait encore chaud et on espère les nuages nacrés du petit matin vite poussés par le vent du sud.

Jean a préféré s'en aller de l'autre côté, tourner le dos à la colonne d'ouvriers qui se dirige vers les voies ferrées. Pour la première fois depuis son mariage, il se rend seul chez ses parents. Szonja refuse de l'accompagner où que ce soit depuis leur dernière empoignade et son visage tuméfié une semaine durant. Elsa lui avait pourtant pommadé les tempes et les joues d'onguent au miel d'hélichryse, l'avait sermonnée aussi pour ne pas avoir fait appel à elle, à Gisèle ou à Mónika. « Il aurait pu te tuer. » Quand elle avait appris ce qu'il s'était passé entre eux, Elsa lui avait promis des prières, une autre vie grâce aux camarades, sur son chemin de croix une pluie de dragées et non plus des cailloux qui blessent les pieds. Szonja avait haussé les épaules, son dieu ne pouvait rien contre les hommes mal aimants. Ces mots avaient jailli de sa bouche, des braises longtemps contenues. Son amie ne les comprenait pas. Mal aimant ? *Maledetto* ? avait-elle prononcé à son tour. Hommes maudits, avait peut-être voulu dire Szonja. Elles s'étaient regardées un moment, un silence sans grâce avait ralenti leurs pas jusqu'à la pointeuse. Vite avalées par l'atelier, elles ne s'étaient pas retournées pour se souhaiter bon courage.

Après le départ de Jean qu'elle a guetté depuis la rue, Elsa est passée chercher son amie, lui a prêté son bâton de rouge afin qu'elle se fasse *una bocca di gioia*, une bouche de joie. « Répète : Joie, aujourd'hui, c'est la fête, ton homme *vergognoso* est parti aux champs et nous on va s'amuser jusqu'au soir ! »

Depuis des semaines, on parle de ce rassemblement sur l'île Barbe à l'autre bout de Lyon. C'est autant le meeting politique, le tournoi de boules, la musique, le bal que l'idée d'un vrai voyage loin de la banlieue qui les excitent. S'imaginer les mêmes hommes et femmes habitués à partager leurs mètres carrés de travail et de fatigue, habitués à l'éternelle ligne de tramway numéro 16, le marché au village de Vaulx, leur petite Rize. Se reconnaître gens de pareille condition, de pareil destin, assignés à vivre dans l'immense enclave ouvrière où ils sont censés ne manquer de rien, ne douter de rien, surtout pas de l'omniprésence et omnipotence de leur patron à qui ils doivent tout. Se voir tous ensemble ailleurs, transportés sur une île inconnue. Pour ceux qui ne connaissent pas les vacances, ce dimanche libre, loin de l'usine, c'est se regarder vivre autrement, sur une île étrange et surpeuplée. La veille déjà, des groupes se sont organisés à la sortie de l'usine. On a calculé le temps de trajet, répété à l'envi les horaires des différentes allocutions, acheté les billets pour le bal de l'après-midi.

Une vague de chemises blanches, de robes imprimées de soleil, femmes aux bouches rouges et hommes sans bleu de travail ni ongles endeuillés, enfants impatients, quittent l'enceinte de la Sase pour gagner la grande fête communiste où sont attendus des milliers de participants. Peu parmi eux connaissent cette île sur la Saône que la municipalité antifasciste de Saint-Rambert a mise à la disposition du Parti.

Au loin apparaît le long cortège des organisateurs et sympathisants parti de la mairie. À l'entrée du pont, des camarades vendent *L'Humanité* et *La Voix du peuple*, d'autres invitent à se rapprocher sans tarder de la tribune. Elsa et Szonja boivent des yeux la couleur de l'eau tout autour, si différente de celle qui bat contre les quais de granit en ville. Un flux profond et calme reflète la profusion de vert que des canards traversent lentement.

« Bienvenue à notre grande journée de lutte et de fête », clament les haut-parleurs. Sont annoncés le programme et la disposition des stands. Une harmonie est déjà en place. On joue *L'Internationale*, puis *Révolution* dont l'assistance connaît les paroles par cœur. Des poings se lèvent, des gars ôtent leur couvre-chef avant d'entonner les refrains. Un même courant conducteur traverse ces voix innombrables. Szonja s'emmêle dans les mots, finit par faire semblant de chanter, comme à la messe. Gisèle braille sans complexe avec son homme. Les discours rappellent leur volonté à tous, organisations politiques et associatives, de s'opposer au fascisme, à la guerre, et la nécessité de s'unir pour défendre le pain de chacun, de ne plus croire au président Laval et à ses décrets-lois. On vilipende l'Allemagne, les fascistes qui gagnent du terrain en France et l'Italie de ce Mussolini et sa mainmise ignoble sur l'Abyssinie. Les Italiens regardent autour d'eux, à gauche, à droite si des chemises brunes ne sont pas infiltrées parmi eux avant d'applaudir nerveusement. La foule est si dense qu'il faut se tenir par la main, se déplacer bras dessus, bras dessous pour ne pas s'y perdre. Des vivats s'élèvent dans l'air chaud de septembre.

En dépit des vestiges d'une abbaye et des hauts murs de plusieurs demeures bourgeoises, aucune présence, aucun regard de patrons, de curés, de bonnes sœurs. Les mots d'ordre de l'orateur leur parviennent par salves successives.

« Renforcer coûte que coûte le front populaire, travailler à la défaite du fascisme en France… avant tout s'unir… À présent, mettez-vous en joie ! »

Des fanions, des cornets de grattons ou de beignets, des sucres d'orge passent de main en main jusqu'aux lippes gourmandes. Une chaleur moite, de plus en plus lourde, alanguit la foule. On se rapproche des buvettes, les yeux levés vers ces énormes nuages mauves qui s'amoncellent par-delà les feuillages des platanes et des tilleuls. Gisèle maugrée à bouche pleine : « On va se prendre une rincée ! » « Parle pas de malheur », réplique son homme qui s'apprête à régaler trois copains de chez Berliet d'un petit blanc frais. Elsa pousse son frère Ginesio vers l'orchestre en train de se mettre en place. Szonja reste un peu à l'écart, prend plaisir à piétiner sur ce vaste champ de foire où tournent autant de regards inconnus que de joies avides de valse et d'oubli.

Les musiciens hésitent, les instruments encore dans les étuis ou les caisses. Leur chef se passe un coup de peigne, scrute le ciel en s'exclamant : « Ça n'va pas être le bal du siècle, camarades ! » À peine ont-ils le temps de mettre à l'abri l'accordéon, les cuivres, le lutrin que la pluie soulève déjà une odeur de sable et d'herbe. On se précipite sous les arbres et les toiles des stands. Le village éphémère tremble sous le vent et l'averse.

Szonja se réjouit de ce contretemps, se fout des socquettes trempées et des boucles affolées sur son front. Elle s'essuie les joues, la bouche comme pour cacher les traces d'un péché d'enfance. On se presse sous les rares parapluies, les femmes serrent leur sac à main contre leur ventre, pestent contre leurs talons qui s'enfoncent dans la boue fine. Le vent et la pluie redoublent. Ni la musique, ni les fièvres attendues n'ont eu le temps. Le bal aura lieu un autre jour, ailleurs.

« Surtout, gardez vos billets, camarades. À bientôt ! » La voix dans les haut-parleurs est à peine audible.

On n'entend plus que cette pluie folle qui emporte les petits cris des uns, les rires, les râleries de renoncement des autres. On converge vers le pont avant d'entrer dans le village de Saint-Rambert pour y trouver un bistrot ou pour se réfugier dans le prochain tramway. Un troupeau de vélos ruisselants est encore couché sur la berge. Ceux de la Sase se divisent entre Hongrois, Italiens, familles voisines, couples d'amoureux. Un groupe se détache, le même qu'à l'aller : Szonja, Elsa, Luigi, Ginesio, sa femme Sarina, leur petit, puis Marco, et Andor qui les rattrape, suivi de ses musiciens.

Les drapeaux servent d'abris de fortune au-dessus des crânes. On ne voit plus qu'une forme à jambes multiples et à tête rouge. Un drôle d'animal court l'orage. Qui chante encore sous le ciel de toile qui dégouline sur leurs épaules. Peu importe la pluie, le bal perdu, on réinvente d'autres chants.

Szonja glisse, se rattrape de justesse au bras de la grande Gisèle, mais ce n'est pas elle, ni Elsa qui la retient et pose sa veste sur ses épaules. « On va faire escale sous le premier grand pont », propose Marco. Surprise et rieuse, elle secoue ses cheveux trempés, cherche des yeux Elsa, reconnaît son neveu Amadeo sur les épaules de son père, les yeux cachés sous une casquette d'homme.

On n'a pas eu le temps de s'enivrer, pas eu le temps de sentir tournoyer ce dimanche en musique mais là, sous l'arche du pont, des refrains réchauffent les dernières colères ouvrières. Tous n'ont pas leur carte du Parti, mais parlent de plus en plus souvent de leurs conditions de travail, des attitudes vexatoires des chefs, de leur crainte des gardes mobiles. Parler, chanter, crier devient un devoir, un espoir.

La compagnie s'ébroue sur le quai jusqu'à la ligne de tramway. Gisèle qui marche toujours comme une jument se casse un talon entre les pavés. « Décidément, c'est pas un temps à danser, encore moins à s'amouracher ! »

En l'espace de trois regards, deux clins d'œil, parce qu'il fait rouge, orage et joie autour d'elles, les hommes s'entendent pour porter chacun une femme sur leurs épaules. Marco choisit Szonja. Elle n'hésite pas une seconde. Du haut de cet homme nouveau, elle peut voir le convoi sensuel de cuisses serrées contre les nuques et mieux entendre les voix dépareillées des Italiens.

Non piu nemeci, non piu frontiere
Son'i confini, rosse bandiere
O proletari, alla riscossa
Bandeira rossa trionferà.

22

L'automne est revenu trop vite à la cité et l'hiver aussi, avec ses odeurs de chou et de charbon. Szonja et ses camarades ont repris le cours de leur vie ouvrière sans connaître la saison du farniente, la déraison du temps libre, la désoccupation. À présent la nuit les suit à la trace, du réveil jusqu'à l'heure de la débauche. Passée la pointeuse, les femmes se rapprochent et marchent en bataillons serrés, bras dessus bras dessous pour se donner chaud. *Pas le temps de voir le jour, et le froid nous tombe dessus à peine sorties ! J'voudrais déjà être sous l'édredon. Et moi donc !*

Une sur deux se tait, une sur deux se lamente. *Attention de pas glisser, on n'y voit goutte ! Un rien nous fauche, on a le destin fragile, de plus en plus, pas vrai ? Gisèle, nous retourne pas le moral, je t'en prie ! Moi, je me languis d'aller au bord du canal. N'y pense même pas.* Gisèle n'a pas un mot pour rire ce soir. Elle aimerait pourtant avoir la placidité des hommes qui jouent aux cartes ou aux boules le dimanche, mais il y a toujours cette mécanique inexorable de l'usine qui étreint le cœur, la peine qu'on ne dit pas parce que la misère est commune, parce qu'on ne peut même pas jalouser son semblable, parce que jamais un bonheur ne surgit plus haut qu'un autre. Les camarades peinent. Même entre deux bals, on ne fait pas provision de bon temps… *Faudrait tourner jusqu'à pas d'heure dans la musique, ne pas penser au lundi.* Dernièrement, on a changé le nom de leur usine… Ils l'ont appris un peu par hasard. Pas de cérémonie ni discours, juste un entrefilet dans le journal.

« Sans tralala… Ils l'ont renommée Tase. Y a pas de quoi être fier.

– On n'a plus le droit de parler de Soie ; la vraie, c'est pour les riches… *Tase, tasi tu,* tais-toi, ricane Ginesio avec Luigi.

– Même si on ne s'appelle plus soie, on est toujours les mêmes, nous… bah… faut pas être nostalgiques, c'est rien. C'est toujours mieux que du Textile artificiel, non ?

– Quand l'hôtel Jeanne-d'Arc est devenu une caserne, patrons et curés étaient de cérémonie et on n'en a rien su. »

À la Tase, on traverse à nouveau une période de jours chômés supérieurs en nombre aux jours travaillés. Les femmes subissent une nouvelle diminution de leurs salaires ; une mère de famille ne gagne plus qu'entre un franc cinquante-cinq et deux francs de l'heure. « On a faim tout pareil, répète le voisin de Szonja, et de ce temps, j'ai même pas envie d'aller pêcher le gardon. » Celui-ci, elle aimerait qu'il travaille nuit et jour et ne jamais le croiser dans les escaliers. Elle a souvent l'impression qu'il la flaire, examine la moindre parcelle de peau qui lui tombe sous les yeux. Instinctivement, elle resserre le chandail sur sa poitrine, baisse les yeux vers son cabas, vérifie si elle a bien pris la clé, le porte-monnaie, espère reprendre souffle et sourire à la vue du Polonais qui lui aussi l'évite.

Pour les autres, les chanceux qui travaillent de quarante-huit à soixante heures par semaine, leur fatigue est presque coupable et creuse les reins autant que le sentiment d'injustice. Chaque matin, ils s'engouffrent dans l'usine qui avale tout : les vestes élimées, les visages fatigués, leur peau perméable, leurs poumons sans filtre, les grossesses avancées, les chaussures sales. On se presse, se bouscule entre des poignées de mains lasses, espérant rester fermes malgré l'angoisse du renvoi qui plane sur les retardataires lorsque le patron voudra se débarrasser de plusieurs d'entre eux. Personne ne fait de signe de croix avant de pénétrer dans l'arène.

Alors qu'Andor se rendait à la gare des Brotteaux pour rejoindre son cousin parti chercher un cymbalum à Paris, un curieux défilé l'a abasourdi. Pas moins de deux mille fascistes au pas cadencé se dirigeaient vers le parc de la Tête d'or. « On aurait dit une marche militaire et sans musique bien sûr, leurs bottes frappaient le sol comme un monstre à mille pattes ! J'ai vu des gens quitter le boulevard pour disparaître bien vite dans les rues tout autour. Ils sont là, au milieu de nous tous, à Décines, Villeurbanne... de plus en plus nombreux. » Il haletait de colère en racontant cette scène. « Et pas de flicaille pour les contrer alors que dans votre cité... » Il avait insisté, « dans *votre* cité Tase, on chasse les chômeurs des appartements pour y loger des gardes mobiles ». Il évoque encore les raids motorisés, les réunions secrètes sur la presqu'île, en plein centre de Lyon, les manifestations militarisées du colonel de La Rocque dans la région et ses Croix-de-feu qui sont infiltrés dans les entreprises, dans l'intérêt des patrons où ils cherchent à contre-balancer l'influence des organisations ouvrières. « Rendez-vous compte, ils proposent même la soupe et le croûton de pain aux indigents dans leur local entre les rues Gutenberg et Villeroy, face à l'imprimerie de *La Voix du peuple*, pour acheter les victimes d'un régime qu'ils soutiennent ! C'est trop facile de recruter dans les couches les plus malheureuses de la population ! » Intarissable quand il retrouve ses copains de la cité, Andor se fait amer quand il parle de la fraternité entre Français et étrangers, qui s'arrête aux portes des usines.

« Plus loin. Un tout petit peu plus loin, dans cette belle ville de Lyon, un couple de tailleurs de la presqu'île propose une remise de dix pour cent aux membres des Croix-de-feu. La main-d'œuvre étrangère, on n'en veut plus. Il y en a de plus en plus qui espèrent une grande France hitlérienne. » Parfois, on lui demande de se taire, « tu nous fous le bourdon, on te préfère avec ton violon, Andor ! ». Il se tourmente sans cesse, fréquente des militants pacifistes, anarchistes et communistes, il s'est approprié leur argot et leurs idées qu'il syncrétise avec sa peur de la guerre. Il est fier de citer Malatesta et ses paroles d'espoir pour « une société dans laquelle l'exploitation et la domination de l'homme par l'homme seraient impossibles, où tous auraient la libre disposition des moyens d'existence, de développement et de travail, où tous puissent concourir à l'organisation de la vie sociale comme ils l'entendent et le peuvent ».

De plus en plus populaire avec son orchestre, Andor donne des concerts lors de fêtes familiales ou de meetings, lors de réunions dans la communauté arménienne dont il se sent proche. Quand on lui conseille de se méfier de ceux qui veulent la peau des étrangers, il affirme qu'il n'a rien à perdre, « sauf la vie et la musique, et de toute façon l'une ne va pas sans l'autre ».

Il est convaincu que les partis de gauche n'ont d'autre choix que de s'unir, comme l'avait clamé Thorez à Villeurbanne, au printemps 1935, face au danger fasciste qui entaille la société française. À Vaulx-en-Velin, on applique le mot d'ordre : le bureau du Comité antifasciste s'est réuni à plusieurs reprises à la mairie, il rassemble le syndicat des employés municipaux, des instituteurs des écoles laïques, quatre clubs de boulistes des quartiers, le patronage laïque, etc. Ils se sont mis d'accord pour la réalisation d'un front populaire à Vaulx. Apprendre que le directeur de l'entreprise Gillet de Villeurbanne verse une cotisation mensuelle de deux mille francs aux Croix-de-feu en a convaincu plus d'un…

Annoncée hier par un ciel d'une blancheur lourde, elle est venue de nuit dans le silence des humains. La neige. Elle a recouvert les ruelles de la cité, les petits jardins, le château d'eau, tous les champs alentour. Certains enveloppent leurs pieds de papier journal et leurs chaussures de sacs en toile pour ne pas glisser et aller aux courses à la place des femmes. Empreintes d'étranges créatures, pense Szonja en attendant que les cantonniers déblaient la chaussée. Elle se penche légèrement, remarque comme des cendres sur la neige. Le souffle noir de l'usine ne cesse de tournoyer dans l'air glacé. « On va se retrouver au congrès du Parti à Villeurbanne, pas vrai ? » Des femmes de l'usine dont Gisèle, Szonja, passent dans les rangs. « On doit y aller, avec ou sans nos jules ; une tribune du tonnerre, annonce Muguette, une fille du Nord qui a été embauchée on ne sait quand, et on pourra aller boire un vin chaud au parc de la Tête d'or en sortant. » Elles traversent la cité glacée. La neige d'hier ralentit leurs pas. Une voiture de la direction roule dans un silence solennel qui masque les soupirs.

Au café le soir même, Gisèle, Elsa, Andor, René et Szonja retrouvent des sympathisants et des curieux. « Sans la carte, vous n'entrerez pas », prévient un type que personne ne connaît.

René annonce le programme, fier de prononcer ces noms : Maurice Thorez, Marcel Cachin, Frachon et Marty, « un ancien mutin de la mer Noire, un héros ! ». Sur le fronton du Palais d'Hiver loué pour l'occasion, une immense banderole flotte dans la pâleur froide de janvier : « Vive le Parti unique du Prolétariat». Au dernier moment, Elsa renonce à être des leurs sans Luigi. Depuis que des fascistes italiens l'ont roué de coups à la sortie d'une réunion l'avant-veille de Noël en le traitant de *merda rossa*, il a du mal à respirer à cause de ses côtes cassées. Il rumine sa haine des Chemises noires dans l'appartement de Marco. Lorsqu'ils arrivent aux portes du grand music-hall, on refuse de laisser entrer Szonja et Gisèle, «la salle est comble et le moindre incident, dans cette masse humaine, pourrait être insurmontable», explique le camarade chargé du service d'ordre. Tandis qu'elles piétinent d'agacement sur le parvis, René se faufile en douce et disparaît dans la foule.

Gisèle s'en prend au gars vertement. «On t'a aussi donné l'ordre de laisser la priorité aux hommes?! Le Parti ne fera rien sans nous, n'oubliez pas! Moi, je voulais juste dire au camarade Thorez de ne pas oublier le droit de vote des femmes. Tu lui passeras le mot, hein?»

Puis elle se tourne vers Szonja qui rit en enfonçant son béret sur les oreilles.

«J'ai de la glace qui entre partout. Tu crois qu'on ira voter un jour, toi?

– C'est pas gagné!»

Le mois suivant, le gouvernement prononce la dissolution de la ligue d'Action française, des Camelots du roi... Un crachin acide persiste sur la France entière. «Il faut coffrer Maurras et Daudet», s'énervent deux types en sautant du tramway. L'un a la goutte au nez, renifle, éructe, réclame une feuille de papier cigarette à son copain «pour s'en rouler une avant d'arriver à la boîte». Ils commentent l'attaque contre Léon Blum et la tentative de lynchage des militants du Front populaire qui l'ont secouru. La fumée de leur tabac gris les suit dans le matin pluvieux. Depuis l'événement, des manifestations s'organisent à Paris, place de la Bastille et dans plusieurs villes de France. Et partout grossit le flot des chômeurs et la pire des misères, « celle qui se cache », répète souvent Gisèle. Le 24 février, une grande soirée de soutien leur est consacrée au Théâtre National Populaire de Villeurbanne, concours de belote et bal, à deux francs l'entrée, pour alimenter le fonds de solidarité. Gratuité pour les sans-travail et leur famille.

Ni la fatigue de l'hiver, ni le dégoût du futur ne les arrêteront. Un groupe part de Vaulx, rendez-vous à la gare de Villeurbanne avec ceux de Décines et de Vénissieux. Sur l'avenue des gratte-ciel, on s'offre des marrons grillés pour se réchauffer. On en donne aux mendiants autant qu'on en mange. Szonja revient en arrière, court acheter deux cornets de plus. Sur le papier journal un peu sale se détache en caractères gras ce titre : « Les ouvriers du textile sont malheureux », qu'elle glisse dans la poche de son manteau avant de rattraper les autres. Ce n'est que dans le tram du retour, cherchant son mouchoir, qu'elle se souvient du morceau de journal roulé en boule au fond de sa poche, encore imprégné de l'odeur des marrons grillés. En voyant les premiers mots, Gisèle le lui prend des mains pour lire à voix haute : « Pourquoi les ouvriers du textile sont malheureux : chute des exportations de soie et rayonne 60 %, laine 50 %, coton 55 %, lin et chanvre 32 %. » En voyant la mine renfrognée des amis, elle explique : « Les salaires sont diminués mais la fatigue décuplée… décuplé, multiplié c'est pareil, la fatigue ça n'va jamais dans l'autre sens, on vous la divisera jamais sauf à l'heure de votre mort… » Elle reprend tandis qu'Elsa somnole, la tête sur l'épaule de Luigi. Szonja essaie de lire en même temps que Gisèle, mieux, elle lui prend le papier des mains, l'étale bien à plat sur ses genoux pour continuer : « La fatigue est décuplée du fait des cadences et de la rationalisation qui vise à diminuer le prix de revient en demandant aux ouvriers d'être plus efficaces et rapides. » Elle répète, se corrige, sent le regard de Gisèle qui la soutient. « Continue, c'est important. » « Ces derniers doivent comprendre que le travail gigantesque entrepris par notre syndicat du textile ne pourra voir son aboutissement qu'à la condition de réaliser l'union des ouvriers dans une organisation syndicale de classe. »

« Je vous ai déjà dit tout ça, mes belettes, mais quand même, Édouard Aubert, il écrit bien les choses. Souvenez-vous, il était avec nous l'an dernier quand on a bloqué la production à l'usine Gillet, à Villeurbanne. On n'risque rien à prendre sa carte au syndicat du textile, ça coûte le prix de trois entrées de cinéma et si on ne peut plus se payer une toile après ça, on ira écouter un opéra au poste chez Ginesio. »

En entendant prononcer le prénom de son frère, Elsa se redresse, les yeux ensommeillés. Il est arrivé quelque chose de grave ? Non, ce qu'elle veut dire, c'est qu'il faut faire front avec le secrétaire général de la CGT textile de Lyon. Il est devenu leur chef d'espoir.

23

Dans tous les services de l'usine, on s'énerve, on trépigne. La courroie de transmission a fonctionné : la mobilisation est grande pour *la grève du siècle.* Salaires de famine, primes facultatives supprimées par le régime illégal des amendes, brimades : pour les ouvrières et les ouvriers, rien ne va plus. Près de 500 personnes ont encore été licenciées à la Tase, et comme on pouvait le craindre, des familles de la grande cité sont expulsées pour loger un escadron de gendarmes. *C'est plus une cité ouvrière, c'est un camp de gardes mobiles... Quand on les croisera dans les escaliers, on leur dira quoi ?... Pas de danger, ils sont tous dans le même immeuble... On n'va pas s'y frotter... C'est le pire que j'aurais pu imaginer... Notre cité envahie par les gardes chiourmes !*

Gisèle et ses collègues courent de plus belle de réunions syndicales en meetings. Un soir, plusieurs dizaines d'entre eux se retrouvent au Printania. La salle de cinéma devient l'antichambre de leurs batailles. *Aucun figurant, tous héros désormais !* On décide d'un mouvement de grève de deux heures pour le lendemain. Elsa, réservée, grimace : « On risque de se faire renvoyer ! » Pourtant en arrivant elle avait l'air tout excitée, a même poussé du coude Szonja : « Tu l'as vu, Marco, comment il va faire pour t'inviter à danser, ce soir ? » Mais il ne semble pas avoir la tête à ça, le Glacier.

« Au service à l'entretien, je les tiens plus les gars, les mécaniciens veulent plus s'occuper des berlines des patrons, juste des camionnettes pour le transport des marchandises. Même le cheval le plus peureux derrière la chaufferie, il veut pas tirer plus de six wagonnets de charbon !

– Et l'ânesse qui mène la charrette des enfants à la Rize le jeudi, ça va être pareil ? »

Ginesio rit à s'en taper les cuisses.

« Quand on travaille comme des bêtes, on finit par leur ressembler ! »

Ils ne sont qu'un petit noyau à avoir connu les premières années de la Sase. Gisèle se prend à rêver à voix haute. Elle organiserait bien à sa manière la fête anniversaire des dix ans de l'usine. « Avec nos patrons dans le corbillard de l'usine repeint en rouge tiré par les braves canassons qui ont l'habitude des lourdes charges avec les sacs de houille… » On lui fait signe que le père Feretti est à l'entrée. « Il cherche à parler à une de ses brebis égarées ? » poursuit Gisèle. « Venez, mon Père. On n'est jamais de trop pour réfléchir. » Le curé s'en retourne sans avoir béni personne.

Un mouvement de deux heures a lieu un vendredi suite à une suppression de prime à la filature. La direction fait des promesses et demande aux ouvrières de reprendre le travail jusqu'au lundi où une réponse leur sera donnée. Aucune sanction ne sera retenue à leur encontre. Mais le lundi tombent la réponse négative du patron et le renvoi des ouvrières de la délégation. Contre toute attente, la redoutable Gisèle est épargnée. Avec une joie aussi vive que sa colère, elle n'a pas sa pareille pour galvaniser chacun, les plus jeunes comme les plus anciens, qu'elle regarde droit dans les yeux, leur signifiant à quel point ils sont tous indispensables. Quand elle demande aux collègues de ne pas reprendre le travail à la relève de quatorze heures, ils acceptent à l'unanimité. Le mouvement s'amplifie immédiatement et les piquets de grève s'organisent pour bloquer l'usine. Un jour, deux jours, trois jours…

La municipalité et la préfecture tentent de servir d'intermédiaires mais rien n'y fait, les deux parties campent sur leurs positions. En avril, près de mille cinq cents ouvrières et ouvriers sont en grève à la Tase, bien avant les prochaines élections législatives.

Sans prendre sa carte, Szonja se rend de plus en plus souvent aux réunions communistes avec Gisèle et son métallo de René. Elsa la met en garde, lui recommande de se tenir à l'écart. Dans sa famille on craint toujours les fascistes autant que les communistes.

« Y a des mouchards de tous les côtés. On est là pour travailler, Szonja, la politique peut nous empêcher de gagner la nationalité. »

Elle dit gagner comme si devenir française était une loterie. Szonja rit à présent de ses conseils.

« On n'est plus à Jeanne-d'Arc ! On est tellement beaucoup à faire la grève, si on nous renvoie tous, l'usine est morte. »

Szonja saisit son amie par les épaules, « faut pas avoir peur, on n'est pas chez votre *Benito Mouzolini* ». Elsa ne la corrige pas et répète en riant *Mouzolini, porco Mouzolini.* Elles s'attardent au pied de l'immeuble, pour se moquer encore des pires hommes. Szonja repousse le moment de retrouver le sien.

L'état de Jean se dégrade, il tousse, tremble, devient de plus en plus agressif, rejette son amertume sur Szonja. Assis devant la table de leur petite cuisine, face à son verre à moitié vide, il l'attire parfois contre lui et pleure contre son ventre. L'usine a ses oiseaux blessés pour qui on ne trace que des lignes courtes. Szonja hausse les épaules, lui dit qu'elle ne jettera plus son vin dans l'évier mais qu'il doit la laisser aller rejoindre les camarades.

« Le 1er-Mai, Fête du travail ou faites-vous du mouron, pas vrai mes fenottes ? », leur lance Gisèle à peine descendue de sa bicyclette. Elle peste contre sa jupe sale qui a frotté contre le pédalier, « j'ai l'air d'une vagabonde ! ». Elle peste aussi contre le fascisme et la guerre, « enfants de pute du grand capital, mais on n'va pas se laisser abattre. On va y aller, à ce défilé, y faut contrer tout ça ! »

Le syndicat du textile a lancé l'appel à tous les salariés de la banlieue. Préparation, excitation, Espagnols en espadrilles, les autres en chaussures cirées, on s'est fait beau, belle, « on ne sait jamais qui va nous faucher ! ». Le cortège part de la cité Gillet, une grande boucle jusqu'à la mairie de Décines où les attendent plusieurs orateurs dont Aubert qui parle au nom de l'unification des deux CGT et de tous les ouvriers du Rhône. Une épaisse confluence ouvrière se presse autour de l'estrade. Tous, droits debout, écoutent leurs porte-parole, captivés par les mots autant que par l'intuition de vivre un 1er Mai historique. Ils veulent croire que les forces ouvrières du pays ont conjugué leurs efforts pour aboutir à une véritable unité syndicale et obtenir gain de cause. Des vendeuses passent dans les rangs avec des églantines à vendre au profit des camarades en grève. « On donne aux autres autant qu'à soi », plaisante un gars en dégrafant sa chemise du dimanche. Les pièces lancées dans les corbeilles ont des tintements joyeux.

Seuls courent les vendeurs de muguet que remplace ici ou là une petite fleur rouge, plus chère, mais on ne regarde pas à la dépense pour un pareil symbole qu'on accroche à une pince à cheveux ou au revers du veston. Elsa en achète une demi-douzaine pour ses compagnes, son fiancé et même le grand Marco qui la garde à la main. Carmins d'espoir et bouches criantes se dédoublent à l'infini des rues.

Une forêt de drapeaux rouges précèdent pas moins de 15 000 manifestants. Chaque groupe a sa pancarte. Se succèdent celles des Métallos, des Postiers, des Chômeurs, du Secours Rouge international, des Travailleurs nord-africains, du Comité mondial des femmes avec des initiales grasses et noires. Des amis d'Andor soutiennent à bout de bras avec lui un grand panneau pour rappel à la foule entière, on peut y lire :

1er mai 1836 : fusillade de Chicago
1er mai 1891 : massacre de Fourmies
1er mai 1900 : offensive pour les 8 heures
1er mai 1936 : les 40 heures, la paix

Tout au long du parcours, artisans, ménagères, épiciers sur leur pas de porte, curieux, badauds tassés sur les trottoirs saluent le cortège. Poings potelés d'enfants excités brandis comme ceux des adultes, sourires qui s'embranchent les uns aux autres. Des voix fusent : « Vive Lévy », « Vive Brun », « Vive le Parti communiste » !

Une élégante boutiquière se tient droite et souriante devant sa vitrine de bonneterie. En un instant, Szonja revoit sa cousine à la robe rayée et aux godillots mal cirés, puis revient à sa bouche peinte, au collier sur sa poitrine. Elle hésite, lui fait signe en vain et soudain, son cœur implose à la vue du poing levé de Márieka. Szonja quitte le rang des manifestants, court jusqu'à elle, l'embrasse dans un flot de mots hongrois avant de reprendre sa place dans la marche. Elle entend à peine sa cousine crier « Reviens au magasin après ! ».

« C'est qui cette bourgeoise ? s'étonne Luigi.

– Márieka.

– Une folle », ajoute Elsa.

Vexée, Szonja se retourne à deux reprises. Márieka est toujours devant sa vitrine de combinaisons immaculées et de bas de soie.

Ce n'est pas tous les jours qu'il y a plus de pieds humains que de roues au sol. C'est une marée humaine qui défile place Guichard face à la Bourse du travail.

Le 3 mai soulève l'énergie rageuse de mille cinq cents *textiles* de Vaulx-en-Velin, plus cent de Taluyers et quatre mille cinq cents *métallos* de Vénissieux. Leur lutte pour plus de pain et de justice n'a jamais été aussi près d'aboutir. Leurs camarades français, ceux qui ont pu voter, et avec eux tous les camarades de France, ont envoyé à la députation une majorité ! Georges Lévy et Félix Brun en sont. Le Front populaire est victorieux. Les grèves doivent se multiplier. Aujourd'hui, c'est Elsa qui, grimpée sur une lessiveuse, s'égosille en lisant : « Le Front populaire remporte la victoire aux élections législatives des 26 avril et 3 mai. La Section française de l'Internationale ouvrière (SFIO) devient le premier parti du pays suite au scrutin massif en sa faveur. » Ses longs cheveux noirs, qu'elle n'attache ni les jours de repos ni les jours de grève, balaient le journal, l'obligeant à se répéter et hausser la voix tandis qu'elle rabat sa robe agitée par le vent. « *Pazza mia* », plaisante Luigi attendri tandis qu'elle se laisse tomber dans ses bras. René, l'homme de Gisèle, n'est pas en reste. Avec l'énergie d'un désespéré, il soulève les cœurs et renforce la détermination : « Les patrons comptent sur la police pour intervenir au domicile même des lock-outés et les inciter à reprendre le travail, mais on est si nombreux à empêcher toute entrée dans les usines, cadres compris ! » Il ne décolère pas : « Des camions transportent des jaunes sous protection d'agents et gardes mobiles pour braver les piquets de grève.

Chez Berliet, notre usine modèle des temps modernes, il nous faut un salaire horaire de garanti, un litre de lait par jour, des masques pour les travaux dégueulasses comme chez vous. » Dans le consortium Gillet, les ouvriers se pressent pour recevoir leur baptême de grévistes ; pas de rituel, sinon ce poing qu'on lève avec les yeux vers un espoir de tous les diables. « Seule la colère est sacrée », répète souvent Luigi. Jusque-là, aucune section syndicale constituée n'existait à l'usine, seuls quelques activistes clandestins, aussi connus de tous que Gisèle, se glissaient parmi les ouvriers à l'heure de la débauche pour les convaincre de s'unir contre les patrons. « Vous allez encore travailler longtemps dix heures par jour, et rogner sur votre pause casse-croûte sans vous laver les mains pour gagner du temps ? Et manger avec vos doigts imprégnés de soude et de sulfure ? Vous prierez qui quand un cancer vous aura bouffé l'œsophage ou l'intestin !? »

Édouard Aubert mène la grève à la Tase. Conquis par son habileté à expliquer et présenter dans l'ordre leurs propres revendications, les ouvriers ont fait de lui leur parrain de lutte. Il prend le temps d'en répéter les termes à ceux qui ne maîtrisent pas bien le français. Les mots doivent leur appartenir, comme les idées, ils doivent avoir confiance en eux-mêmes. Parmi d'autres femmes, blouse ouverte, Szonja et Elsa se sont déchaussées, pieds nus sur le sol de l'usine imprégné de miasmes chimiques. C'est leur protestation. Elles ont pris la peine de passer une serpillière humide : « C'est comme chez nous, respect pour notre outil de travail. » Elles montent sur des caisses pour interpeller, haranguer, écouter aussi les hommes formuler leurs demandes au fur et à mesure. On met son cœur à nu. « Qu'est-ce qui est le plus important pour nous ? », clame l'un. Un brouhaha s'élève autour d'Aubert qui retombe vite au premier signe qu'il leur adresse pour les inviter à reprendre la parole à tour de rôle, tandis que Gisèle note dans un cahier chaque doléance. « Tout est important, mais on va marquer par ordre ce qui nous manque… Écris bien un numéro à chaque ligne… Ça va pas faire un journal… On a déjà réfléchi ! On a tout dans notre tête depuis le début de la crise, on ne demande pas la lune, juste un peu de dignité… » Ils s'imaginent déjà face à la direction, bien d'aplomb, épaule contre épaule, bras croisés et menton relevé.

Gisèle récapitule. Elle lit à voix haute ; quelques-uns répètent chaque mot en leur for intérieur avec leur poids sur les lèvres qui les fait hocher la tête : « On veut des salaires corrects. Être payé à la semaine pour effacer notre ardoise à l'épicerie. On veut des blouses de rechange, des bottes pour les hommes, des toilettes nettoyées tous les jours. Des délégués à l'hygiène et à la sécurité. »

Pendant plusieurs jours, ouvrières et ouvriers mettent au point leur cahier de revendications : augmentation des salaires de cinquante centimes, intégration des primes aux salaires, suppression des heures supplémentaires et des amendes, reconnaissance de leur section syndicale mais aussi amélioration des conditions d'hygiène et de prévention, de quoi boire durant les heures de travail, deux litres de lait par jour et par employé pour antidote à l'intoxication, gants en caoutchouc, indemnités de dix-huit francs au lieu de douze suite à un arrêt de travail lié aux troubles de la vue, aucune sanction ni renvoi pour fait de grève et enfin trente minutes de pause repas.

Le lendemain, la direction appelle la délégation, essayant de faire fléchir ses membres, leur promettant des avancements, des responsabilités. Ce qui les détermine encore plus à ne pas lâcher. Jeudi, les piquets de grève se multiplient. Gisèle court de l'un à l'autre, galvanisée : « Le conflit va gagner d'autres usines de soie artificielle. On a Aubert et le syndicat du textile avec nous ! Et faites savoir qu'il y a un grand bal de soutien samedi au café Foulon à Villeurbanne à notre profit ! »

Le mouvement continue entre les manifestations de sympathie de la population et les matraquages de grévistes à la Tase comme chez Berliet. Tout le monde connaît les conditions de travail dans les « grands bagnes de l'Est ». On a eu vent des brutalités de certains policiers avinés. Au café, René raconte que des jaunes de chez Berliet ont été contraints de fabriquer des matraques avec des lames d'étain fixées sur des barres d'acier. Plus que jamais, la parole se délie et s'enflamme aux quatre coins des cités, dans les bistrots, au cinéma Printania, au café Reboul route de Crémieu et même à bord des tramways dont les chauffeurs entament eux aussi une grève. Sur la voie publique, des collectes sont organisées en espèces ou en nature pour les plus fauchés. Georges Lévy, de Villeurbanne, nouveau député, vient en personne présenter le programme communiste au cinéma Palace.

Des petits promontoires de fortune ont été installés aux quatre coins de la cité. Un accordéon, un harmonica lancent le premier appel. Les femmes accourent avec leur baluchon de linge ou leur cabas, que leur prend parfois des mains un homme pour faire bonne figure. Tous à présent veulent lire à tour de rôle les journaux. Chacun, chacune a son moment de fierté, debout sur une caisse de limonade, articulant, vociférant selon un talent inégal. Les étrangers se fichent bien de leur accent et si la lecture concentre toute leur bonne volonté, après coup ils se lâchent dans leur jargon mêlé aux formules françaises de ralliement au travail, à la fête, à la lutte.

Un matin de mai un groupe de grévistes décide d'aller bloquer les autobus de ramassage des jaunes au quartier du Mollard près de Décines. Gisèle en tête, un groupe de Françaises, d'Espagnoles, d'Italiennes suivies de leurs enfants, des femmes au foyer dont les maris tiennent les piquets de grève s'est organisé la veille. « Tenez-vous prêtes pour 6 h 30, le passage c'est 7 heures, ils iront pas loin avec leur cargaison de faux culs. » Les autobus sont escortés par les camions de gardes mobiles et des agents à vélo. On espère que la présence exclusive de femmes et d'enfants les dissuadera d'intervenir violemment.

L'air est frais au petit matin mais les femmes avancent bras dessus bras dessous en une houle énervée. « Et qu'on vienne pas dire que c'est nos hommes qui nous envoient ! » s'écrie une petite brune à la voix acide. Les gosses qui les suivent, encore embrouillés de sommeil, ramassent des cailloux, jouent aux gendarmes et aux grévistes, heureux d'être dans les rangs des parents. Une liberté de guerrières soulève ces femmes déterminées à faire barrage aux forces de police.

Parvenues à l'arrêt du Mollard, ce petit monde échevelé se couche main dans la main en travers de la chaussée en plusieurs rangées. Le premier autocar arrive chargé de jaunes provenant de plusieurs hameaux et villages. Des gamins lancent discrètement des petits cailloux contre les roues.

« Les voilà ! » crie Elsa. À pied, à cheval, deux lignes de gardes mobiles s'approchent et les encerclent. Quelques-uns essaient de relever les femmes, bâton levé pour les intimider mais pas vraiment enclins à frapper. Un garçonnet passe son bras sur le ventre de sa mère comme s'il voulait protéger leur étoile à quatre branches, jambes écartées, soudées au sol… Ces pacifistes des deux bords ont le don d'énerver le chef qui ordonne : « Il faut frapper, nom de nom ! Allez taper dans le tas ! » Sarina dans l'euphorie de la lutte se relève illico et crie : « Ah bon, il faut nous taper ? » Elle le gifle copieusement sous le regard médusé des jaunes qui s'empressent de repartir à pied. Une des grévistes est frappée au visage et une bagarre s'ensuit.

Durant les mois d'avril et de mai, le dispensaire de la cité a distribué pain, boîtes de sardines, riz, pâtes, haricots, pommes de terre aux familles nombreuses dans des seaux en émail, des baignoires en zinc percées achetés au marché aux puces. Si les entrées de la cité sont bloquées, avec la complicité de gamins grimpeurs des femmes ont fait passer par-dessus les murs de l'usine des paniers de victuailles aux grévistes occupant l'usine nuit et jour.

24

Szonja termine sa corvée de linge. Autour du lavoir, un monceau de draps. Les gestes dans l'eau savonneuse lui ont paru plus longs et déliés, elle a eu plaisir à perdre ses mains dans les remous blancs et bleus. Pour une fois, l'eau des bacs ne reflétait pas un ciel d'usine ni ses nuages opaques, quelque chose de plus clair, à l'unisson des lavandières, à chaque paquet essoré. La grève souille moins. On a lavé le linge sale. On a détaché ses croûtes de renoncement. Allégement. La lessive devient jeu d'eau, auquel s'adonnent des femmes défatiguées. Depuis des semaines, elles oublient le regard implacable des chefs qui faisait écrou dans leur dos. Elles s'égayent. Elles s'emploient à cuisiner, pâtissent, préparent casse-croûte, beignets, saladiers de riz, les portent à l'entrée de l'usine, à ceux qui assurent l'occupation des lieux.

Le père Feretti s'avance vers une des Françaises, demande si son fils va mieux.

« Et votre époux ? Il ne s'est pas embrigadé avec les rouges, j'espère.

– Oh non, mon père ! »

Le curé repart aussi sec, comme si l'unique objet de sa visite était de s'enquérir de la santé politique d'un bon ouvrier français. La femme se tourne vers ses compagnes en riant. « Mon homme n'est ni blanc, ni rouge, ni jaune. Il est gréviste comme les vôtres, hein !? »

« Ton mari, c'est un peu un jaune des champs, un jaune maïs. » Parmi les grévistes, ils sont nombreux à mépriser les ouvriers venus des villages ou des fermes alentour, qui ont embauché pour améliorer l'ordinaire alors qu'ils ont « de quoi assurer leur manger » : ils ne se mêlent pas aux luttes, n'approuvent pas la grève interminable et restent dans les rangs des jaunes. Szonja sait que Jean est tenu pour l'un d'entre eux. Gréviste peu convaincu, fataliste, il répète en fumant cigarette sur cigarette, la bouche amère, que le travail aurait pu reprendre sans tous « ces cocos d'étrangers » qui n'ont rien à perdre. En vérité, ils sont bien moins nombreux, les Italiens, Polonais, Hongrois, Espagnols ; épuisés, les poumons troués comme le linge piqué d'acide quand il reste trop longtemps aux fenêtres, beaucoup vivotent désormais de l'artisanat et du petit commerce. L'autorité administrative a restreint le nombre des cartes « travailleur » et des naturalisations.

Des cars de la firme assurent le ramassage des jaunes à des kilomètres à la ronde afin qu'il y ait assez de personnel pour maintenir la production à l'usine. Szonja hausse les épaules, Jean n'est pas un jaune, il n'a pas tenté de franchir les piquets de grève. Elle n'essaie pas de le défendre. À ses yeux, il n'a pas plus de couleur qu'un figurant dans un film de Charlie Chaplin. Le premier qu'elle ait vu au cinéma Palace. Szonja finit de tordre un drap de toutes ses forces, le soleil dans le dos, sans douleur. Elle ne voit pas tomber son alliance dans la bonde, ni Marco arriver à l'angle du lavoir. Il ralentit son pas, d'habitude si franc. Il a juste le temps d'un sourire. La jeune femme écarte les mèches brunes collées à son front, gênée qu'il l'aperçoive au beau milieu des lessives, des parlottes et des rires.

Elle s'essuie une main sur sa robe, la tend à Marco avant même qu'il ose un geste vers elle, mue par le courage de l'instant, la surprise, le soleil. Autour d'eux les voix, les bruits de l'eau battue forment un brouhaha léger dont ils s'éloignent à pas lents sans même se retourner, sans un regard pour les autres qui ont suspendu un à un leurs gestes pour les voir partir ensemble. Ils tiennent à deux l'anse du seau de linge, parce qu'aujourd'hui est simple comme bonjour. Marco veut bien aider la jeune femme à porter dans le jardin de M. Popilarski les draps d'une autre histoire. Parce qu'il y a toujours là-bas de la place pour que sèche la lessive de Szonja. Quand il les voit s'approcher, le Polonais vient à leur rencontre, s'empare du seau pour le poser comme à son habitude près du portillon, avec son aimable question: «*Żadnego smutku, moja słodka ?*» Depuis quelque temps, Popilarski la voit se muer doucement en une autre jeune femme. Plus jamais les yeux rouges ni la tête penchée. Quand elle sourit, on voit ses dents blanches à présent. L'hiver dernier, elle a porté souvent les gants de Zuzika pour éviter les gerçures. Szonja a même osé demander un jour à Mme Popilarski ce que signifiaient les mots en polonais que son mari lui adressait à chaque rencontre. Elle a souri puis a murmuré, pensivement «*Żadnego smutku, moja słodka ?*» «Pas de chagrin aujourd'hui, ma douce?»

Popilarski ignore Marco qui se penche sur les plants de pommes de terre tandis que Szonja étend ses draps. «Je les laisserai devant chez toi quand ils seront secs... Allez retrouver les autres à l'usine!»

Elle le laisse dire et faire depuis qu'en lui rapportant son linge, il y cache un bouton de rose de son petit royaume où poussent en rangs désordonnés choux et radis noirs autour de quelques pieds de tabac. Marco s'apprête à les quitter, revient sur ses pas: «Avant la réunion, on peut aller se promener jusqu'au barrage hydraulique.» Il s'adresse à Szonja, comme au Polonais ou à qui veut bien l'entendre. Il n'a rien à cacher.

« Aujourd'hui, j'ai trente-cinq ans, c'est vieux, je veux écouter le bruit du temps qui passe, là-bas au barrage. »

Elle dit oui pour la promenade jusqu'aux chevaux, jusqu'à la centrale hydroélectrique. Depuis la fête des Italiens et celle du Parti communiste sur l'île Barbe, Marco et Szonja se sont croisés, salués, espérés sans se dire un mot. Elle croit avoir rêvé, mais il a bien dit : « Puisqu'on ne travaille pas aujourd'hui, avant la réunion, on pourrait aller au barrage ? *Insieme.* » Il a ajouté *insieme* en un mouvement lent des bras comme s'il ne savait où poser son accolade.

Ils traversent la petite cité jusqu'à la rue de la Poudrette, puis longent les villas des patrons, l'hippodrome. Bientôt leur rythme s'accorde dans une alternance de silences et de confidences. Venus d'un *là-bas* sans regret, ils ont traversé plusieurs années de vie française. Ils ont souhaité pour eux-mêmes mariage, enfants, papiers en règle — le bonheur simple des immigrés. Ils n'ont obtenu que cette chose concrète : la nationalité française, et le sentiment de n'avoir rien gagné de plus. Szonja remarque les sillons sur son front, autour des yeux. Elle voudrait avouer à Marco que lui vient le visage de Bianca dès qu'elle l'aperçoit dans la cité. Pour cette raison, elle ne dansera plus avec lui. Les fantômes ne seront pas de la fête quand la grève prendra fin. Elle n'a pas les mots justes pour dire cela et préfère écouter le bruit de leurs pas dans les fossés envahis d'herbes folles. Marco voudrait encore parler de leur travail, de ce qui les relie. Séduire une femme est au-dessus de ses forces et de ses intentions. La grâce inquiète de Szonja le bouleverse pourtant. Il s'oblige à revenir en territoire connu.

« Tu es toujours à l'atelier de la deuxième filature ?

– Oui, au finissage, et je fais aussi des remplacements d'un côté et de l'autre. Le chef est dur, mais pas méchant. »

Il lui parle de ses premières années à l'atelier de broyage, avant sa promotion.

« Je faisais de la neige avec la pulpe de cellulose, ça a duré trois ans. J'avais toujours dans les yeux des larmes acides. J'ai dit au patron que je n'voulais pas devenir aveugle. Le service entretien, c'est mieux, je connais chaque coin dans l'usine... C'est un royaume mais moi, je suis toujours *il servo.* Je sais pas comment dire en français. »

Szonja s'approche de la rive. Elle ne veut plus parler de l'usine. Elle demande le nom des oiseaux d'eau qui s'ébrouent entre les joncs. Il ne les connaît que dans sa langue maternelle. Chacun dans la leur, ils se mettent à énumérer ce qui traverse le ciel et le fleuve, se trouvent vite dans une mêlée hongroise et italienne de hérons, cygnes, canards, cormorans et même de nuages, s'amusent des sons heurtés ou mélodieux, répètent les syllabes avec leur accent libéré. Leur visage prend une autre lumière. Depuis la digue, ils aperçoivent les hauteurs de Lyon, se rappellent la fête de septembre sur l'île Barbe, l'orage, le bal perdu, l'arche sous le pont.

Pour la première fois, ils sont seuls à l'écart de la cité, penchés sur le barrage, un tumulte transparent à leurs pieds. Szonja dit qu'elle aime « le fleuve Rhône », qu'elle nomme comme un supérieur, un chef, parce qu'il est plus qu'un simple cours d'eau. Dérivé par le canal, il envoie la force motrice de vingt mille chevaux pour faire tourner les turbines de la centrale. Ses grondements réguliers lui rappellent ceux de leur monde ouvrier.

« Tu voudras bien danser avec moi, *alla fine*? » Marco prononce tout bas, sa voix en suspension dans les éclats de l'eau. Szonja ne comprend pas. Il ne veut pas répéter, à peine l'enlacer, et aussitôt il recule d'un pas.

« Elsa m'a dit pour ton mari... depuis longtemps je sais. Il faut voir plus loin... plus loin. »

Le regard de Szonja tombe dans le barrage où le fleuve écume. Elle ne sait que répondre.

Marco lui parle des champs et des rizières dans la plaine du Pô.

« Tout ce qui a coulé sans nous là-bas… Je ne veux pas revenir là où j'ai été jeune, je ne peux plus vivre pareil. Ici, on peut s'en sortir, on peut essayer d'être libre. »

Szonja pourrait dire la même chose, mais les mots ne lui tombent pas des lèvres. C'est lui, présence si proche, présence aussi forte que le Rhône, qui sans bruit emplit l'air. Elle comprend pourquoi on le surnomme le « Glacier ».

Il est temps de rentrer à présent. Ils repassent en silence le long des écuries de l'hippodrome. Les chevaux sont invisibles. Marco plaisante, « comme nous, ils font la grève ». Une odeur forte de fumier que la chaleur exacerbe fait grimacer la jeune femme. Elle voudrait revenir à la cité en passant par le château d'eau, avoue qu'elle y fait des vœux parfois, adossée au mur. Elle lui parle du puits dans la ferme de ses parents, de cette peine sans fond d'avoir tout perdu de son enfance, de son pays.

« Ça sera toujours trop cher de revenir. Toujours trop cher », reprend Marco en effleurant sa joue d'un geste qu'il ne sait retenir. « *Baci in attesa* », lui murmure-t-il de tout son être secret. Ils se séparent avant l'entrée dans la cité, chacun par une rue différente. Ils ne veulent pas qu'on les croie plus proches qu'ils ne le sont en réalité.

À l'angle de son immeuble, Szonja entend le violon laisser échapper sa mélopée laborieuse. Elle grimpe les escaliers aussi vite que possible et reste un instant devant la porte de Popilarski. Sa musique ne saurait couvrir les battements de son cœur.

25

Gisèle, Elsa, Szonja passent entre les machines muettes.

« Ça n'sent pas pareil, on dirait ? grimace Elsa.

– C'est l'odeur de la poussière qui l'emporte, répond Gisèle. La vérité, c'est que vous ne sentez plus rien, vous êtes prisonnières de ce qui est dans votre tête. La viscose fraîche, le soufre nous sont montés aux méninges pour la vie... Va falloir penser à respirer vraiment ! » clame-t-elle encore.

On a laissé entrer dans les ateliers de l'usine la lumière d'avril, puis celle de mai. Depuis cinq semaines ils luttent, les camarades de la Tase. Grève par occupation de l'usine.

Les ouvriers gardent un œil sur le matériel. Ici, ils font leur inspection le jour. Dans d'autres usines ils s'éclairent la nuit avec des bougies pour ne pas se servir de l'électricité patronale, dit-on. Près du poste de garde, les hommes jouent aux boules et s'il pleut, à la belote. Quand le son d'un harmonica traverse l'enceinte grise de l'usine, Szonja a l'impression qu'une autre lumière tombe des verrières ; pouvoir lever les yeux lentement, s'attarder du regard là-haut, avant de revenir au désordre humain, dans leur piquet de grève. Ne pas s'en effrayer, l'aimer jusqu'à la transformation, elle voudrait que dure tout cela. Personne d'ailleurs ne voudrait le vide ni le silence entre ces murs. « *Disoccupato*, explique Elsa. Ça veut dire sans travail, chômeur... On ne peut pas croire l'usine désoccupée... » « Il faut continuer à la remplir de nous, de ce qu'on est », enchaîne une femme à l'accent tchèque ou polonais. Ça fait bien longtemps qu'on ne se présente plus en disant d'où l'on vient. On est d'ici à présent, de cet atelier ou de tel autre. On a pris acte de ce qu'on fabrique et du nom du patron, comme pour s'en faire un passeport intérieur. On est de chez Gillet ou de chez Berliet, pas pour la vie, non, mais au moins pour celle qui justifie l'exil.

« Attention à l'embellie », dit un gars qui jusque-là fumait en silence sa vieille pipe. Il ne la sort que le dimanche, quand il a « le temps du geste », dit-il. « Ils vont vous tomber sur le râble sitôt qu'on aura rembauché. »

Personne ne veut que reviennent ce goût de métal, ce poids de métal, cet horizon de métal, cette vie qui ne fait pas un pli dans le temps de l'usine ; ce temps qui tire l'existence aux quatre coins pour que s'y imprime l'unique mot d'ordre : trimer. Gagner sa croûte, tête baissée. Et tout ça pour se suffire à peine…

Depuis le début des grèves, la beauté et la joie insolente font le tour des ateliers. Brins d'humour, cheveux relevés sur la nuque, ongles redevenus de nacre, épaules dégagées, chansons en bouche et plissements des lèvres pour mieux s'exprimer, même sans les mots.

Le chef de la première filature vient chaque matin sonder les chances de reprise de la production. Plaqué entre la pointeuse et les tableaux du personnel, il passe la main sur les rainures vides, chasse d'un doigt agacé la poussière qu'on regarde s'envoler dans les rayons de soleil par la porte restée grande ouverte, calée par une caisse. « Toi, t'es là pourquoi ? » Szonja est nerveuse dès qu'elle l'aperçoit. Sa manière de tutoyer les ouvrières étrangères, de les intimider, alors qu'il vouvoie les autres. Pourtant, il en rabat un peu, de son air supérieur. Les chefs ne font plus une tête de plus que les ouvriers, certains ont des mains humaines qu'ils redécouvrent... À peine s'approche-t-il qu'il lui faut reculer d'un pas, déjà presque encerclé. Il doit justifier sa présence. « Le préfet, le maire sont en pourparlers. Vous ne pouvez pas bloquer tout... L'usine risque de ne pas s'en remettre... » Il s'abstient de dire que les patrons risquent davantage, mais personne n'ignore ici la fortune des Gillet. « Si on ferme, vous aurez tout perdu. Je vous parle franchement, messieurs dames. » Le cercle autour de lui soupire poliment: « On tiendra le temps qu'il faudra, m'sieur. »

« On sait qu'on va tirer le diable par la queue jusqu'à l'été et même au-delà, mais il y a la consolation de l'entraide », déclare fièrement Gisèle. Des femmes au foyer préparent au-dehors, non loin de la pointeuse, des marmites de café au lait ou de chicorée, du vin frais coupé d'eau parfumée à la cannelle. Le mot camarade essaime de bon matin en plusieurs langues, *compagni, elvatárs, towarzysz...*

La solidarité s'est organisée, il y a un roulement de grève. Les bons d'alimentation sont distribués par le comité des grévistes et des paysans de la plaine viennent les approvisionner. Le fermier qui fournissait naguère le lait à l'hôtel Jeanne-d'Arc vient souvent. La première fois, il s'est avancé timidement. « Y a-t-il encore parmi vous de celles qui sont venues d'Italie, de Hongrie et de Pologne ? » Gisèle qui ne le connaissait pas avait crié à la cantonade: « Eh, les anciennes du couvent Jeanne-d'Arc, vous avez de la visite ! » Szonja, Elsa et une poignée d'anciennes pensionnaires s'étaient précipitées pour le saluer. Il leur avait expliqué qu'il avait préféré vendre la moitié de ses vaches à la fermeture de l'hôtel Jeanne-d'Arc plutôt que de fournir la caserne, que l'herbe pouvait bien envahir le jardin et le diable même s'y inviter, « j'n'y retournerai point ». Il était content d'apporter du lait et quelques patates « aux fenottes de partout », qu'ils trouvaient « bien changées et gaillardes ». Dernièrement, il est venu leur déposer un cageot de cerises. Elsa s'est précipitée et sans façon l'a embrassé comme un vieux père. « *Grazie mille.* » Szonja s'est avancée à son tour et l'a serré dans ses bras. Tout ému, il a passé un mouchoir effiloché sur ses yeux, prétextant la chaleur. « Vous n'êtes plus des gamines à ce que j'vois, vous tenez le coup… Voilà, chuis venu vous dire que du respect, j'en ai pour vous et vos camarades… C'est ça que chuis venu vous porter, mon respect et mes cerises. »

Des volontaires vont acheter des journaux de bon matin, grimpent sur les caisses entassées pour en faire la lecture à tous : « Cent dix usines occupées à Villeurbanne. La municipalité comme celle de Vaulx-en-Velin accompagne les grévistes, assure les ravitaillements. Les camions conduits par les employés municipaux chargés de victuailles arrivent dans les usines, les passants les saluent le poing levé. »

Quelques ouvriers en faction veillent toujours à ce que des jaunes ne s'introduisent pas pour reprendre la production. À la Tase, une joyeuse brigade joue les sentinelles à l'entrée de l'usine la nuit pour les empêcher d'entrer. Seulement des hommes. Pas question de profiter de la situation pour vivre une romance clandestine. « Et puis on ne voudrait pas dézinguer des camarades pour une histoire de fesses », a prévenu Gisèle. Szonja regrette de ne pas être de faction comme un gars : « Moi, j'aurais bien voulu voir à quoi ça ressemble, l'usine la nuit, le silence, l'ombre des machines… »

Souvent Andor se pointe à la porte de l'usine. Il n'a pas le droit d'entrer, n'étant plus ouvrier depuis qu'il a fait partie de la charrette de 1933. Mais il vient encourager les camarades et les inviter au concert qu'il offre à tous, avec son orchestre, samedi soir, au cinéma Printania. Szonja ôte sa blouse et écarte ses bras avant de lui crier : « Servitude, viens jouer pour nous aujourd'hui ! » Son visage est à présent éclairé de l'intérieur avec ses boucles qui flottent sur ses yeux… Il prononce le mot magique entre eux. Devant elle il avait dit cette phrase, qu'il tenait lui-même d'un anarchiste de la Guillotière : « Servitude bien ordonnée commence toujours par nous-mêmes. » Il avait ajouté, les yeux brillants : « C'est à nous de sauter le fossé. » Elle lui avait fait répéter et traduire en hongrois, puis de nouveau en français. « Servitude » : elle n'avait jamais entendu ce mot, dans aucune langue. Depuis, quand ils se croisent, ils échangent ce premier mot avec un geste qu'ils sont seuls à comprendre. Comme pour l'abolir. Entrer dans la danse ou dans la lutte, c'est égal.

C'est le printemps des volontés, « la grève des roses », dit Popilarski. Ce n'est plus l'épuisement qui marque la durée. C'est sûr, les jours ne vont plus se ressembler jusqu'à l'été. Ce mois de mai 1936, personne ne leur volera. Lassitude et pressions glissent sur le côté, on oublie les coups de sifflet des chefs, on s'ébroue dans l'air retrouvé, la nuque attendrie de pouvoir regarder à gauche, à droite, derrière et loin devant, capter la masse vibrante des hommes et des femmes rassemblés devant l'usine à l'arrêt, les volontaires d'un autre rythme. Le système Bedeaux n'a plus cours : on ne chronomètre pas l'espoir, on ne compte pas les bobines, les caisses remplies, les wagonnets déchargés. « Même les organisations fascistes l'ont interdit en 1930 suite à l'arrêt du travail dans les usines Fiat de *Torino* », rappelle Marco. Léon Blum l'a dit au poste, si le programme du Front populaire passe, il y aura moins d'heures à travailler, des délégués du personnel, de meilleures conditions de travail.

L'arrêt des lignes de production n'est pas un arrêt du temps, mais une accalmie dans leurs têtes. Ils ne se sentent plus hachés par les bruits incessants des métiers, cette cavalerie du progrès qui les piétine ; lancinante chanson perverse qui rythme le travail machinal, les sillons dans leurs cerveaux que le grand gramophone a creusés, bruits de rails, de clés, de chaussures lourdes, de balais raclant le sol.

La classe ouvrière reprend du cœur. Elle y croit aux congés payés, aux contrats collectifs, aux salaires fixes. Avoir le droit d'être syndiqué sans subir brimade ou discrimination, être mieux payé, ne plus jalouser ceux qui ont des primes de rendements, occuper l'usine comme une église désacralisée où les ouvriers font l'office. Le rapport d'appartenance s'inverse, ils sont chez eux. Poussés dans le décor, les régleurs, les chefs et petits maîtres du temps. Là-haut dans les bureaux, on ne les voit plus guère. Même si les gardes mobiles ne sont jamais bien loin, ils ne s'attardent pas trop en quittant le grand hall. Des chauffeurs patentés passent les prendre aux heures convenues. Quelques ouvriers regardent narquois filer leurs grosses autos hors de la Soie.

Bientôt les patrons vont céder sous le poids des revendications et des résolutions, ils en sont sûrs, sous le poids des rêves de ce printemps unique. Les grévistes sont trop nombreux à bloquer la grande roue. Leur force a l'âme d'une insurrection chaleureuse. «Bientôt on dansera tous ensemble jusqu'à plus tenir debout», répète souvent Gisèle, songeant à l'horizon d'un bal prochain plutôt qu'au Grand Soir.

26

Andor et son orchestre se préparent à donner un concert en plein air en face du cinéma Printania. Son propriétaire prête souvent la salle de projection pour des réunions d'ouvriers.

Les musiciens chantent peu, préfèrent jouer des airs à la mode entre jazz et java, entrecoupés de musiques traditionnelles hongroises. Leurs compatriotes ont besoin de ces résurgences mélancoliques. Leurs langues se délient doucement, ils se regardent, émus, et semblent se dire au fond des yeux : « On est toujours là, ils n'ont pas réussi à nous chasser. » Ils ne sont plus qu'une poignée assis sur les bancs rudimentaires. La musique les encercle, les encorde.

Lorsque Andor annonce qu'il va leur présenter une chanson écrite la nuit même, ses musiciens s'immobilisent, se raclent la gorge, inquiets, dubitatifs. Le plus âgé tire sur les deux pans de sa moustache comme pour cacher l'expression de sa bouche, légèrement perplexe. Ils sont entre eux, mais ils ne sont pas chez eux : le plaisir des autres avant tout, on est en France, en 1936, pas sur les routes de feu de l'Empire austro-hongrois. Il faut donner de la joie bien travaillée, pas « Sombre dimanche », semble dire l'homme légèrement penché sur le cymbalum.

Andor s'en moque. Il entonne a cappella son premier couplet en hongrois, fait une pause, réajuste son violon contre son cou, reprend son chant. Comme il répète deux fois les mêmes paroles, certains dans le public murmurent la traduction en français.

Une vie à rêver
Ou une vie à boire
Une vie à se taire
Ou une vie à se battre
Aux portes de l'usine vous choisirez
Il nous attend le vent fraternel
Pour soulever plus fort que nous
Ne donnez rien
C'est nous qui prenons
De quoi nous faire un sang rouge
De courage
Plus un sang d'encre.

Szonja l'écoute de toutes ses forces, sourit et pleure à la fois, applaudit plus que de raison. Elsa la regarde intriguée. « C'est quoi cette chanson ? » Son amie, sa tendre et fragile Szonja toujours un peu recroquevillée, soudain empourprée de joie, yeux de bengali. « *Stupenda ! Sei innamorata ?* »

Szonja comprend ces mots. « Non, Elsa, écoute. » Elle lui chantonne un couplet en un français maladroit tandis que l'orchestre fait une pause. « Quand nous cesserons de nous ruiner le corps… Quand nos têtes ne rouleront plus… Dans les regrets du sort. » Ce garçon maigre, c'est une vraie *lélek*. Elle ne sait pas traduire. « *Lélek*, c'est ce qu'il y a derrière les yeux, qu'on ne voit pas, c'est une machine à bobiner les rêves. » Son amie rit de son français appris sur les lignes de production. Tous ici s'expriment comme ils peuvent dans un curieux mélange aux résonances de l'Est, du Sud, des quatre points cardinaux de l'Europe et bien au-delà, une langue affolée, heurtée, qu'on soutient du regard et des gestes, une langue de survivance qui devine, imagine, danse avec les mots, les ombres imprononçables et les rires traits d'union.

Andor détache sa cravate, entrouvre sa chemise. On ne saurait dire s'il cherche encore sa Miss Europa dans l'assemblée, parmi les gens assis, debout, tournant. Cette chanson n'est pourtant pas une valse, encore moins une romance ; c'est une chanson à marcher, à suivre l'espoir, une chanson à s'épauler.

Szonja est fière du garçon stupide qui la talonnait dans le train depuis Budapest. Andor pose son chapeau sur la grosse caisse, une main dans sa tignasse essaie de lisser la vague noire de part et d'autre de son front bouillant. Des compatriotes s'approchent de l'estrade, lui parlent avec chaleur en hongrois. Il répond en français, veut que tout le monde comprenne qu'il n'est pas qu'un chanteur, un enjôleur, un artiste de l'Est comme il en arrive tant en France depuis dix ans. Lui aussi était ouvrier, français il l'est devenu grâce à ses années d'usine. Il n'oublie pas le temps passé entre les bacs de cellulose et les filières, les wagonnets à pousser dans l'humidité acide et le mépris des chefs qui lui assénaient trop souvent des amendes pour ses maladresses. Étourdi, il l'était, distrait, impossible à former. « Du sang de navet et la cervelle pleine de flan », avait dit un jour son dernier chef.

Andor, l'artiste malingre qui n'avait rien à faire à l'usine, a été licencié il y a près de trois ans. Les humiliations qu'il a subies autant que sa rage sourde l'ont épaissi et rapproché des hommes d'ici, Français, Italiens, Polonais, Arméniens, Espagnols, ongles noires et rouge au front. Andor, franc du collier et regard clair, l'attrape-rêve qui fait pleurer les mères hongroises et se moquer les jeunes filles, une mèche toujours traînant sur son visage telle une queue de comète, une moustache désuète, un accent qui balance des grêlons dans chaque phrase, mais une voix chevauchant la musique qui va loin dans les cœurs. Une allure d'homme, dont on aurait fendu l'enfance, ses moqueries insupportables qui jettent du sel sur toutes les blessures.

Szonja le voit comme un frère à présent, jumeau d'un Charlot qui aurait fait Hollywood-Vaulx-en-Velin sans escale. Elle lui envoie un petit signe de la main comme s'il revenait d'un long voyage. Mais il y a entre eux trop de gens, l'estrade, les instruments et un long malentendu.

Elsa observe, amusée, rit de son *zingaro*. Elles s'écartent ensemble de la piste, rejoignent un groupe de filles qui vendent des pâtisseries arméniennes à vingt centimes. Szonja en offre à son amie, la saisit par la taille avant de lui avouer qu'elle espère la voir bientôt en robe de mariée. « Moi, je veux finir le mariage. » Elle prononce ces mots d'une voix monocorde comme elle aurait dit, je dois vider ce plat avant de le nettoyer, récurer tout ce qu'il y a à récurer.

Elsa entend ses pensées. « C'est pas tous les hommes qui frappent, Szonja… Il y en a des bien… Regarde mon frère Ginesio et ce grand Marco, bon comme un jour de Pâques. »

Szonja rougit, tend la monnaie pour deux autres anneaux briochés aux grains d'anis. Cette gourmandise réveille son cœur. Elle l'avale en une bouchée, un œil ouvert sur le visage rieur d'Andor, l'autre fermé au fond du temps présent.

27

En ce 21 mai, jour de printemps, les grévistes clament leur victoire et l'euphorie envahit les cités de la Tase. La direction a cédé après cinquante-huit jours de débrayage puis d'occupation de l'usine. Ils ont obtenu gain de cause : augmentation du salaire horaire de 0,15 à 0,85 franc et de meilleures conditions d'hygiène. Devant l'usine, on trimballe des lessiveuses d'eau froide pour y plonger des bouteilles de vin, on mange debout autour du poste de garde, devant les ateliers, casse-croûte préparés à la dernière minute, miches de pain, camembert, saucissons étalés sur des vieux draps à même le sol. Andor et ses gars viennent féliciter les anciens camarades. Ils ont juste une cithare et un violon, mais improvisent devant les grilles de l'usine une java d'enfer. Luigi se joint à eux avec son accordéon. Des femmes dansent entre elles.

Gisèle, épuisée, s'assoit sur une caisse avant de déclarer qu'elle a du mal à y croire. « C'est pas vrai, on a vraiment gagné ? Je veux le voir écrit quelque part. » On la croirait saoule, il remonte en elle comme un bonheur amer. Puis elle éclate d'un rire nerveux mi-sanglot mi-euphorie en voyant le curé qui court dans la direction opposée. « Il va prier pour nous, pauvres pécheurs, et allumer des cierges pour not' patron. Nous, on va continuer à brûler notre chandelle mais un jour, on ira voir la mer. »

À Gillet, le travail reprend. On compte encore trente mille grévistes dans l'agglomération lyonnaise. Ceux de la cité Tase regrettent déjà la fin de cette grande grève des roses et tous ses fredons de joie. Le premier jour on a encore besoin de parler, dire sa fierté d'avoir obtenu de telles avancées, même si pour cela quelques jarrets de chevaux montés par les gardes mobiles ont été coupés à la lame de rasoir, même si on n'a pas fait bombance tous les jours, même si « c'est trop beau pour être vrai ». On vient de leur apprendre qu'il n'y aura pas de loyer à verser par les grévistes qui n'ont perçu aucun salaire pendant les deux derniers mois. « Logés gratis pendant la grève, les patrons passent l'éponge ! »

Les grèves du Front populaire ne sont pas toutes éteintes, dans la France entière il continue de s'en propager ; le mouvement s'est étendu à toutes les branches industrielles et au secteur agricole, et même au commerce. Des millions de grévistes paralysent l'économie.

Le 5 juin, dans une allocution radiodiffusée, Léon Blum annonce les grandes lignes du programme du Front populaire. Marco traverse d'un pas tranquille la cité pour rejoindre Ginesio à quelques mètres de l'usine : il transporte son poste TSF. Il déplace une caisse, puis deux, puis trois, les place sur un chariot qui sert habituellement à transporter la cellulose fraîche. Il ne craint pas de l'abîmer. Ensemble, ils le posent bien en équilibre sur ce promontoire de fortune. Un nouvel autel d'où la parole politique peut être dispensée à tous, bien mieux qu'aux offices. Pour ceux qui lisent peu ou mal le français, comme pour ceux qui lisent le journal tous les jours, pouvoir écouter les informations brûlantes qui les concernent, en discuter en groupe participe à un sentiment d'insurrection chaleureuse.

La voix surgie du poste résonne assez fort pour tous. Des grésillements attisent anxiété et excitation. *La semaine de 40 heures… Les contrats collectifs et les congés payés…* Certains écoutent les mains croisées sur le ventre, se regardent, balancent la tête en signe d'approbation, d'autres rejettent leurs bouffées de tabac, les yeux dans le vide. Ils ont encore du mal à croire ce *monsieur Boum.* Ils vont avoir droit à leurs premières vacances, pouvoir se lever de bonheur juste pour voir plus loin tout en recevant une paie. Quand ils évoquent cette nouveauté promise, c'est toujours en riant : *On va donc prendre congé… M'sieur Gillet, je vais prendre congé, j'y serai pour personne… Mais comment donc y vont s'organiser si tout le monde part en même temps ?!*

Le gouvernement Blum a pris l'initiative d'une négociation qui aboutit aux accords de Matignon le 8 juin. Mise en place de conventions collectives, augmentation des salaires de 7 à 15 %, élection de délégués du personnel et projets de loi sur les 40 heures et les deux semaines de congés payés… L'espoir éclate comme des cerises très mûres. Mais certains contestent encore, le socialisme plein et entier n'est pas encore réalisé. Maurice Thorez calme le jeu en déclarant le 11 juin : « Il n'est pas question de prendre le pouvoir actuellement. Alors il faut savoir terminer une grève dès que satisfaction a été obtenue. Il faut même savoir consentir au compromis si toutes les revendications n'ont pas encore été acceptées, mais que l'on a obtenu la victoire sur les plus essentielles des revendications. Tout n'est pas possible maintenant. » À la cité, les commentaires vont bon train, on hausse les épaules, comme s'ils étaient sortis de la course, ils sont déjà passés par là : « Nous on s'en fout maintenant, on a eu ce qu'on voulait. N'ont qu'à se battre jusqu'à la fin. Il a p't'-être raison, Thorez… De toute façon, on n'pourra pas le changer complètement, notre destin de trimard. »

Le 13 juin, le comité antifasciste des gratte-ciel à Villeurbanne offre un bal populaire gratuit sur la place

Lazare-Goujon envahie de lampions bleu blanc rouge. La foule danse sur des braises.

De fait, les grèves cessent fin juin. La foule ouvrière balance son grand cœur d'acier inoxydable entre la fatigue heureuse de la victoire et les regrets des lendemains de fête.

Jean ne laisse aucune joie pénétrer en lui, mais se montre sous un autre jour. « C' n'est peut-être pas du temps perdu… Ma femme a fait grève depuis le début, alors fallait bien qu'un des deux travaille… » Il sait qu'il est en train de perdre sa petite Hongroise, la regarde s'éloigner sans pouvoir l'empoigner, la retenir. Il ne veut plus l'abîmer, ni s'abîmer lui-même. Un soir, il a annoncé à Szonja qu'il voulait quitter l'usine, partir faire l'ouvrier agricole dans des fermes de la région. « Si tu veux pas me suivre, faudra voir… J'irai chercher ma paie de la dernière quinzaine… J'attends les congés payés puisqu'on va y avoir droit, après, on verra… Si je pars, t'auras plus droit au logement. » Elle n'a su que répondre à son homme. Sorti de son monde paysan où tout était dit à demi-mot, où il ne fallait pas faire du vent avec les idées de changement, il se rangeait à la fatalité de son échec.

Szonja a senti encore gronder les chants des camarades comme le tumulte du fleuve Rhône au barrage. Ça l'a prise comme ça, un trop-plein. « Il faut que je me refroidisse l'âme. » Elle a couru jusqu'au château d'eau. Les bruits sourds de l'eau se mêlent aux remuements de sa mémoire. C'est comme une fatigue heureuse qui l'emplit. En elle défilent les images à un rythme ferroviaire. Les grands immeubles de Budapest entraperçus à travers des rideaux de pluie, les gratte-ciel de Villeurbanne du temps des jours sans pain, des jours sans peine. La muette dans la Rize, telle une sirène drapée d'algues bleues. Sa nappe tachée de vin flottant à la surface de l'eau, Jean sans visage en chemise blanche au bord du canal. La chevelure d'Elsa claquant au vent dans une clameur de *Bandiera Rossa.* Les gants blancs de Zuzika sur l'anse du seau à charbon. La silhouette de Charlie Chaplin se faufilant derrière la Grange perdue face au cinéma Boreo. Miss Europa et ses mains de dentelle. Le cadran de la pointeuse à l'entrée de l'atelier et son balancier de cuivre. Un ciel de viscose luisant. Le grand corps de Marco traversant la cité comme un champ de paix... Un grand désordre du temps dans lequel elle avance pourtant sans ne plus se cogner. Szonja rouvre les yeux dans l'annonce du soir. Des nuages se sont appâtés aux fumées d'usine. De longs rayons de soleil les traversent jusqu'à la gravière. Elle aimerait rester là encore un peu, jusqu'à la dilution complète du jour, pour regarder s'éteindre une à une les lumières de la cité et au retour se perdre, chercher un autre chemin...

28

Forces syndicales, Parti communiste et SFIO, forces républicaines, Ligue des droits de l'homme, Comité de vigilance des intellectuels antifascistes, anciens combattants costumés et médaillés, dignes mutilés. Tous les travailleurs de Lyon et de sa banlieue sont présents au défilé pour la sauvegarde de l'unité du Front populaire, pour fêter ses premiers succès et appuyer l'accomplissement total du programme du Rassemblement populaire. C'est ce qu'espère Airoldi, le député communiste de la circonscription. Dans la chaleur vibrante de ce 14 juillet 1936, des groupes ordonnés en plusieurs lignes défilent, décontractés. Dans les rues pavoisées en rouge et tricolore, les mots « Pour le pain, la paix, la liberté, pour la France libre, forte et heureuse » tremblent à bout de bras.

Les haut-parleurs lancent tour à tour des chants révolutionnaires et des airs à la mode. On chante *La Marche Rouge*, *L'Internationale*, *La Marseillaise*, des gars crient « La Rocque au poteau ». Autour de la statue de la République, place Carnot, des hommes reprennent à tue-tête le refrain de Tino Rossi entendu sur les ondes de la TSF.

Tant qu'il y aura des étoiles
Sous la voûte des cieux
Y aura dans la nuit sans voile
Du bonheur pour les gueux.

De sa voix un peu fausse Gisèle se joint à eux, les yeux levés vers les branches d'un platane ; un camarade se moque : « Eh, du bonheur pour les gueux, c'est le jour qu'on en veut, pas la nuit ! »

Les grévistes de la première heure aimeraient avoir un chant né de leurs luttes, des rêves éclos au printemps 1936. Une clameur qui dépasserait les gratte-ciel, les toits de la grande cité, les cheminées d'usine, le château d'eau.

Le soir, après le défilé, chacun regagne son quartier, syndicalistes, militants, couples, familles, célibataires, chômeurs, français, étrangers, clandestins, mêmement aspirés par les bals populaires qui se préparent. Ville et banlieue regorgent de musiques.

N'y a-t-il que la danse pour perdre le nord ? Est-il permis de rêver d'envol entre les arbres d'acier, les nuages acides ? Faut-il danser pour oublier cette soie humide dont on a déroulé le fil des milliers d'heures ? Cette soie du pauvre qui s'écoule comme une eau gaspillée…

Dans le temps de l'usine, ils ont mûri, vieilli et cherché une passerelle pour échapper aux machines et porter leur regard au loin. Le dimanche, ils ont eu ce bon soleil solidaire qui les suivait jusque derrière les talus herbus où ils étendaient leur fatigue.

Ce soir et pour trois jours, chaque bal va assourdir le monde entier et ses rumeurs funestes, guerrières, raciales. On va envoyer son corps paître au-devant de soi dans une prairie d'étoiles, picorer des baisers. La musique va pousser chacun au centre, sur la piste.

Les lampions s'illuminent déjà. Il faut entrer dans la danse. Assez piétiné le sol plat de l'usine et des rues, assez avancé chargé d'outils, de bannières, de drapeaux, de matière première ou transformée, de fatigue ou de rancœur. Rien ne les distingue les uns des autres, les terrassés, les fauchés, les oubliés d'hier, les oubliés du temps présent, les bilieux du lendemain, les cœurs mâchés. Les voici, beaux comme jamais dans le salon en plein air de la République. Après avoir passé les portes Liberté, Égalité, Fraternité, voici la quatrième porte : Dignité. C'est là que s'ouvre le bal, que se relèvent les mentons. Les regards reprennent le sens giratoire de la vie, leur tarentelle doit faire tourner le monde.

Luigi pense à ces mots recopiés dans son vieux carnet, difficiles à chanter. Depuis qu'il a quitté l'Italie, il n'a cessé de les faire siens : « Nous sommes la foule immense, nous sommes l'océan qui peut tout engloutir. Dès que nous en aurons la volonté, un moment suffira pour que justice se fasse. »

L'espérance en lui est fugace. Elle va et vient. Quand la rage ou la musique l'envahissent, une force le soulève, et il se demande s'il est vraiment temps de se réjouir. Il voudrait se croire au bord de la victoire, avec ce rêve qui l'aspire, cette utopie maçonnée de sueur… Ce temps de travail réduit à quarante heures, que va-t-il libérer ? Des envie d'auto, de rivages inaccessibles ? Ce soleil aveuglant leur ferait-il oublier leurs cernes noirs ?

Son piano à bretelles lui pèse ce soir. Il le pose sur un tonnelet d'alcool, jette sa veste par desssus. La musique peut bien attendre. Il veut sentir couler la petite joie d'un premier verre de vin, sans rien, ni personne à son bras, et rester debout à les regarder.

Les premiers danseurs s'avancent. Déjà crépitent dans l'air chaud leurs tressaillements, un élan retenu sous les semelles, sous la peau du cœur qui n'ose pas encore s'endiabler.

Saisir un regard, une épaule, un poignet comme autant de chances d'être roi, d'être reine. Dans la lumière des lampions, se laisser enrôler par le son des accordéons. Se reconnaître autre dans l'autre, décrassé, la peau prête à sentir des effluves de naissance, un geste envolé à travers le coton de la chemise ou de la robe. Un glissement sur les hanches. Il est temps de se montrer sous les guirlandes, dans le faisceau des regards. Et dans cette nuit d'été brasiller tous ensemble.

Sur les bancs qui bordent la piste, des filles rient d'impatience dans leurs petits souliers ; une à une, elles sont saisies, emportées dans la chaleur battante où la musique a fait feu.

« *Ci vuole un valzer,* chantonne Elsa, *un valzer per l'indomani* », en tirant Luigi par la manche. Ces mots, Szonja les saisit au vol sans les comprendre, attend la fin de la danse pour les lancer à son tour à la jeune femme. « Une valse pour demain ? Non », lui réplique Szonja, « une valse pour le grand aujourd'hui, il nous faut ! » Ses boucles, même retenues par des pinces, s'affolent autour de son visage où perle déjà un peu de sueur entre les yeux et sur les tempes.

Elle a toujours ce geste furtif pour glisser une mèche derrière son oreille droite et cet autre autour du cou, comme pour sentir un collier invisible, une attache dont elle voudrait se libérer. Son corsage frémit, la vie entre les plis fait son désordre tranquille. Qui a remarqué ces infimes changements sinon Popilarski ? On pourrait croire que ses traits ont suivi les événements des dernières semaines, une dilatation rosée au niveau des joues, du front et des lèvres jusqu'aux pupilles.

Gisèle reste encore à l'écart de tous ces couples qui s'apparient. Goûte en pensée aux heures qui lui seront données, se répète comme une rengaine ces mots si modernes et abstraits « congés payés ». Cet acompte de liberté méritée, revendiquée, que va-t-elle en faire ? Reposer son corps de quarante ans dont dix coulés à l'usine de Vaulx-en-Velin et plus de dix autres en teinturerie dans le même consortium ? Déjà fourbu, moulu, sans maternité et sans espoir d'aller outre, son ventre de femme. À la voir retirer ses souliers, éponger son front après une java, à l'entendre fredonner encore « Tant qu'il y aura des étoiles sous la voûte des cieux », d'un air rêveur, on pourrait croire qu'elle a vingt ans et nul autre désir que d'être là à cet instant, contre René tendre et râleur qui lui souffle dans le cou pour la rafraîchir.

Elle observe un jeune Français ricaner un verre à la main. « Moi quand je vois une jolie fille, j'en reste baba... Ensuite chuis tenté de faire un pas, de l'inviter. Si je suis bien mis, j'ai plus de cran, mais si elle est vraiment trop belle, il me revient ce mot qui m'a laissé sur le carreau souventefois : pas d'embauche... comme à la porte des ateliers. »

Il redemande un verre de vin, regarde tour à tour Gisèle et René : « Oui c'est ça que j'vois entre les nichons des filles : pas d'embauche... » Il a chaud soudain, plie sa casquette en deux, la glisse dans sa ceinture. « Faut trouver sa place au boulot comme en amour. On n'est pas sorti de la crise, je vous le dis, moi ! »

Gisèle d'abord amusée le secoue : « Qu'est-ce que tu nous chantes là ? Allez, vas-y, danse avec la première ! Personne n'te demande de décrocher le gros lot aujourd'hui. Il y en aura d'autres, des bals, et des filles à rêver ! » D'un trait, le gars vide son verre, lisse ses cheveux, ajuste son col de chemise et traverse l'assemblée aussi calme qu'un lion dans un cercle de feu.

De l'autre côté, Elsa s'est assise, essoufflée après une polka à trois accordéons. Sa longue tignasse herbue décrochée du chignon, des épingles dans la bouche, elle fait non de la tête à l'homme qui insiste. Campé sur ses jambes, face à elle, il attend la fin de la danse suivante, avant de refaire une tentative.

À l'autre bout de la piste, Luigi observe son numéro d'un œil noir. Bientôt un banc de curieux approche, redoutant une flambée de jalousie. Elsa à présent recoiffée ignore joliment le gars jusqu'à ce qu'il la prenne d'autorité par la taille et l'entraîne dans une java. C'est le moment où les musiciens choisissent de redoubler d'ardeur. On croirait que les notes dégringolent des robes à pois, que le saxo ténor postillonne. Luigi se raidit un instant puis dans un sursaut d'orgueil invite Szonja. Les deux couples croisent leurs cerceaux invisibles, amusés et légers.

À peine la danse vient-elle de s'achever que Luigi lâche la jeune femme pour cueillir Elsa dans les bras du gars encore tourneboulé d'avoir eu en plein visage le privilège de son grand sourire libre jusqu'à la toute dernière note.

Étourdie de musique, Elsa titube un peu dans sa robe bleue qui semble piquée d'étoiles filantes tant elle s'affole autour de ses jambes. Deux troufions l'observent, fascinés, en tirant tant et plus sur leur cigarette comme pour brouiller l'image dans la fumée. Le couple danse, paumes brûlantes plaquées les unes contre les autres. On ne saurait dire comment ces deux-là tiennent le pas. Luigi ne fait plus cas de l'homme qui lui a fauché son amoureuse. Ses mains habituées à manier truelle et fil à plomb, son corps à enjamber des auges de mortier ou des échafaudages, son poids d'homme, ses colères noires, ses colères rouges, il les oublie et se jette de plus belle dans la danse, nerveux, fébrile, inconscient, aveugle. Il ne la regarde même plus vraiment celle qui sourit aux anges du soir et à Bianca qui aurait pu être de la fête. Même si son homme n'est jamais tout à fait avec elle, avec son noyau de colère, inquiet du genre humain, avec son désir de bâtir autre chose que des murs, Elsa le voit, le sent emporté par la musique. Il danse comme il vit la politique, oscille entre l'espoir et la peur. Il voudrait tourner, virer jusqu'à s'épuiser, oublier les ailes noires qui planent à l'horizon, ses doutes qui entravent la ronde fraternelle ; il voudrait enlacer une aube sans crainte. Il marche sur les pieds d'Elsa. Même la musique le traverse pour s'en aller ailleurs ; il se sent tout nu sous la lumière des lampions, les pieds ferrés, il perd le rythme et s'en remet à Elsa qui lui saisit à nouveau les mains et mène la danse à son tour sans plus regarder son visage perdu. Elle s'oublie dans le temps plein de la valse.

Ils se tiennent là, à la périphérie du bal penchés tête contre tête comme deux arbustes frêles, le Polonais et sa femme. Dès qu'elle les aperçoit, Szonja s'approche d'eux, embrasse Zuzika et tend la main à son époux. « Pas de chagrin aujourd'hui, monsieur Popilarski ! On peut même danser ensemble. » Il se lève sans hésiter, si jeune dans son élan avec son chapeau noir, ses petites lunettes cerclées d'argent, et sa barbiche clairsemée. « J'ai bien peur d'être aussi maladroit qu'avec mon violon. » Il se laisse aller pourtant, si léger que Szonja a l'impression de danser avec un nuage. Elle sent à peine ses bras l'encercler, ondulant au rythme doux d'une valse hongroise qu'Andor semble avoir choisie pour eux.

Où est-il vraiment ce petit homme au sourire lointain ? Il chante à présent cet air à la mode, revenu sur terre comme après un long voyage. Ses yeux rejoignent ceux de la jeune femme. « Ah, ma fille, tu danses comme une flamme ! » Zuzika les regarde attendrie et inquiète qu'ils ne chavirent dans un autre temps.

Une femme longue et fine s'avance sur la piste, accompagnée d'un homme en complet clair. Son borsalino lui donne l'air d'un étranger venu d'Amérique. Qui le sait ? Et qui en prendrait ombrage ? Ces deux-là attiseraient peut-être quelque jalousie tant ils sont bien élégants. Ils s'élancent d'un pas fier comme pour faire savoir qu'ils ont dansé ailleurs dans une autre vie. Une danse savante qui épate les autres autant que le visage subtilement maquillé de la dame. Szonja l'observe, médusée. Elle seule reconnaît Márieka qui s'en était allée au plus fort de la crise, maintenant revenue parmi ses camarades à qui elle semble offrir la beauté impudente de son couple.

L'orchestre fait une pause, la foule s'éparpille. Les uns se pressent autour des comptoirs, demandent à boire, fument une cigarette, les autres se faufilent à l'écart des lumières pour s'embrasser à bouche que veux-tu.

Szonja le regarde s'avancer d'un pas tranquille, parler au milieu des hommes de la cité, des inconnus, des amis, d'ouvrières qu'elle croise depuis des mois à la sortie de l'usine. On salue le Glacier, par son vrai nom, Marco.

Sans façon, dans sa simplicité d'homme sûr de rien. Il s'approche d'elle, la saisit par le poignet. Ils reculent de quelques pas, là où la piste est clairsemée. Puis sa main s'avance, vient couvrir presque la largeur de son dos tandis qu'elle pose la sienne sur son épaule. Elle doit se hausser un peu sur ses souliers à petits talons. Le temps lâche ; les visages autour d'eux mêlent leurs rides de sourires, leurs rebonds. L'orchestre reprend avec une valse.

« *Il valzer d'un giorno speciale, no ?* »

On ne parle pas en travaillant, on ne parle pas en dansant, pense Szonja qui lève enfin son visage à hauteur de ses yeux de source. La musique des accordéons et des cuivres bat à ses tempes.

Marco la fait pivoter sur ses talons et l'emporte. Une valse de silence dans le bruit des autres. Un paysage s'affole à chaque pas, un film en accéléré, depuis son village endormi du Frioul, ses toits luisants, les collines du Piémont, les quais de gare et leur crachin de locomotive, Bianca voilée de blanc, le feu à l'usine, jusqu'à l'orage sur l'île Barbe, Szonja sur ses épaules, aussi légère qu'à présent entre ses bras.

Szonja n'est plus qu'une onde dans ses bras. Il caresse son dos, de sa nuque à ses reins. Il sent palpiter sa main à elle, prête à s'envoler mais elle s'agrippe un instant à son cou avant de s'abandonner sur son plexus solaire. Il voudrait suspendre la valse, n'être qu'avec ce sourire qu'elle vient d'inventer. Ce visage inlassable, le saisir entre ses mains.

Ils dansent encore dans la lumière et la poussière heureuses, au rythme de ceux-là qui tournoient un peu plus loin. La nuit tangue, les verres se vident, on a retrouvé souffle dans l'effort humain. Demain sera un autre jour.

Roman et réalité

Ingénieur formé à l'école Polytechnique, le comte Hilaire de Chardonnet (1839-1924) est chargé par Louis Pasteur d'étudier le problème posé par les maladies du ver à soie qui frappent durement l'industrie textile française depuis les années 1860. Il a l'idée de produire en laboratoire une soie artificielle, ayant des propriétés semblables à la naturelle. Chardonnet met au point après quelques années de recherche et d'expérimentation une nouvelle matière à base de cellulose, qu'il brevète en 1884, tandis qu'il adapte les techniques des machines pour la filer (1889). Il se lance dès 1892 dans l'exploitation industrielle de ses procédés. Cette année-là, les Britanniques brevètent de leur côté un autre procédé de fabrication, très proche, celui de la viscose à proprement parler. En 1904, le comte Hilaire de Chardonnet s'associe à Edmond Gillet (1873-1931), fils d'une grande famille d'industriels lyonnais du secteur textile, chimiste de formation, pour créer en 1904 une usine de viscose à Sárvár en Hongrie. Celle-ci ferme en 1927. Une partie de son ancienne main-d'œuvre est déplacée en 1929 pour travailler en France dans les usines d'Yzieux, de Colmar, de Grenoble et de Lyon. Certains de ces ouvriers sont envoyés à l'usine de la Soie artificielle du Sud-Est (Sase), propriété de la famille Gillet, entrée en production en 1925 et qui sera rebaptisée en 1935 Textile artificiel du Sud-Est (Tase). La production mondiale de viscose (Royaume-Uni, États-Unis,

Japon, Allemagne, France) connaît une croissance très importante dans l'immédiat après-guerre et durant toutes les années 1920, jusqu'au coup de frein de la crise de 1929 qui se répercute en Europe à compter de 1930-1931. Bon nombre des ouvriers et ouvrières de la Sase prennent part aux luttes sociales de l'époque. Composées d'une vingtaine de nationalités travaillant dans les « nouvelles » usines, les habitations agglomérées en cités ou formant des villages de planches sont à l'origine de la banlieue Est de Lyon. Main-d'œuvre venue d'Italie, de Hongrie, de Pologne, d'Espagne, ayant fui la broyeuse soviétique ou l'ancien empire ottoman et son génocide arménien, comme venue des campagnes françaises très pauvres, ce groupe humain a su créer une extraordinaire communauté de vie et de travail. Je tiens encore à indiquer que des livres m'ont accompagnée : celui de Philippe Videlier, *Usines* (La Passe du vent, coll. « Commune Mémoire », 2007) ; *Exister* de Jean Follain (suivi de *Territoires*, Gallimard, coll. « Poésie », 1969), dans lequel se trouve ce beau vers « Des corps radieux dans les corsages de misère» (poème « La mémoire ») ; et enfin *Paroles* de Jacques Prévert (Gallimard, coll. « Folio », 1972), à qui j'ai emprunté l'expression « effort humain ».

Remerciements

L'auteure remercie Lydia Pena, qui prend soin de la mémoire du peuple Vaudais et la partage sans compter ; les deux poètes de l'association Dans tous les sens Mohammed El Amraoui et Roger Dextre ; les associations Vive la Tase et MémoireS ainsi que Maxime Sermet et Jocelyne Béard ; l'équipe des archives municipales de Vaulx-en-Velin et de Villeurbanne.

Vifs remerciements à l'équipe de Liana Levi pour sa confiance renouvelée et son accompagement.

L'auteure a bénéficié d'une bourse du CNL pour mener à bien ce projet d'écriture.

Du même auteur (*suite p. 4*)

Contributions aux revues et ouvrages collectifs

Des stèles aux étoiles,
album d'artiste avec Winfried Veit,
impression L'Atelier et la ville de Pierre-Bénite, 2009

Une si longue étreinte avec le théâtre,
avec le groupe Signes et Claude Chalaguier, 2010

Un printemps sans vie brûle. Pasolini,
Éditions La Passe du vent, 2014

Hommes de l'avenir, souvenez-vous de nous !
Pour saluer Apollinaire,
Éditions La Passe du vent, 2018

L'Ardeur,
Éditions Bruno Doucet, 2018

La Beauté, éphéméride poétique pour chanter la vie,
Éditions Bruno Doucet, 2019

Fraternellement, Charles Juliet,
Éditions Jacques André, 2019

Courage !
Éditions Bruno Doucet, 2020

Ce désir en nous comme un défi au monde,
Le Castor astral, 2021

Blog personnel : http://paolapigani.hautetfort.com/

CET OUVRAGE A ÉTÉ ACHEVÉ D'IMPRIMER
SUR ROTO-PAGE
PAR L'IMPRIMERIE FLOCH À MAYENNE
EN JUILLET 2021

N° d'édition : 568. N° d'impression : 98690
Dépôt légal : août 2021
Imprimé en France